*Della stessa autrice*

ANNA DAGLI OCCHI VERDI
IL BARONE
SAULINA (IL VENTO DEL PASSATO)
COME STELLE CADENTI
DISPERATAMENTE GIULIA
DONNA D'ONORE
E INFINE UNA PIOGGIA DI DIAMANTI
LO SPLENDORE DELLA VITA
IL CIGNO NERO
COME VENTO SELVAGGIO
IL CORSARO E LA ROSA
CATERINA A MODO SUO
LEZIONE DI TANGO
VANIGLIA E CIOCCOLATO
VICOLO DELLA DUCHESCA
6 APRILE '96
QUALCOSA DI BUONO
ROSSO CORALLO
ROSSO CORALLO
(Edizione illustrata)

«PANDORA»

SVEVA CASATI MODIGNANI

# SINGOLARE FEMMINILE

Sperling & Kupfer

SINGOLARE FEMMINILE



ISBN 978-88-200-4380-3
86-I-07

*Dedicato a Carla Tanzi*
*perché le voglio bene*
*e mi manca tantissimo*

# Ringraziamenti

Per approfondire alcuni argomenti del romanzo ho chiesto aiuto a: Gianna Schelotto, psicoterapeuta della coppia; Fausto Manara, psichiatra e psicoterapeuta. La signora Giovanna e le sue colleghe, collaboratrici di Radaelli, fioraio in Milano. Anna Pesenti mi ha suggerito il vino giusto al momento giusto.

Devo a Donatella Barbieri il minuzioso editing. Per tutto il resto, sono grata alle «ragazze» della Sperling. Ringrazio ognuna di loro.

# *Oggi*

# 1

«PASSAMI il pastorello», disse Martina, «quello che suona il flauto», precisò rivolgendosi a Leandro che stava al suo fianco. Disponevano le statuine del presepio su una imponente cassapanca che troneggiava nell'ampio vestibolo di Palazzo Bertola, una splendida dimora nobiliare, a Bergamo Alta, che Leandro aveva ereditato dai genitori. Martina aveva già modellato con la carta da pacco, e dipinto con la vernice a spruzzo, la capanna di Betlemme e l'aveva appoggiata su un morbido strato di muschio che Leandro aveva raccolto nel suo giardino a ridosso delle antiche mura.

Era la quarta domenica d'Avvento e il rito del presepio riconduceva entrambi agli anni lontani dell'infanzia, quando in tutte le case, dalle più modeste, come era stata quella di Martina, alle più sontuose, come quella di Leandro, si facevano i preparativi per il Natale. «Io gli metterei vicino la contadina con il cesto delle uova», propose l'uomo.

Martina replicò stizzita: «Non capisci niente. La contadina non può stare con il pastorello», e subito aggiunse, cambiando tono: «Scusami, ho uno dei miei soliti attacchi di emicrania».

«Se facessimo una pausa?» propose Leandro, consultando l'orologio. «Sono le tre. Abbiamo tutto il pomeriggio per finire il presepio. Stamattina Richetta ha preparato la cioccolata. Ora la scaldo e ce la gustiamo.»

La cioccolata calda era la grande passione di Martina. «D'accordo», rispose lei. «Intanto vado a stendermi sul divano, in salotto.»

Martina aveva sessantasei anni, la stessa età di Leandro, ed era ancora esile come una ragazza.

Lui la osservò mentre attraversava il vestibolo con il passo lieve di una ballerina e fu sopraffatto dalla tenerezza per quella donna che amava da sempre.

Andò in cucina e scaldò nel forno a microonde un bricco con la cioccolata. Il vassoio con le tazzine e i biscotti era già pronto sulla credenza. Mise su un piattino una compressa di aspirina. Da sempre Martina neutralizzava il mal di testa con l'acido acetilsalicilico. Era stato il padre di Leandro, il dottor Pietro Bertola, a prescriverglielo quand'era ragazza.

Entrò nel salotto reggendo il vassoio e lo posò su un tavolino, accanto al divano. Martina era distesa e si era coperta le gambe con un plaid di lana. Si rizzò a sedere.

Dalla portafinestra della stanza, che dava sul giardino, filtrava la luce opalescente di una giornata senza sole.

«A Natale avremo la neve», sussurrò.

Leandro versò la cioccolata.

«Che buon profumo», disse lei, prendendo la tazza dalle sue mani.

«Inzuppaci un paio di biscotti e poi prendi l'aspirina», ordinò Leandro.

«Non sto così male», minimizzò.

«Meglio prevenire», la incalzò.

Lei ubbidì.

«Lo faccio solo per accontentarti.»

«Se avessi voluto davvero farmi contento, saresti venuta in ospedale prima delle feste per fare gli esami di controllo. Non è l'emicrania che mi preoccupa, è il cuore che ha qualche problema. Lo sai, ma sei più testarda di un mulo.»

«Non voglio discutere e mi arrendo. Mi prendi per stanchezza. Dopo Natale mi sottoporrò alle torture di voi medici.» Sottolineò il «voi» che includeva Leandro, docente universitario di medicina generale e primario di cardiologia all'ospedale di Bergamo.

Intorno a loro aleggiava l'aroma denso e morbido della cioccolata. «Versamene ancora», disse Martina. Poi soggiunse: «Io vivrei a cioccolata. È una bevanda così sublime che mi fa sentire imparentata con Dio. Secondo me, anche Dio ama la cioccolata».

«Sei proprio matta!» esclamò Leandro, divertito.

«È così e nessuno potrà mai smentirmi: Dio ama la cioccolata e se ne fa scorpacciate. Beato lui!» affermò. Depose la tazza vuota sul vassoio. Poi tornò a distendersi.

«Adesso cerca di dormire un po', amore mio.» Leandro si chinò su di lei per sfiorarle la fronte con un bacio.

«Che ore sono?» domandò Martina.

«Quasi le quattro.»

«Dobbiamo finire il presepio.»

«Quando ti sveglierai.»

«Allora sarà tardi. Sai bene che devo ritornare a Vertova per l'ora di cena, altrimenti chi la sente la mia Osvalda?»

Vertova era il paese della Val Seriana in cui Martina abitava da sempre. Osvalda era la terza figlia di Martina, la minore. Vivevano insieme in una villa che dominava il paese e la ragazza si era assunta il compito, non richiesto, di occuparsi della moralità di sua madre che, dopo aver avuto tre figlie da tre padri diversi senza aver mai sposato nessuno di loro, da qualche anno si era legata a Leandro e non si preoccupava di nascondere questa relazione né alle figlie né ai suoi pettegoli compaesani.

Ogni volta che Martina tornava da Bergamo, Osvalda la affrontava con tono drammatico.

«Anche da vecchia riesci a dare scandalo», la aggrediva. E poi rincarava la dose: «Ma prima o poi dovrai affrontare il giudizio di Dio, come tutti».

Di solito, Martina taceva e aspettava che passasse la bufera. Ma qualche giorno prima aveva alzato la voce.

«Smettila con questo tuo farneticare da baciapile. Che cosa ne sai tu di Dio?»

«Ne so più di te che ti illudi di venire a patti con il Padreterno», aveva esclamato la figlia.

Martina si era arrabbiata: «Tu hai bisogno di un sano e vigoroso fidanzato che ti trasformi in una donna».

L'aveva detto, finalmente. Ma subito dopo si sarebbe tagliata la lingua. C'era stato un istante di silenzio. Poi Osvalda era corsa fuori dalla stanza piangendo e Martina era andata in chiesa. Lei aveva davvero un modo tutto suo di essere cristiana. Fin da piccola, ai santini che il parroco le regalava, Martina preferiva la grande statua di gesso colorato, collocata nella cappella accanto all'altare maggiore, che raffigurava un Cristo giovane, sorridente, dallo sguardo ceruleo. Indossava una lunga veste bianca e un mantello scarlatto, le braccia aperte in un gesto d'accoglienza. Quello era il Cristo che lei amava. Si sedeva su una panca, davanti alla statua, lo guardava negli occhi e gli raccontava tutto quello che le pesava sul cuore. Quel giorno disse: «Caro Gesù, la mia Osvalda è una zitella insopportabile. Lo sai. Da quando ho ritrovato l'uomo con cui voglio vivere per il resto dei miei giorni, lei è gelosa e non mi dà pace. Ti prego, falle incontrare un bravo ragazzo che la sposi, la renda felice e la porti via di casa».

Adesso, Leandro le sorrise. Sapeva quanto fosse difficile il rapporto tra Martina e Osvalda.

«Dormi e non angosciarti. È un ordine del medico. Io vado a guardare la partita in televisione», le disse. Si chinò su di lei, le accarezzò i capelli e uscì dalla stanza.

Al primo piano del palazzo, dopo una fuga di salotti, c'era un piccolo studio ovattato. Quella era la camera che Leandro preferiva. Sulla scrivania, tra le molte fotografie di famiglia, ce n'era una di Martina, seduta su una sedia, nel giardino di Villa Bertola a Vertova. L'aveva scattata lui sei anni prima ed era riuscito a cogliere sul viso di quella strana donna la forza prorompente, l'infinita dolcezza e una deliziosa civetteria.

Quel giorno, dopo anni di assenza, Leandro era tornato al paese per fotografare le stanze della villa dei nonni, disabitata ormai da tempo, perché voleva metterla in vendita. Aveva trovato Martina, nel giardino, che raccoglieva le ciliegie da un ramo dell'albero.

«Stai violando una proprietà privata», l'aveva spaventata, cogliendola di sorpresa.

«Che cosa dici? Se non le raccolgo io, le mangeranno i merli», gli aveva risposto lei, con un sorriso irresistibile.

Si erano guardati negli occhi per un lungo istante. Lui era arrossito e, all'improvviso, le aveva sussurrato: «Ti ho sempre amato. Adesso siamo liberi di disporre delle nostre vite. Vuoi stare con me?»

«Finalmente. È da quand'ero ragazza che aspetto di sentirtelo dire», aveva risposto lei, commossa.

Erano passati sei anni felici, da quel momento. Martina aveva posto alcune condizioni che lui aveva accettato. Una di queste era che avrebbero continuato a vivere ognuno a casa propria, lui a Bergamo e lei a Vertova, pur incontrandosi il più spesso possibile.

Ora Leandro sedette sulla poltrona, davanti al televisore acceso. La sua squadra del cuore stava perdendo, ma non se ne rammaricò più di tanto, perché era preoccupato per Martina. A un certo punto rinunciò a seguire la partita e scese al piano terreno. Entrò in salotto. Si avvicinò al divano in punta di piedi e vide Martina che si premeva il petto con tutte e due le mani. «Ho male, molto male», disse in un soffio, gli occhi sbarrati per il dolore e la paura. «Ho cercato di chiamarti... ma non sentivi...» Leandro telefonò immediatamente all'ospedale e, pochi minuti dopo, il suono lacerante di una sirena annunciò l'arrivo dell'ambulanza.

# 2

«NONNA, adesso devo tornare a casa. Sono quasi le sei e la mamma rientrerà tra poco. Sai bene che va seguita come una bambina», disse Osvalda a Vienna Agrestis che, quel giorno, aveva compiuto ottantacinque anni e viveva ormai sola, a Vertova, nella casa rurale che era stata della famiglia di suo marito.

Vienna era una donna serena ed equilibrata. Con il trascorrere degli anni era diventata una specie di nume tutelare dei numerosi Agrestis che da tempo avevano lasciato il paese per trasferirsi in città.

La nonna replicò: «Smettila di fare la crocerossina. Tua madre ha sempre saputo badare a se stessa. Tu vorresti che si chiudesse in casa a recitare rosari. Be', scordatelo. Martina è uno spirito libero e deve ancora nascere qualcuno capace di tenerla alla catena».

Era seduta sulla poltrona in salotto, davanti alla finestra che si affacciava sul fiume Serio. La stanza aveva il soffitto con le travi a vista ed era arredata con i mobili che le avevano regalato i cognati, i quali si erano specializzati nel settore dell'arredamento e, in poco tempo, erano riusciti a lanciare sul mercato, con grande successo, il marchio Agrestis. Vienna era entrata giovanissima in quella casa, quando aveva sposato Arturo, il maggiore dei figli Agrestis. Dopo le nozze, il marito era andato a lavorare a Torino come muratore, perché il mestiere di falegname non gli piaceva. Era morto quando Martina era ancora piccola.

«Io non voglio tenerla alla catena. Mi infastidiscono le chiacchiere del paese», reagì Osvalda.

«E tu non ascoltarle», l'ammonì la nonna.

«Adesso devo proprio scappare», affermò Osvalda.

Vienna l'afferrò per un polso e, con forza, la costrinse a sedersi sulla poltrona di fronte a lei.

«Sai chi mi ha fatto il regalo più bello per il mio compleanno? La tua mamma», affermò.

«Che non si è nemmeno degnata di partecipare al pranzo», sottolineò la giovane, con voce aspra.

«Era qui stamattina, alle sei, quando tu dormivi. Siamo andate insieme alla prima Messa e, dopo avermi accompagnato a casa, prima di andarsene, ha lasciato sul tavolo uno scatolone che faceva meraviglia solo a guardarlo, tanto era bello. Dentro c'erano una camicia da notte e una vestaglia di seta ricamate a mano. Io non ho mai avuto niente di più bello. Naturalmente non indosserò mai quella biancheria, ma mi fa piacere averla.»

«Figuriamoci se a mia madre veniva in mente di regalarti una vestaglia di lana.»

«Smettila di criticarla. Tua madre è una gran signora e tu non riesci a capirlo.»

«Io so che non si è mai preoccupata di dare un padre alle sue figlie. A me e alle mie sorelle è sempre mancata una figura paterna, e si vede: Giuliana, a cinquant'anni, sta con un trentenne e Maria si sfianca per crescere da sola i suoi figli. Quanto a me, so benissimo di essere un vero disastro.»

«Eppure stamattina, durante la Messa, mentre pregavo accanto a Martina, pensavo al suo dono e ne godevo, perché lei mi ha regalato uno spicchio di felicità», tentò di difenderla Vienna.

Invece di replicare, Osvalda guardò il cielo di là dalla finestra.

«C'è aria di neve», osservò.

«Già. Oggi è la quarta domenica d'Avvento. Avremo la neve per Natale», convenne la nonna. «Adesso vai», soggiunse, precedendola verso l'anticamera.

Osvalda indossò il cappotto e, dopo avere abbracciato la nonna, se ne andò.

C'era poca gente per le strade del paese.

Incrociò un gruppo di ragazzini chiassosi. Due di loro, vedendola, si levarono il berretto e la salutarono.

«Buona sera, maestra», dissero.

Lei rispose ai saluti senza fermarsi.

Insegnava alle scuole elementari da quando si era diplomata. Prima era stata assegnata alle scuole di Clusone, un paese vicino, e poi a quelle di Vertova.

Dal corso principale svoltò a sinistra e passò davanti alla chiesa.

Udì il suono dell'organo e il coro dei bambini che provavano i canti di Natale: «Tu scendi dalle stelle, o Re del Cielo...»

Osvalda fece un frettoloso segno della croce e proseguì il cammino. La strada incominciò a salire costeggiando i giardini delle ville. Quello era il quartiere alto di Vertova. Lì sorgevano la villa dei conti Bertola, acquistata dal comune e adibita a biblioteca, e la villa dei conti Ceppi, abitata da sua madre e da lei.

Incrociò alcuni immigrati di colore che la salutarono con ossequio. Osvalda si occupava attivamente di loro come membro di una associazione di volontariato che aveva sede presso la parrocchia e raccoglieva per loro biancheria, indumenti, viveri e denaro.

Arrivò davanti al pesante cancello in ferro battuto di Villa Ceppi. Lo aprì e percorse il viale bordato di mortella, salì la breve scalinata che conduceva al portico, si fermò davanti alla porta d'ingresso per digitare la combinazione elettronica che disattivava l'impianto di allarme. Infine, entrò in casa.

L'accolsero l'oscurità, il silenzio, il tepore del riscaldamento e un vago profumo di rose che proveniva da una ciotola colma di petali secchi, intrisi di essenze, appoggiata sul tavolo dell'ingresso. Sua madre non era ancora tornata. Fece scorrere l'anta di un armadio a muro e vi appese il cappotto. La richiuse e, per un istante, si osservò allo specchio: vide l'immagine di una giovane donna dal volto imbronciato. Con un gesto automatico ravviò i capelli biondi, raddrizzò il filo di minuscole perle che illuminavano il golfino grigio scuro, lisciò le pieghe della gonna scozzese e, sentendosi in ordine, imboccò il corridoio di servizio ed entrò in cucina.

Ancora una volta pensò che la sua vita non era certo esaltante, ma scorreva tranquilla. Se si fosse sposata, come Martina avrebbe desiderato, marito e figli avrebbero sovvertito la sua esistenza e lei non voleva avere ulteriori problemi, oltre quelli che le procurava sua madre.

Prelevò dal frigorifero un misto di verdure, le lavò, le allineò sul tagliere. Doveva preparare la cena per sé e per Martina. Mentre tagliuzzava il sedano pensò alle cene con sua madre, sedute l'una di fronte all'altra, senza parlare. Un occhio al piatto e uno al televisore acceso a guardare le guerre, le stragi, i delitti che insanguinavano il mondo. Martina avanzava sempre il cibo nel piatto, Osvalda non faceva commenti, ma si offendeva per lo scarso entusiasmo della mamma verso le pietanze che lei cucinava con impegno.

Incominciò ad affettare i cipollotti freschi quando suonò il telefono. Osvalda si pulì le mani con un canovaccio e alzò il ricevitore dell'apparecchio che era appoggiato sulla credenza. Sentì la voce di Galeazzo Bigoni, proprietario di una piccola fabbrica di fuochi d'artificio. Erano coetanei. Lui si era laureato in ingegneria e poi si era inventato questa attività non avendo trovato un lavoro migliore. Gli affari prosperavano nonostante la concorrenza cinese che lo costringeva a puntare sulla qualità.

«Hai voglia di andare al cinema, questa sera?» le domandò.

Osvalda elaborò velocemente una serie di pretesti per rifiutare l'invito, perché sapeva che, tra una parola e l'altra, l'amico avrebbe alluso a un legame stabile tra loro, mettendola a disagio. Era un bravo ragazzo e sarebbe bastato un piccolo incoraggiamento per arrivare al matrimonio che, però, non rientrava nei suoi programmi. Non le venne in mente nessuna scusa plausibile, così rispose, con fare sbrigativo: «Sto preparando la cena. Ti telefono più tardi».

«Un briciolo di entusiasmo sarebbe ben accetto», si lamentò Galeazzo.

«Scusami, sto affettando le cipolle», replicò Osvalda e chiuse la comunicazione.

Mise sul fuoco una pentola d'acqua, vi aggiunse dado e sale. Pelò un paio di patate e le tagliò a dadini. Il telefono squillò un'altra volta.

«Pronto», rispose spazientita. Di quel passo, chissà quando sarebbe stato pronto il minestrone.

«Sono Leandro», disse una voce che conosceva bene e che detestava. La informò brevemente che Martina aveva avuto un infarto ed era ricoverata nel reparto di terapia intensiva dell'ospedale di Bergamo.

«Salgo in macchina e arrivo immediatamente», disse la ragazza, con la voce che le tremava.

# 3

MARIA non aveva bisogno di una sveglia. Alle cinque e mezzo, come ogni mattina, spalancò gli occhi. La camera era immersa nel buio e lei aveva le braccia ghiacciate perché, dormendo, si era scoperta. Le infilò di nuovo sotto la trapunta e una piccola mano le sfiorò una spalla. Pietro, il suo bambino di dodici anni, dormiva nel letto matrimoniale con lei perché era ammalato.

Nel palazzo di via Vitruvio, a Milano, dove viveva con i suoi due figli, il padrone di casa economizzava sul riscaldamento che veniva spento durante la notte e i suoi figli infilavano una bronchite dopo l'altra. Per due giorni Pietro aveva avuto tosse e febbre alta. Ora gli posò le labbra sulla fronte e constatò, con sollievo, che era fresco come un fiore.

Scivolò fuori dal letto, indossò una vestaglia di flanella e uscì silenziosamente dalla stanza. Accese la luce nel corridoio e socchiuse la porta della camera di sua figlia Elisabetta, che aveva quattordici anni. Stava dormendo tranquillamente. Allora entrò in cucina e rischiò di cadere mettendo il piede su un pattino a rotelle abbandonato sul pavimento, la sera prima, da Pietro. Il silenzio fu lacerato da un suono stridente. Maria accese la luce e, con un calcio, spedì il pattino sotto un credenzino. Riempì la caffettiera e la mise sul fornello a gas. Poi sedette al tavolo, in attesa che filtrasse il suo elisir mattutino. Guardò fuori dalla finestra e vide, nel cielo, la luna soffusa da un'aureola lattescente che annunciava l'arrivo della neve. Fece scorrere lo sguardo sulle finestre del cortile interno. Erano tutte spente tranne quella dell'appartamento in cui abitava un giovane artista che rientrava spesso dalle sue notti folli quando Maria si alzava per andare a lavorare.

Ripensò a quando aveva visto per l'ultima volta Peppino Cuomo, suo marito, disteso su un tavolo dell'obitorio. Era stato travolto e ucciso da un'automobile in una notte d'estate, mentre rincasava ubriaco, come al solito. «Una vita assurda», sussurrò, ricordando che, tanti anni prima, sua madre l'aveva messa in guardia: «Non sposarlo. È un piccolo borioso che ti rovinerà la vita». Però adesso, di quel matrimonio sbagliato, le restavano i suoi bellissimi ragazzi. La sera, quando ritrovava i visi teneri dei suoi figli, Maria era felice.

Spense il gas e versò il caffè in una tazza. Aggiunse latte e biscotti e gustò con piacere la sua zuppetta. Andò in bagno a lavarsi e vestirsi. Sopra la calzamaglia di lana infilò i jeans e gli stivali foderati di pelo. Indossò due maglioni e la giacca a vento imbottita. Calò sulla testa un berretto che le copriva anche le orecchie e uscì di casa. Era la quarta domenica d'Avvento e lei aveva iniziato la sua giornata di lavoro. I ragazzi avrebbero dormito ancora un po'. La signora Clelia, una vicina di pianerottolo, si sarebbe occupata di loro.

Scese a saltelli le quattro rampe di scale, attraversò l'androne e fu sulla via. Svoltò l'angolo del caseggiato, raggiunse il garage dov'era posteggiato il suo furgone. Salì a bordo, accese il motore e partì.

Erano da poco passate le sei. La città si concedeva ancora un po' di tregua prima che incominciasse un nuovo giorno di caotico traffico natalizio. In molte strade, le decorazioni luminose formavano soffitti sospesi nel vuoto e davano la sensazione, a chi viaggiava, di percorrere gallerie multicolori. Con quello che costa la corrente ci permettiamo tanto spreco, pensò Maria, mentre procedeva verso piazzale Loreto. I mezzi pubblici circolavano, per ora, con pochi passeggeri. Arrivò di fronte alla chiesa di Casoretto, parcheggiò il furgone e scese. Vide Maura intabarrata come lei, che arrivava di corsa da via Mancinelli. La chiesa era appena stata aperta e le due donne, dopo essersi salutate, entrarono e percorsero la navata principale fino all'altare maggiore.

Mentre Maura bisbigliava le sue preghiere, Maria pregava la Madonna che le facesse ottenere al più presto l'assicurazione del marito. L'associazione dei commercianti le aveva promesso un appartamento più grande in un palazzo nuovo all'interno di un quartiere dotato di scuole e con una chiesa ben gestita da un parroco molto attivo. Il trasloco nella nuova casa e i soldi dell'assicurazione avrebbero nettamente migliorato la qualità della sua vita.

Maura e Maria si fecero il segno della croce e uscirono dalla chiesa.

«Cappuccino», propose Maura, affrettandosi verso il bar al di là del sagrato.

Il giovane barista, gli occhi gonfi di sonno, non riusciva a trattenere qualche sbadiglio mentre serviva i soliti clienti del primo mattino. Come sempre, c'erano due vigilantes del quartiere, il giornalaio, le commesse della panetteria che in prossimità del Natale restava aperta anche di domenica, il pensionato insonne con il suo cane, il farmacista, Raul Draghi, che faceva il turno di notte. Le brioche calde diffondevano un buon profumo di vaniglia.

Maura e Maria si tolsero guanti e berretto, guardarono le brioche e dissero, all'unisono: «Ne mangiamo una in due?»

Erano entrambe in sovrappeso e cercavano di moderarsi per non peggiorare la situazione.

«Ultima domenica di confusione. Fra tre giorni sarà Natale e Milano sembrerà una città lunare», osservò il farmacista.

Era un bell'uomo dal colorito olivastro, i capelli brizzolati e un sorriso schietto. Era un siciliano che viveva a Milano da anni. «Come Stendhal, mi considero cittadino milanese», sosteneva. Parlava con tutti, ma soprattutto con Maria. Per lei aveva sempre qualche piccola attenzione. Gli altri frequentatori del bar l'avevano notato e si scambiavano sguardi ammiccanti. Maria era la sola a non accorgersi di nulla.

«Come stanno i suoi figli?» le domandò Raul.

«Pietro ha avuto la bronchite. Spero che guarirà per Natale, altrimenti passerò le feste a somministrare sciroppi e pappine», rispose con aria serafica, gustando il cappuccino caldo.

«Lei è una madre straordinaria», disse il farmacista, riabbottonandosi il cappotto. Salutò tutti e rivolse a Maria un sorriso tenero.

«Abbia cura di sé», le raccomandò.

Maria e Maura salirono sul furgone. Maura sfilò due sigarette dalla tasca del giaccone, le accese e ne porse una all'amica che guidava.

«Certo che sei proprio scema!» sbottò, dopo la prima boccata di fumo. «Il farmacista ti corteggia da un pezzo e tu nemmeno te ne accorgi.»

«Ho chiuso con gli uomini. Mi è bastato mio marito. E poi, quello non mi fila per niente. Tu lavori di fantasia», replicò.

La prima luce del mattino appariva all'orizzonte. Il furgone raggiunse velocemente la tangenziale già affollata di auto e di camion.

«Certo che se ti curassi un po' di più», considerò Maura, mentre Maria rallentava in prossimità dell'uscita di Mecenate.

«Non ho il tempo né la voglia per queste sciocchezze. E poi, senti da che pulpito viene la predica», scherzò Maria.

«Io ho cinquant'anni e sono sposata. Tu ne hai solamente trentacinque e sei vedova di un mascalzone. Raul sarebbe l'uomo giusto. Ogni volta che vado in farmacia, mi chiede: 'Come sta la signora Maria?'»

«La signora Maria sta bene così com'è», rispose la vedova.

«Si vede! Stai da schifo.»

«Non allargarti troppo. Rispetta le gerarchie e ricorda che io sono la padrona e tu la commessa», scherzò.

«Sei diventata matta?» trasecolò Maura.

«Lo sono sempre stata. Ho una madre matta, due sorelle matte e una commessa come te. E adesso andiamo a fare acquisti», concluse con voce allegra.

Si fermarono nel piazzale davanti al grande mercato dei fiori. Nell'area di parcheggio c'erano molti camion dai quali gli uomini scaricavano piante e fiori. Riempivano decine di carrelli che venivano sospinti all'interno dei capannoni. Non erano ancora le sette e il piazzale sembrava un formicaio impazzito. Maria e la sua commessa stiparono nel furgone scatoloni, vasi grandi e piccoli straripanti di fiori e piante. Maria era soddisfatta. Aveva acquistato garofani rossi, gladioli scarlatti ancora in boccio, margherite bianche e gialle, fasci di girasoli, tralci dorati, bacche di rose canine, rami di pino e d'alloro, ciuffi di peperoncino, con i quali avrebbe realizzato composizioni mirabili che andavano a ruba tra i clienti. Era diventata famosa, in tutto il quartiere, per l'originalità dei suoi «bouquet».

Mentre tornavano in città, disse: «Quando riscuoto

l'assicurazione, vendo il chiosco e compro un negozio. Voglio chiamarlo 'Primissima', perché venderò soltanto fiori di prima qualità. Avrò rose extra, Avalanche bianche, Passion cardinalizie, Grand Prix sfumate di viola, ortensie Petroleum con il gambo di un metro, e pelargonio echinanto e rododendro luteo, delicate plumbago e sensuali orchidee. E tanti fiori da giardino. Il mio negozio sarà una festa per gli occhi. Farò arrivare i fiori direttamente dall'Olanda, dalla Spagna, dall'Australia o da Torre del Greco. E un giorno mi farò una serra tutta mia. Ho già adocchiato un terreno, non lontano da Milano. I miei figli cresceranno e mi daranno una mano, anzi, tutte e due».

«Sogni, sogni e ancora sogni», canticchiò Maura.

«Che senso avrebbe la vita, se non si potesse sognare?»

«Evviva!» esclamò Maura e le due donne esplosero in una allegra risata.

Ormai erano le otto e il traffico in città era già caotico. Fermarono il furgone in piazza Argentina, davanti al chiosco dei fiori. Era una specie di enorme gazebo, chiuso da lastre di plexiglas e saracinesche di ferro. Lo aprirono, scaricarono velocemente la merce e l'ammassarono all'interno.

«Dobbiamo ancora incominciare la giornata e sono già stanca», si lamentò Maura.

«Caffè?» propose Maria.

«Caffè», annuì l'amica.

«Aspettami al bar. Vado a parcheggiare il furgone, casomai passasse il solito vigile con la luna di traverso.»

Poi, dal bar, compose il numero di cellulare della vicina di casa, che la rassicurò. Pietro era proprio sfebbrato, Elisabetta l'avrebbe raggiunta al chiosco per darle una mano dopo aver fatto i compiti di scuola.

Infatti nel pomeriggio arrivò e si rese subito utile fasciando i gambi dei fiori con la guttaperca, battendo gli scontrini di cassa, rinnovando l'acqua nei vasi.

Alle sei di sera chiese alla mamma il permesso di andare da una compagna di scuola.

«Non se ne parla. Ho il furgone pieno di consegne e tu resterai qui fino alla chiusura per aiutare Maura che ti accompagnerà a casa», disse Maria.

Elisabetta non protestò, sapeva che i «no» di sua madre andavano rispettati.

Maria era appena salita sul furgone quando squillò il suo cellulare. Lesse il numero della chiamata; era quello di Villa Ceppi.

«Ciao mamma», rispose subito, con voce allegra.

Invece era sua sorella Osvalda e quello che le disse la raggelò.

# 4

GIULIANA sciolse la cintura dell'accappatoio di ciniglia bianca, scostò i lembi e si guardò allo specchio con occhio critico. Il seno, piccolo per fortuna, reggeva ancora. Il grembo e l'interno delle cosce, invece, mostravano segni di cedimento nonostante la ginnastica massacrante a cui si sottoponeva. Stava per compiere cinquant'anni e, sebbene continuasse a illudersi d'essere una ragazzina, non avrebbe più interpretato l'evanescente *dame aux camelias*, o la devota infermiera di *Fiori di cactus*, che erano stati i suoi cavalli di battaglia. Ormai i registi le proponevano solo ruoli più adatti alla sua età.

Pensò alla vecchiaia con raccapriccio e invidiò la leggerezza con cui Martina, sua madre, affrontava l'incalzare del tempo. Però Martina non era un'attrice di teatro e non aveva un'amante giovane. Lasciò scivolare a terra l'accappatoio e massaggiò accuratamente il corpo con la crema idratante, ben sapendo che non esistevano né balsami, né diete, né ginnastica che potessero ridarle i suoi vent'anni. Passò dal bagno allo spogliatoio. Indossò evanescenti capi di candida lingerie e una lunga vestaglia bianca di raso pesante. Davanti allo specchio, spazzolò i capelli corti e stese sul viso un leggero strato di fondo tinta. Poi andò in cucina, un ambiente che frequentava con riluttanza e soltanto quando Dora, la sua governante, si prendeva la giornata di riposo. Come sua madre, Giuliana non amava cucinare. Le casseruole, le posate e i piatti sporchi di cibo disturbavano il suo senso estetico.

Eppure era nata nella casa di campagna dei nonni e nel cortile si allevavano il maiale e le galline. Ma lei, giovanissima, aveva preso le distanze da quel maleodorante mondo campagnolo e dal piccolo paese, infossato nella valle. Andava a Vertova raramente e solo per vedere la mamma e la nonna. Sbucciò un'arancia sanguigna e la masticò, spicchio dopo spicchio, mentre la caffettiera filtrava l'orzo tostato che non le piaceva, ma che riteneva meno dannoso del caffè.

Aprì la portafinestra della cucina per lasciar entrare il tiepido sole di dicembre. Erano le dieci del mattino e il cielo di Roma era limpido e trasparente. Uscì sul terrazzo che correva lungo tutto il perimetro del suo bellissimo attico, ai Parioli, fotografato da molte riviste d'arredamento. Ammirò i vasi con le piante di limoni e di mandarini, tra cespugli di dalie rosseggianti e di crisantemi gialli. Dora aveva il pollice verde e le piante, curate da lei, godevano di ottima salute.

Per un istante, il pensiero volò a Vertova e si chiese

come fosse il cielo lassù, in quella quarta domenica d'Avvento.

Rientrò in cucina e sorseggiò l'orzo bollente, mentre ripassava il programma della giornata. Nel pomeriggio doveva uscire per comperare i regali di Natale e la sera avrebbe letto il copione di un lavoro teatrale che Franco Fabiani aveva scritto per lei, ritagliandole su misura il personaggio della protagonista. Giuliana si era concessa un anno di riposo e si preparava a un clamoroso ritorno sul palcoscenico e al pubblico che la osannava.

Andò in bagno a lavarsi i denti e vaporizzò sulla lingua un soffio di profumo. Poi dischiuse la porta della camera da letto dove sottili lame di sole filtravano dalle tapparelle non completamente abbassate. La stanza era immersa nel silenzio. Stefano dormiva profondamente avvolto da una calda coperta di cachemire. Intorno al collo aveva una sciarpa di seta di Giuliana.

Quando avevano fatto l'amore la prima volta, lui le aveva detto: «Giugiù, tu sei il mio Olimpo, il mio cono-gelato d'estate e la mia cioccolata calda d'inverno e io ti amo».

Era accaduto due anni prima, quando lui aveva ventotto anni e lei quasi quarantotto, e già allora Giuliana sapeva che quel bellissimo uomo, un giorno, l'avrebbe lasciata per una donna più giovane, com'era giusto che fosse. Comunque, per ora, la loro storia proseguiva senza incrinature e lei non voleva pensare al futuro.

Si avvicinò al letto in punta di piedi e si chinò sull'uomo per spiarne il respiro. Gli accarezzò i capelli e Stefano emise un mugolio lieve.

«Sono le dieci, tesoro. Svegliati!» gli sussurrò dolcemente.

Con un gesto pigro, lui l'afferrò per la vita e la attirò su di sé.

«Profumi di aria fresca», le sussurrò, abbracciandola. Giuliana avrebbe voluto assecondarlo, ma aveva imparato a controllare i suoi impulsi e a farsi desiderare. Lo avrebbe perso da un pezzo se si fosse mostrata troppo arrendevole. Così si sciolse dalle sue braccia e si alzò. «Devi andare a pranzo con i tuoi genitori», gli ricordò.

Attraversò la camera, alzò le tapparelle e lasciò che la luce del sole irrompesse nella stanza. Stefano si coprì il viso con un cuscino, mentre con voce infantile protestava: «Cattiva, Giugiù!»

«Hai trent'anni, smetti di fare il bambino, perché non mi incanti», disse e, andando verso la porta, gli ordinò: «Vieni in cucina a fare colazione».

Stefano si presentò con gli occhi gonfi di sonno, sedette a tavola trattenendo uno sbadiglio, bevve d'un fiato la spremuta d'arancia che Giuliana aveva preparato e affondò i denti in una tiepida brioche farcita di marmellata. Poi sorseggiò il caffè e infine alzò lo sguardo sulla donna che gli sedeva di fronte. Giuliana lo osservava con aria sorniona.

«Perché mi guardi e non favelli?» scherzò Stefano.

«Nel pozzo profondo della tua anima scorgo tutto l'egoismo di un giovane uomo viziato», replicò, con un sorriso malizioso.

«*Amleto*, atto secondo, scena terza?» la interrogò.

«Solo appunti per l'autobiografia di un'attrice non più giovanissima.»

Lui allungò una mano attraverso il tavolo e accarezzò il collo di Giuliana, sussurrando: «La tua pelle ha rubato il velluto ai petali delle rose e i tuoi seni sono meravigliosi».

Giuliana pensò a quanto le costavano quei seni e l'incarnato di velluto e a tutti gli estrogeni che assumeva per ritardare la decadenza.

Era terrorizzata dalla vecchiaia e la relazione con Stefano, un uomo tanto più giovane di lei, l'aiutava a esorcizzare le sue paure. Lo aveva incontrato in palestra dove lui, da edonista qual era, curava la forma fisica. Lui l'aveva subito riconosciuta e corteggiata. Lei lo aveva ignorato. Pochi giorni dopo si erano rivisti al matrimonio di un'attrice della compagnia di Giuliana, che glielo aveva presentato con tutte le credenziali. Stefano era figlio di un uomo politico e di una imprenditrice. Era laureato in ingegneria elettronica, occupava un posto ai vertici dell'azienda di sua madre, era fidanzato con Elvira, la figlia di un ricco industriale del settentrione e non aveva nessuna fretta di sposarsi.

«Elvira e io non ci amiamo alla follia. Prima o poi ci sposeremo, ma solo perché così deve essere. Nel frattempo lei fa la sua vita e io la mia», le aveva spiegato, mentre la accompagnava a casa.

Giuliana lo aveva invitato a salire e, da allora, Stefano non l'aveva più lasciata.

«Ormai hai trent'anni e sarebbe giusto che ti decidessi a sposarti», gli disse ora.

«Perché non dichiari apertamente che ti sei stancata di me?» protestò lui, con la bella faccia imbronciata.

Lei avrebbe tanto desiderato che fosse così.

«Sai bene che la nostra storia non ha un futuro», sussurrò con tono volutamente distaccato.

«Sei proprio cattiva, Giugiù», disse lui, prendendole una mano che sfiorò con un bacio.

«Corri a farti una doccia e vai dai tuoi genitori», reagì Giuliana, alzandosi dal tavolo.

Lui non ebbe il tempo di replicare, perché squillò il telefono e Giuliana andò a rispondere dal suo studio.

Era un produttore inglese che la cercava da Londra. Le aveva consegnato da tempo il testo di una commedia brillante che in Inghilterra stava riscuotendo molto successo e avrebbe voluto che in Italia fosse interpretata da lei.

Iniziarono una lunga discussione. Stefano si affacciò sulla porta. Si era sbarbato e vestito. Giuliana gli mandò un bacio sulla punta delle dita e continuò a parlare.

Nel primo pomeriggio andò in centro per gli acquisti. Si confuse tra la gente che affollava le strade e i negozi scintillanti di luci. Comperò un paio di boccole di perla montate con diamanti da un gioielliere di via Condotti. Erano destinate a sua madre che amava le cose belle. Martina indossava raramente gioielli, ma aveva un'autentica passione per gli orecchini. Ne possedeva di tutte le fogge, veri e falsi. Giuliana era sicura che quelli le sarebbero piaciuti moltissimo.

Fece incetta di doni per sua figlia Camilla, la nonna Vienna, le sorelle Osvalda e Maria e per i figli di quest'ultima. Per Stefano acquistò una Leika degli anni Sessanta appartenuta a un famoso paparazzo romano, come le spiegò il negoziante. Quando rincasò era ormai buio.

Depositò pacchi e pacchetti sul tavolo dell'ingresso e si rifugiò nel suo studio per compilare i biglietti d'auguri. La prospettiva di una cena veloce e di una serata da passare a letto, leggendo il copione di Franco Fabiani, le sembrò molto invitante.

Sedette alla scrivania, un importante pezzo d'antiquariato francese che le aveva regalato, tanti anni prima, Sante Sozzani, e incominciò a scrivere. La infastidì il suono del telefono e rispose con voce aggressiva.

«Sei tu, Osvalda!» trillò con entusiasmo, avendo riconosciuto la voce della sorella minore. «Ho appena scritto il tuo biglietto di auguri.»

La sorella le raccontò brevemente ciò che era accaduto.

«Parto subito per Vertova», disse Giuliana e aggiunse: «Non so ancora con quale mezzo, ma sarò lì prima di notte», garantì.

Telefonò a Sante Sozzani e lo informò della situazione.

«Devo arrivare a Bergamo al più presto e non provo nemmeno a cercare un posto su un volo di linea, perché non lo troverei. Puoi aiutarmi?» chiese angosciata.

«Il mio aereo è a tua disposizione. Avverto immediatamente il comandante», rispose l'uomo. «Ti mando l'autista che ti accompagnerà a Ciampino.»

# 5

ERA una stanza piccola, spoglia, gelida, dipinta di verde. L'unica finestra, con i vetri smerigliati, era appena socchiusa. Su una parete nuda spiccava un minuscolo crocefisso di legno. Dal soffitto pioveva la luce fredda di una lampada al neon. Il corpo di Martina, steso su un tavolo d'acciaio, era coperto da un lenzuolo.

Osvalda, straziata dal dolore, era rimasta a lungo, in piedi, a guardare quel lenzuolo che disegnava la figura di sua madre.

Erano trascorse due ore da quando Leandro le aveva telefonato per dirle: «La tua mamma ha avuto un infarto. Sto portandola di corsa in ospedale».

Quando lei era arrivata a Bergamo, il cuore di Martina aveva già smesso di battere. Aveva trovato Leandro ad aspettarla all'ingresso del pronto soccorso. I loro sguardi si erano incrociati, lui si era limitato a scuotere il capo e a sussurrare, con un filo di voce: «Abbiamo tentato di salvarla, ma è stato tutto inutile».

Avevano percorso insieme i corridoi spogli dei sotterranei in un silenzio agghiacciante fino a quella fredda stanza dell'obitorio dove lui l'aveva lasciata sola. Ora Leandro entrò nella camera e le disse piano: «Ritorna a casa, Osvalda. Qui, ormai, non puoi fare più niente». E aggiunse con dolcezza: «Te la senti di guidare?»

Lei non gli rispose. Era combattuta tra lo sgomento per la perdita di Martina e l'astio a lungo coltivato per quell'uomo tanto amato da sua madre. Infine disse: «Non preoccuparti. Sto bene. Ci vediamo domattina».

Alla guida della sua auto, percorse la provinciale della Val Seriana affollata dalle automobili che da Bergamo risalivano la valle. Non aveva voglia di rincasare, perché d'ora innanzi sarebbe stata sola, per sempre. Si rese conto che la grande villa in cui era vissuta aveva avuto senso finché c'era stata Martina. Ora la mamma non avrebbe più dormito nella camera accanto alla sua, e questo pensiero le parve terrificante.

Ebbe la tentazione di invertire la marcia e ritornare in ospedale, per starle vicino. «Con tutto quello che ho fatto per te, perché mi hai lasciata?» disse in un sussurro. E aggiunse: «Stavamo così bene, insieme». Martina era sempre stata il suo pensiero dominante, la ragione della sua esistenza. Martina così difficile da accudire, così ribelle e trasgressiva, eppure così importante per lei. «Purché non voglia spartire con me il suo dolore», mormorò, subito dopo, pensando a Leandro, che non aveva alcun diritto di condividere con lei un lutto che era solo suo.

Farfalle di ghiaccio vorticavano nel suo stomaco e nel

cervello. Le luci delle auto le ferivano gli occhi aridi. Non era ancora riuscita a versare neppure una lacrima. Squillò il cellulare. Si fermò in una piazzola e rispose. Era Maria.

«Sto per arrivare a Bergamo. Tu dove sei?» le domandò.

«Per strada e c'è un gran traffico.»

«Non sei in ospedale? La mamma come sta?» la incalzò Maria.

«Nostra madre non c'è più. Sto rientrando a Vertova. Raggiungimi lì. Dovrebbe arrivare anche Giuliana», disse con un filo di voce.

«Oddio!» sussurrò Maria, smarrita.

Osvalda spense subito il cellulare. Non poteva più parlare con nessuno. Si sentiva male. Avrebbe voluto mettere in moto la macchina ma la sua mente non riusciva a comandare i movimenti delle braccia e delle gambe. Le sembrò di essere paralizzata e si sentì soffocare. Forse, stava per morire. E d'altra parte avrebbe potuto continuare a vivere, ad agire, a pensare, senza sua madre? Abbandonò il capo sul volante e finalmente pianse.

# 6

Le pareti della camera da letto erano tappezzate di seta color zafferano punteggiata da piccoli gigli di Francia blu cielo. Gli arredi liberty erano in frassino, le tende di pizzo bianco, le porcellane della toilette riprendevano il decoro della tappezzeria. Era una stanza di sapore antico e civettuolo.

Quando si era trasferita a Villa Ceppi, Martina aveva scelto quella camera perché era vasta e soleggiata. C'erano tre portefinestre che si aprivano su un terrazzo dove fiorivano i gelsomini e da cui si dominava il grande giardino.

Ora le tre sorelle erano lì, e si guardavano intorno smarrite. Non riuscivano a credere che Martina non sarebbe più tornata.

«C'è profumo di mamma, qui dentro», mormorò Maria.

Si era seduta sulla poltrona a dondolo, tra una portafinestra e un cassettone sovrastato da una specchiera. Ricordò Martina, seduta su quella poltrona, mentre allattava Osvalda. Maria aveva cinque anni, stava accucciata ai piedi di sua madre e fingeva di giocare con la bambola. Invece adocchiava la mamma e la sorellina appena nata e non tollerava la loro intimità. Per disturbarle, aveva alzato la voce fingendo di sgridare la bambola disobbediente. La neonata aveva avuto un sussulto e, abbandonato il capezzolo di sua madre, si era messa a strillare.

Martina aveva allungato una mano per scompigliare i capelli di Maria, mentre le diceva: «Non urlare e ti prometto che, non appena Osvalda sarà sazia di latte, giocheremo tu e io e vedrai che la bambola non sarà più disobbediente».

«Ti ricordi quando venne il corriere a consegnare questa poltrona?» domandò ora Maria, rivolgendosi a Giuliana.

«Lo ricordo benissimo. La mamma era incinta di Osvalda e la poltrona venne piazzata qui, dov'è adesso», rispose la sorella maggiore.

«Io ci montai sopra con le scarpe e lei mi sgridò», ricordò ancora Maria.

«Non faceva che ripetere: 'Questa poltrona è un pregevole pezzo dell'Ottocento inglese. Solo il tessuto, lavorato a piccolo punto, vale un patrimonio'», declamò Giuliana che era seduta sul letto e accarezzava la frangia della coperta di seta.

Osvalda aveva spalancato le sei ante di un armadio che occupava tutta la parete di fianco al letto. Tentava di scegliere l'abito da portare all'ospedale l'indomani per vestire Martina.

Era irritata dalle chiacchiere lievi delle due sorelle maggiori.

«Era un regalo di mio padre. Per questo le era caro», puntualizzò.

Poi, mostrando alle sorelle due vestiti chiese: «Il blu o il marrone?»

Giuliana e Maria non risposero, immerse nei loro ricordi.

«Il blu o il marrone?» ripeté Osvalda.

Le tre sorelle non potevano essere più dissimili. Giuliana era alta e longilinea come la madre, aveva i suoi stessi occhi azzurri ma i lineamenti erano più decisi di quelli di Martina.

Maria era più bassa di statura e tendeva alla pinguedine. Aveva occhi dorati, lo sguardo dolce e languido rivelava la sua natura di sognatrice. Aveva ereditato dalla mamma la voce suadente e i folti capelli scuri.

Osvalda aveva il carattere forte e determinato di Martina, ma un aspetto più evanescente e un incarnato di porcellana che alla luce del sole si punteggiava di lentiggini.

«Né l'uno né l'altro», disse infine Giuliana esaminando gli abiti scelti dalla sorella. E soggiunse: «Sei sicura che siano della mamma? Non le assomigliano per niente».

Martina vestiva sempre in jeans e maglietta. Anche quel giorno, quand'era stata portata all'ospedale, indossava pantaloni di fustagno e maglione di lana. Possedeva pochi vestiti eleganti per le occasioni speciali.

«Secondo te, dovremmo metterla nella bara con i jeans?» si infuriò Osvalda.

«Non vorrete litigare per un vestito!» sbottò Maria, che non aveva mai attribuito importanza all'abbigliamento.

Osvalda la guardò indignata.

«Sei disgustosa», le disse, «non permetterò che la mamma venga sepolta in jeans.»

«Smettila di fare storie. Non riesci a tenere a freno il tuo perbenismo neppure di fronte alla morte», si spazientì Giuliana.

Osvalda arrossì per la rabbia e gli occhi le si riempirono di lacrime. Se ne andò dalla camera sbattendo la porta dietro di sé.

Il colpo violento mise in moto un orologio a cucù. L'uccellino uscì dalla sua casina cinguettando: «Cucù, cucù, cucù», poi si ritirò.

Maria e Giuliana esplosero in una risata nervosa che si spense subito.

«Forse la mamma vorrebbe essere sepolta avvolta da un lenzuolo, perché questo corrisponde esattamente al suo bisogno di essenzialità», disse Maria.

«Lo penso anch'io, ma Osvalda non lo accetterà mai.»

«Siamo due contro una e dovrà cedere.»

«Dimentichi la nonna. Alla fine, sarà lei a decidere come dovrà essere vestita», affermò Giuliana e aggiunse: «Comunque, sono sicura che la mamma è stata molto felice in questi ultimi anni».

«Ti riferisci a Leandro?» domandò Maria.

La sorella annuì. Ricordò il giorno in cui sua madre e il professore erano arrivati a Roma per andare a teatro ad applaudirla alla prima di *Ricordando con rabbia*. Dopo lo spettacolo avevano cenato insieme, loro tre soli, e lei si era resa conto che Martina e Leandro erano una coppia formidabile. Aveva quasi invidiato la loro intesa.

Ora disse: «Lui la accudiva come se fosse una bambina. Quei due si sono amati davvero».

«Nessuna di noi ha pensato a Leandro. Avremmo dovuto almeno telefonargli», osservò Maria.

«Il problema più grosso è la nonna. Non sa ancora che la mamma è morta. Dobbiamo dirglielo. Andiamo da lei tutte e tre, insieme», propose Giuliana.

«A quest'ora? È mezzanotte, ormai. Meglio lasciarla dormire in pace», ragionò Maria.

«D'accordo. Non sarebbe male se riuscissimo a riposare un po' anche noi», disse Giuliana.

«Non ho sonno», affermò Maria.

«Nemmeno io», fece eco Giuliana.

«Ci beviamo qualcosa di caldo?»

Scesero al piano terreno. Non c'era traccia di Osvalda che, evidentemente, si era rifugiata nella sua camera.

Andarono in cucina e si prepararono due tazze di latte bollente. Sedettero al tavolo, l'una di fronte all'altra, e trascorsero la notte a parlare di Martina, a ricordare gli anni passati.

Alle sei del mattino furono scosse dal trillo del telefono.

Era la nonna che, quando Giuliana le rispose, domandò insospettita: «Come mai sei a Vertova?»

«E tu, perché chiami a quest'ora?»

«Ho fatto un brutto sogno e volevo parlare con Martina», spiegò.

Giuliana fu percorsa da un brivido.

«Che cosa hai sognato, nonna?»

«Oh, Signore, che spavento. Ho sognato che mia figlia stava in cielo e mi chiamava.»

# 7

Prima di andare dalla nonna, Maria aveva telefonato ai suoi ragazzi e a Maura per sapere come aveva organizzato il lavoro. «Mio marito mi dà una mano e questo è davvero un miracolo, conoscendolo. Ma non basta. Apri bene le orecchie, cara, e preparati a una notizia bomba: il farmacista si occuperà delle consegne.»

«Stai scherzando?» domandò Maria.

«Dico davvero. Ha saputo da mio marito quello che ti è successo e non ci ha pensato un momento. Si è levato il camice, ha lasciato la farmacia ed è venuto al chiosco per offrire il suo aiuto», spiegò e proseguì: «Tesoro, so che sei sconvolta. Prenditi tutto il tempo che ti serve. Qui è tutto sotto controllo, compresi i tuoi figli».

Poi, le tre sorelle erano andate a casa della nonna.

«Niente chiasso, niente Messa cantata, niente fiori, né santini. Il funerale sarà esattamente come lo voleva lei», fu l'unico commento che fece Vienna, con un filo di voce, dopo aver saputo dalle nipoti che Martina non c'era più.

Era seduta in salotto, sulla solita poltrona. Per un attimo si piegò su se stessa e chiuse gli occhi. Poi, si rialzò, guardò le ragazze e chiese: «E Leandro?»

«Lo troveremo all'ospedale», aveva risposto Giuliana.

«Portatemi da mia figlia», aveva detto Vienna. Si era voluta cambiare l'abito e aveva indossato un cappotto elegante. Voleva accompagnare dignitosamente sua figlia al cimitero.

Mentre andavano verso Bergamo in automobile, Osvalda non riuscì a trattenersi: «Perché hai deciso che i parenti e i vicini non devono essere informati?» Viveva di apparenze e le sembrava che il funerale di Martina dovesse essere un avvenimento per Vertova.

«Ultimamente capitava che parlassi con Martina della mia morte. Una volta le ho detto che non desideravo un funerale pomposo e che avrei voluto essere scortata al cimitero solamente da lei e da voi. Allora Martina mi disse che la pensava come me, che avrebbe voluto la stessa cosa per sé. E così si farà», spiegò Vienna.

Osvalda non osò insistere, anche perché le sue sorelle erano d'accordo con la nonna.

Leandro le stava aspettando all'ingresso dell'ospedale. Non appena lo vide, Vienna gli andò incontro, spalancò le braccia e lui vi si rifugiò singhiozzando.

«Se me lo concedi, vorrei essere io a vestirla», le sussurrò il medico. Osvalda aveva portato da casa l'abito da sera nero, accollato, con le maniche lunghe, che la nonna aveva scelto per vestire Martina. Ora lo teneva sul braccio.

«Daglielo», ordinò Vienna alla nipote.

Osvalda si irrigidì. Le sembrava il colmo dell'indecenza permettere a Leandro di vestire sua madre.

«Ne ha tutto il diritto», aggiunse Vienna, con voce ferma. La nipote fu costretta a obbedire.

Giuliana estrasse dalla borsetta gli orecchini di perle che aveva comprato per sua madre. Li diede a Leandro e gli disse: «Mettiglieli, ti prego». Voleva che la mamma ricevesse il suo dono di Natale. Lui li prese, annuì e si allontanò.

Le quattro donne raggiunsero silenziosamente la cappella. Entrarono, si sedettero sul banco in prima fila e aspettarono. Osvalda pregava silenziosamente, Vienna teneva il capo chino e la sua mente vagava verso un passato che lei sola conosceva. Giuliana aveva messo un braccio protettivo attorno alle spalle di Maria.

La bara, coperta da un cuscino di rose bianche, fu portata in chiesa e accolta dal prete che officiò una breve cerimonia funebre.

Poi, quando uscirono dalla cappella, Leandro disse: «La sepoltura al cimitero è stata fissata per le due di questo pomeriggio. Vorrei che veniste a casa mia. Richetta ha preparato qualcosa per tutti noi».

«Grazie, figliolo», rispose Vienna, infilando il suo braccio sotto quello del medico.

Furono accolti dalla governante del professore che aveva allestito un piccolo buffet nel salotto al primo piano del Palazzo Bertola.

Mentre serviva la mamma e le figlie di Martina, che aveva conosciuto bene e a cui si era affezionata, le raffrontava con la donna appena scomparsa. Vienna aveva i lineamenti duri dei valligiani, mentre Martina aveva un'impronta aristocratica. E che dire delle figlie, così dissimili l'una dall'altra? Giuliana era un'attrice famosa. L'aveva vista più di una volta in televisione e sui giornali. Era la più bella delle tre sorelle. Maria aveva l'aspetto semplice di una casalinga, mentre Osvalda se ne stava appartata su una poltroncina, lo sguardo basso, una mano che tormentava la fila di bottoni del suo cardigan. La simpatia di Richetta fu tutta per lei, perché Osvalda era indecifrabile, come Martina.

Ritornarono in ospedale poco prima che arrivasse il carro funebre su cui presero posto la nonna e Giuliana, mentre Maria salì sull'utilitaria di Osvalda e Leandro le seguì con la sua auto. Non c'era traffico, a quell'ora, sulla provinciale e arrivarono velocemente al cimitero di Vertova. Don Angelo, il parroco del paese, benedì la bara e Martina Agrestis venne sepolta.

Nel cielo d'opale ricominciarono a volteggiare piccoli fiocchi di neve.

# 8

«ANDIAMO a casa mia», disse Vienna, quando il cancello del cimitero si chiuse alle loro spalle. «E verrai anche tu», soggiunse, rivolgendosi a Leandro. Non era una proposta, ma un ordine.

Perché lui? si chiese Osvalda, che era indignata per la familiarità con cui Vienna trattava l'amante di sua madre.

«Nonna, io dovrei ritornare a Milano», sussurrò Maria. Nonostante le rassicurazioni di Maura, era preoccupata per i suoi figli e per il lavoro. Non le piaceva neppure il pensiero di quel farmacista che si era trasformato in aiutante. Perché lo faceva? Maria aveva assolutamente bisogno di riprendere il controllo della situazione.

«Lo so. Ma i tuoi ragazzi sopravvivranno per qualche ora senza di te», affermò Vienna vincendo le resistenze della nipote. Anche Giuliana avrebbe voluto ripartire subito. Il giorno dopo era la Vigilia di Natale e aveva prenotato un volo da Roma a Londra per raggiungere sua figlia, così doveva tornare a casa al più presto. Inoltre, temeva l'idea di una serata in compagnia di Osvalda. Lei e la sua giovane sorella vivevano su due pianeti diversi. A separarle non erano solamente i vent'anni di differenza, ma la diversità degli orizzonti. Agli occhi di Giuliana, Osvalda era stata prima una bambina viziata e petulante, poi un'adolescente con le lacrime in tasca e adesso era una giovane sputasentenze destinata a diventare una zitella acida. Tuttavia, poiché non voleva dispiacere alla nonna, si limitò a dirle: «Se non parto subito, dovrò buttare all'aria i miei programmi. Ma lo faccio volentieri se mi ospiti a casa tua per la notte».

«Così, mi farai compagnia», rispose la nonna, soddisfatta, dandole un colpetto affettuoso sulla mano.

«Allora, salite in macchina con me, o andate con la nonna?» si spazientì Osvalda rivolgendosi alle sorelle.

Giuliana e Maria non vollero lasciarla sola, mentre Vienna andò con Leandro.

Quando scesero davanti alla vecchia casa degli Agrestis, che una volta confinava con i campi, mentre adesso faceva parte del centro storico, attorno al quale si era sviluppata la parte nuova del paese, trovarono un capannello di donne che aspettavano proteggendosi con gli ombrelli dalla abbondante nevicata. Come videro Vienna, le andarono incontro per abbracciarla, perché la notizia della morte improvvisa di Martina si era diffusa in un attimo tra le famiglie di Vertova.

«Non avete neanche stampato i manifesti!» osservò, contrariata, una delle donne.

Come in tutti i paesi, si usava esporre nelle vie e nelle

piazze gli avvisi dei decessi con l'orario dei funerali. Ancora una volta, gli Agrestis non si erano attenuti alle regole.

«Non lo abbiamo fatto per rispettare un desiderio della mamma», intervenne Osvalda.

«Ma com'è successo? Che cosa è capitato a Martina?» indagarono le donne, evitando di rivolgersi a Leandro di cui avevano soggezione.

«Un infarto», spiegò brevemente Vienna e, congedatasi frettolosamente dalle compaesane, entrò in casa seguita dalle nipoti e dal medico.

Le tre sorelle pensavano che l'invito della nonna rispondesse al suo bisogno di concludere le esequie della figlia con una piccola riunione famigliare, com'era nella consuetudine. Leandro, invece, sapeva che Vienna aveva trattenuto le nipoti per uno scopo preciso. Mentre lei preparava la caffettiera e la metteva sul fornello, le sorelle coprirono il tavolo della cucina con una bella tovaglia di lino bianco e disposero tazzine e zuccheriera.

«Adesso mettetevi comodi, perché vi devo parlare», esordì Vienna.

Tutti sedettero intorno al tavolo mentre le sorelle si scambiavano sguardi interrogativi.

La nonna portò la caffettiera e disse a Osvalda: «Prendi i biscotti che sono nella credenza», e precisò: «Quelli che mi spediscono dall'Inghilterra». Di nuovo le sorelle si guardarono con aria incuriosita.

«Sbrigati», la esortò la nonna, che andava riempiendo le tazzine. Poi sedette a capotavola e disse: «C'era una specie di accordo con vostra madre. Se fossi morta prima io, come sarebbe stato giusto, dopo la mia sepoltura vi avrebbe parlato lei. Il buon Dio ha voluto prendere lei, prima di me. E allora tocca a me dirvi come stanno le cose».

Tacque e bevve un sorso di caffè.

Era distrutta dalla stanchezza e dal dolore, ma doveva farsi forza e raccontare una vicenda lunga e difficile.

«Per prima cosa vi informo che Leandro», e così dicendo sorrise all'uomo seduto alla sua destra, «ha sposato Martina cinque anni fa e la loro storia d'amore è più bella di quanto ognuna di voi possa immaginare.» Seguì un lungo silenzio.

Gli sguardi delle tre sorelle si appuntarono sull'uomo dall'aria affranta che sedeva accanto alla nonna.

«Perché la mamma non mi ha detto di essersi sposata?» mormorò Osvalda, con un filo di voce.

Quel matrimonio toglieva qualsiasi significato all'opera di redenzione che aveva tenacemente svolto nei confronti della madre peccatrice.

«Perché non me l'ha detto?» ripeté, in un soffio.

«Tipico della mamma!» esclamò Giuliana. «Le ragioni che guidavano i suoi comportamenti sono sempre state misteriose. Comunque, sono felice che abbia sposato te», affermò sorridendo, rivolta a Leandro.

Maria si alzò, andò da lui e lo abbracciò. «Così tu sei il mio patrigno? Benvenuto nella mia vita», disse, teneramente.

«Vi siete sposati davvero?» chiese Osvalda a Leandro. E proseguì: «Intendo dire, come avete fatto a sposarvi senza che nessuno lo sapesse? Qui in paese si sa tutto di tutti e anche i sassi hanno una bocca».

«Avevamo preso la residenza a Milano e lì ci siamo sposati», spiegò l'uomo senza raccogliere la provocazione della ragazza.

«Ora basta con le domande», intervenne Vienna. «Per raccontarvi tutto di Martina, devo prima parlarvi di me, della mia vita. Tutto è iniziato quando andai a servizio a Villa Ceppi Bruno, quella in cui tu vivi adesso», precisò, rivolgendosi a Osvalda. «Era il 1943. C'era la guerra e i conti Ceppi Bruno avevano lasciato Milano e si erano trasferiti a Vertova.»

# *Ieri*

# 9

PRIMA di diventare la contessa Ceppi, Ines era stata la vedova di Ignazio Gariboldi, un artigiano tipografo, morto in guerra, sul Carso. La notizia del decesso del giovane marito l'aveva raggiunta nel novembre del 1918, a guerra finita. Ines aveva reagito al dolore dedicandosi interamente al lavoro. Da quando Ignazio era partito per il fronte, lei aveva gestito la tipografia, situata in una piccola strada nel centro di Milano, con l'aiuto di due operai che avevano lavorato con suo marito. Dopo averli informati della morte di Ignazio disse loro: «La guerra è finita e la gente ha voglia di tornare a vivere. Ci saranno fidanzamenti, matrimoni, battesimi e ricevimenti. Se continuerete a lavorare per me, faremo della Gariboldi la tipografia più importante di Milano. Tra pochi giorni arriverà un nuovo compositore che ho strappato alla ditta Carini, nostri concorrenti. Arriveranno anche partite di cartoncino pergamenato, telato, satinato, come vuole la moda. Ho ordinato nuovi caratteri e ho trovato un bravo ornaturista per i fregi. Soprattutto, ho catturato il primo cliente importante, il conte Ubaldo Ceppi Bruno».

I due operai si scambiarono un'occhiata perplessa. Ines aveva soltanto ventidue anni, una montagna di debiti e, poiché non s'era mai vista una donna capace di trasformare il piombo in oro, si sarebbero presto trovati tutti sulla strada. Tuttavia dissero: «Va bene, padrona».

Ma Ines non aveva ancora esaurito l'elenco delle nuove iniziative: «Ogni volta che si presenterà la famiglia di un morto, dobbiamo farci dare la fotografia del defunto. Noi saremo i primi a stampare santini con la foto-ricordo. Ho parlato con i parroci delle chiese qui intorno. Ho promesso delle offerte se ci manderanno clienti. D'altra parte, il conte Ceppi mi è stato indirizzato dal parroco di San Sisto».

Dovettero passare alcuni mesi prima che i due vecchi operai accettassero l'idea che Ines Gariboldi ci sapeva fare meglio di suo marito.

Nel 1920 la donna aprì un negozio a pochi passi dall'Arcivescovado, che era il suo cliente più importante. Era riuscita anche a infilarsi nella associazione delle dame di San Vincenzo come segretaria della presidentessa, la contessa Adelaide Montini, che la portava in palmo di mano per la sua efficienza e simpatia.

Ines aveva imparato a celare la sua bellezza infagottandosi in orribili abiti grigi, conducendo un'esistenza irreprensibile e non ostentando mai il suo successo come imprenditrice.

Nel 1921 aveva lasciato la vecchia abitazione coniugale e si era comperata un piccolo appartamento in un palazzo signorile di via Santa Margherita. Lo aveva arredato con ricchi tendaggi, tappeti, pizzi e specchi secondo la moda di quegli anni. Quello era il suo rifugio, il luogo in cui raccoglieva le idee, elaborava strategie e coltivava sogni.

La sera, quando rincasava, si spogliava degli orribili abiti da lavoro, che portava durante il giorno, e indossava biancheria di seta e capi di abbigliamento adatti ai suoi venticinque anni. Poi si ammirava compiaciuta nella grande psiche ovale della camera da letto.

Pensava con affetto e riconoscenza al marito e teneva la sua fotografia incorniciata sul cassettone del salotto. Ignazio era orfano e aveva imparato il mestiere di tipografo nel collegio dei Martinitt, a Milano, dove era cresciuto. Alla sua morte non aveva lasciato figli né parenti e Ines aveva ereditato tutto quello che lui possedeva. La vita della giovane vedova era laboriosa e serena, anche se, ultimamente, si insinuava sempre più spesso nei suoi pensieri l'immagine del conte Ubaldo Ceppi Bruno, un bell'uomo dal volto solare, gli occhi languidi, le labbra sottili che si schiudevano spesso in un largo sorriso. Il conte vestiva con eleganza, spendeva denaro con disinvoltura, era ricercato nei salotti non tanto per la sua eloquenza, quanto perché sapeva ascoltare. Viveva delle rendite di molti palazzi in città e di altrettanti terreni nella campagna tra Milano e Bergamo, con aziende agricole e ville che aveva ereditato dalla madre, imparentata con i conti Vertova che avevano una bella villa liberty nel paese omonimo, anch'essa ereditata dal conte Ceppi. All'affascinante gentiluomo si attribuivano *liaisons* amorose con alcune signore sposate. Ma erano storie che lui coltivava con discrezione. Intanto stava per compiere quarant'anni e non si era ancora deciso a prendere moglie.

Ines doveva a lui gran parte dei suoi nuovi clienti. Le signore che avevano apprezzato i biglietti da visita, la carta da lettere, i cartoncini d'auguri del conte, tutti della ditta Gariboldi, avevano disertato i vecchi fornitori per rivolgersi a Ines. La vedova, dunque, gli era grata e quando il conte varcava la soglia del suo negozio per affidarle un lavoro, lei lo accoglieva come un benefattore.

Da qualche tempo, le sue visite si erano fatte più frequenti e aveva preso l'abitudine di portarle un piccolo bouquet di fiori: primule, violette, mughetti, roselline selvatiche, a seconda delle stagioni. Recentemente capitava che andasse da lei soltanto per vedere le ultime stampe importate dall'Inghilterra e scambiare due parole. Ines aspettava incuriosita gli sviluppi di questa storia. Una sera d'inverno, dopo aver partecipato a una riunione delle dame di San Vincenzo, incrociò per strada il conte Ubaldo che si offrì di scortarla fino a casa. Ines si domandò se quell'incontro fosse casuale.

Quando furono davanti al portone del palazzo di via Santa Margherita, Ines disse: «Vuole salire a bere un liquore? Con questo freddo...»

«Non vorrei compromettere la sua rispettabilità», esitò lui.

La strada era deserta e scarsamente illuminata. Nessuno li avrebbe visti. Ines capì chiaramente che il conte sperava in un invito insistente per vincere i suoi scrupoli di gentiluomo. E lei non avrebbe commesso questo errore.

«È esattamente la risposta che mi aspettavo da lei, conte», replicò, amabilmente.

«E se avessi accettato il suo invito?» domandò Ubaldo, sorpreso.

«Non lo ha fatto e così non saprà mai come avrei reagito.» Gli tese la mano guantata, per salutarlo, e salì in casa.

Non aveva dubbi sul fatto che il conte la stesse cingendo d'assedio, ma aveva molti dubbi sulle finalità di questo corteggiamento. Se il conte si illudeva di includerla fra le sue conquiste, sbagliava obiettivo. Era abbastanza onesta con se stessa da ammettere che sentiva la mancanza di un uomo. E l'uomo in questione le piaceva molto, non soltanto perché era ricco e nobile, ma anche perché aveva un non so che di indecifrabile che lo rendeva particolarmente attraente.

Ma in un mondo dominato dal perbenismo, lei non si sarebbe giocata il lavoro, fonte della sua prosperità, solo per cedere al fascino di un bell'uomo.

Mentre entrava nel suo delizioso appartamento, Ines ragionò freddamente sulla sua situazione. Lei era una donna graziosa, determinata, senza grilli per la testa, che sapeva stare al suo posto tra le signore importanti che la frequentavano e la accettavano unicamente nel ruolo di «donna di fatica», perché era esattamente questo che lei faceva raccogliendo fondi, indumenti, viveri per i poveri della San Vincenzo, organizzando le visite negli ospedali e nelle carceri e pianificando tutti gli impegni della presidentessa, la contessa Adelaide. Ma nessuna delle nobili signore di quella prestigiosa associazione l'avrebbe mai invitata a un ricevimento, perché, alla fine, lei era soltanto la proprietaria di una piccola tipografia.

Lei non faceva parte di quel mondo esclusivo, che forse l'affascinava proprio perché le era precluso.

«A meno che...» sussurrò, mentre si liberava dei suoi goffi vestiti e indossava una vestaglia di mussola calda e morbida, di un bel rosso squillante. Si rifugiò nel salotto, davanti al camino che la cameriera aveva acceso prima che lei rincasasse. Si concesse il lusso di una sigaretta, che era il suo vizio segreto, e continuò a riflettere sul suo futuro.

«A meno che il conte Ceppi non chieda di sposarmi», concluse con un sorriso.

Ma per raggiungere questo scopo aveva bisogno di un colpo di fortuna. E la dea bendata non si fece attendere.

Ines ricevette inaspettatamente un invito della contessa Montini a trascorrere la Vigilia nella sua casa di Robecco. Era una villa sontuosa di sessanta stanze in cui la presidentessa della San Vincenzo radunava per la Vigilia le «anime perse», come definiva le persone sole, per offrire una parvenza di calore famigliare. Adelaide, che gli intimi chiamavano Lillina, era una cinquantenne colta, iperattiva, amante degli intrighi. Tipica esponente della nobiltà milanese illuminata, sosteneva che i diseredati si aiutano meglio con il denaro che con le buone parole e affermava di ricevere dai poveri molto più di quanto desse loro. «Faccio del bene perché ne ho bisogno e non per generosità», ripeteva. Non aveva un buon carattere. Era tagliente e autoritaria. Tuttavia tutti la rispettavano e la stimavano. Aveva preso Ines sotto la sua protezione, perché la considerava intelligente, ambiziosa e abbastanza cinica per emergere in un mondo in cui troppe donne trascorrevano il loro tempo inutilmente, tra ricevimenti e stupidi pettegolezzi.

Ines accettò l'invito e si presentò a Robecco. Era molto intimidita dallo sfarzo di quella grande villa e tutto si sarebbe aspettata tranne che di essere accolta con aria festosa dalla contessa Adelaide, che le andò incontro preceduta da una coppia di cagnolini petulanti, e seguita dal conte Ubaldo Ceppi Bruno che la salutò con la deferenza dovuta a una signora di rango.

# 10

Il conte Ubaldo non amava prendere decisioni, e quando, raramente, lo faceva, seguiva i suoi impulsi ignorando tutto ciò che contrastava i suoi desideri. Tuttavia, sapeva essere abbastanza scaltro nei suoi disegni. Si era invaghito della vedova Gariboldi fin dal loro primo incontro. Le era piaciuta non tanto per la bellezza, quanto per l'energia che la donna sprigionava, e si era detto: La voglio. L'aveva corteggiata con discrezione, convinto che Ines lo avrebbe incoraggiato. Così, raggiunto il suo scopo, si sarebbe potuto defilare senza alcun obbligo né rimorso. Ma la bella tipografa si era dimostrata più scaltra di lui. Sprecava sorrisi e ringraziamenti, ma non andava oltre.

Poche sere prima, avendo saputo da Adelaide che Ines sarebbe andata a una riunione della San Vincenzo, l'aveva intercettata mentre rincasava. Ma la reazione della donna davanti al portone di casa l'aveva completamente spiazzato. Ines, infatti, non solo non lo aveva incoraggiato, ma aveva abilmente difeso la propria reputazione. Allora, quasi senza rendersene conto, aveva pensato: Questa non ci casca se non ha un anello al dito. A quel punto si era domandato: E se la sposassi? L'idea del matrimonio era troppo impegnativa per il suo carattere. Si era sempre defilato ogni volta che gli veniva proposta una fanciulla del suo rango, perché inorridiva al pensiero di dover limitare la propria libertà, oltre il fatto che avrebbe dovuto sopportare la famiglia della sposa. Invece, la vedova non aveva parenti. Che mi sia innamorato? si chiese terrorizzato. Sì, si era proprio innamorato di Ines. Non sapeva perché, a quarant'anni, fosse caduto vittima di un sentimento così stupidamente borghese, però amava la bella vedova, sempre infagottata in abiti impossibili. Ma c'era un limite, anche al suo disprezzo per le regole. Un Ceppi Bruno di Calvera non poteva sposare un'artigiana tipografa di estrazione proletaria. Sarebbe stata una *mésalliance* imperdonabile. Certo, i tempi non erano più quelli dei suoi vent'anni, il dopoguerra aveva cambiato molte regole. Ora le donne indossavano abiti sopra la caviglia, fumavano, discutevano di politica e venivano impiegate non solamente nelle scuole, ma anche negli uffici pubblici. Però, ripeté, c'era un limite a tutto.

«A meno che...» sussurrò Ubaldo, perché nella sua mente si era accesa una lampadina.

Il giorno dopo era andato a trovare Lillina. Sapeva con quanto piacere la nobildonna intervenisse nelle faccende degli altri. Era una cospiratrice, pronta a tutto quando sposava una causa. Ubaldo conosceva la simpatia di Adelaide per Ines. Le parlò a cuore aperto, concludendo: «Mi affido a te, al tuo giudizio inappellabile. Se non vedi la cosa di buon occhio, ci metterò una pietra sopra».

Lillina gongolò di gioia. «Insomma, vuoi il mio placet», disse.

«Quando tu approvi qualcosa, tutti l'accettano senza discutere», la lusingò.

La contessa Montini dichiarò: «Non sono sicura di fare un favore a Ines, approvando il vostro matrimonio. Tu, come marito, sei una gatta da pelare».

Conosceva bene Ubaldo e lo considerava un bambino che non sarebbe mai cresciuto, incapace di assumersi qualsiasi responsabilità. Non aveva mai caldeggiato le nozze dell'uomo con nessuna delle figlie delle sue numerose amiche, perché, diceva: «Non voglio essere la causa di dispiaceri». Insomma, per quanto delizioso, gentile, nobile e ricco, Ubaldo non era un marito raccomandabile. Inoltre, Adelaide era buona amica della madre di Ubaldo, la contessa Isabella, per cui era spesso in casa Ceppi. In un paio di occasioni, aveva assistito a qualche battibecco tra madre e figlio. Erano stati spettacoli spiacevoli e lei si era spaventata di fronte alla reazione di Ubaldo che, nel discutere, perdeva letteralmente il lume della ragione comportandosi come un cavallo imbizzarrito, insensibile a qualsiasi ragionevolezza. La contessa Isabella le aveva sussurrato: «I Ceppi sono tutti matti».

Ma Ines, una giovane donna molto intelligente e determinata, forse sarebbe riuscita a fare di Ubaldo un uomo più equilibrato. Così aveva concluso: «Una contessa non può fare la tipografa. Mi chiedo se Ines rinuncerà al suo lavoro».

Ubaldo aveva tratto un sospiro di sollievo. Il più era fatto. Lillina aveva sposato la sua causa e lui avrebbe potuto sposare Ines. Come prima mossa, Lillina aveva deciso di invitare la ragazza nella sua villa di Robecco per la cena della Vigilia. Ines si presentò con il solito abbigliamento dimesso e il sorriso sfavillante.

La contessa aveva riunito una ventina di ospiti che sapevano sbrigarsela da soli. Lei si dedicò alla sua protetta.

Le aveva assegnato la camera verde che si affacciava sul giardino. Era una piccola bomboniera con il camino scoppiettante, il letto a baldacchino e un tavolino da toilette fornito di talco, cipria e profumi. La cameriera, che l'aveva scortata fin lì, le domandò: «Posso aiutarla a disfare la sua borsa, signora?»

«Faccio da sola», rispose Ines, che non vedeva l'ora di spogliarsi e assaporare la deliziosa intimità di quella camera raffinata.

«Per qualunque necessità, basta che mi chiami», disse ancora la cameriera, mostrandole il cordone del campanello accanto alla testiera del letto, prima di congedarsi con una buffa riverenza.

Ines aveva osservato le guance paffute e rosee della ragazza e pensò che era una come lei, una popolana, e tale sarebbe rimasta per tutta la vita. Lei, invece, sarebbe diventata qualcosa di più e di meglio.

Era partita da Milano con una corriera che l'aveva lasciata nella piazza principale del paese dove era attesa dall'autista della contessa. Da lì alla villa c'erano un paio di chilometri. L'auto percorse prima un tratto di strada tra case con torrette e colombaie, e poi lo stradone che correva parallelo al Naviglio Grande, in un'atmosfera rarefatta che il sole al tramonto ammantava di malinconia. Per un attimo Ines si era lasciata sopraffare da un'onda di tristezza. Poi era rimasta abbagliata dalla visione di Villa Montini. Dietro ogni finestra c'era una candela accesa. Gli alberelli, ai lati del portale d'ingresso, erano coperti di lucine multicolori. Ghirlande di vischio legate con nastri di seta scarlatta ornavano le pareti dell'immenso vestibolo.

La contessa irruppe nella sua camera nel momento in cui stava deponendo sul letto il suo pigiama di seta rosa.

«Mia cara, non vorrai scendere a pranzo con questa *mise* da maestra d'asilo!» esordì. Poi vide il pigiama sul letto ed ebbe un sorriso malizioso. «Però tu non me la racconti giusta. Sei molto meno semplice di quanto vuoi apparire», commentò con aria divertita, perché il pigiama era considerato un indumento scandaloso, adottato solamente dalle donne di piacere e dalle signore più audaci.

«È molto più pratico della camicia da notte», si scusò Ines, arrossendo e affrettandosi a nascondere l'indumento sotto il cuscino.

«A questo punto mi auguro che tu abbia un abito alla moda per la cena», concluse la contessa.

«Sono una vedova. E non potrei, né vorrei competere con persone così superiori a me. Sono già abbastanza confusa per aver osato accettare il suo invito», confessò, dicendo sostanzialmente la verità. Così le mostrò un vestito di velluto grigioperla, con sottili bordi di ermellino al collo e ai polsi.

«Ti sei castigata abbastanza per farti accettare da noi. Puoi continuare a presentarti in gramaglie nel tuo negozio, ma non fra queste mura. Noi due abbiamo la stessa taglia, ti manderò la mia cameriera con un abito più adatto», tagliò corto la padrona di casa.

Più tardi, la contessa le assegnò un posto a tavola di fronte al conte Ceppi, in modo che l'uomo potesse osservare la ragazza in tutto il suo splendore. Ines era davvero magnifica. Indossava un abito di raso blu-pavone, così scollato da lasciar scoperte le spalle che avevano il colore roseo della porcellana. I lunghi capelli corvini, raccolti in uno chignon morbido, esaltavano il collo lungo e sottile. Era bellissima e sapeva di esserlo, pur tenendo spesso gli occhi pudicamente abbassati. Anche perché in questo modo poteva imitare la padrona di casa nell'usare le numerose posate e i bicchieri che aveva davanti a sé.

Durante il pranzo ascoltò attentamente la conversazione mondana constatando con stupore l'assoluta banalità degli argomenti. Ebbe l'accortezza di non interloquire mai e di limitarsi a risposte succinte quando veniva interrogata. Del resto, i commensali non la considerarono nulla di più che una bella donna un po' impacciata. Ubaldo, invece, non riusciva a distogliere lo sguardo da lei. Era rapito dalla sua bellezza e dalla modestia, mentre pensava: Devo proprio riuscire ad averla.

Pregustava il piacere di fare di lei una donna di classe che tutti avrebbero ammirato.

Dopo la Messa di mezzanotte nella chiesa parrocchiale, Ines si ritirò nella sua camera. Sedette davanti al camino, dove il fuoco stava languendo, a rimirare le braci rosseggianti, mentre si chiedeva che cosa avesse in serbo per lei la padrona di casa. In chiesa Ubaldo era rimasto al suo fianco, lo sguardo perso nel vuoto, l'aria appagata dell'uomo sicuro di sé. Quand'erano tornati in villa si era eclissato con gli altri ospiti, ignorandola. Ines aveva elaborato sogni su quell'invito, ma non era accaduto niente. Forse non si era mostrata all'altezza delle aspettative della contessa.

Sentì bussare alla porta. Si alzò di scatto mentre diceva: «Avanti».

Adelaide fece capolino. Sorrideva. Entrò nella stanza, chiuse la porta e si sedette su una poltroncina, davanti al camino, invitando Ines ad accomodarsi in quella accanto alla sua. «Questa sera sei stata perfetta. Il conte Ceppi non ha avuto occhi che per te. Se hai apprezzato le sue attenzioni, non lo hai mostrato. Molto bene. Lui non è più un ragazzino, tu sei stata sposata, tutti e due sapete come comportarvi. Tuttavia credo di doverti dare qualche suggerimento. Come dice il proverbio, non è tutto oro quel che luccica. Ubaldo è un uomo difficile. Se accetterai la sua proposta, sappi che la tua vita non sarà lieve», la avvertì.

«Quale proposta?» domandò Ines esitante, mentre il suo cuore accelerava i battiti.

«In casa mia non si formulano proposte sconvenienti. Ti chiederà di sposarlo. Sta a te accettare. Se lo farai, avrai sempre il mio sostegno.»

# 11

Le parole della contessa Adelaide Montini le tornarono in mente il giorno delle nozze, mentre viaggiava in treno con il marito alla volta di Venezia, dove avrebbero trascorso la luna di miele.

Poiché Ines era una vedova e doveva ancora affacciarsi alla ribalta del bel mondo, il matrimonio venne celebrato con molta discrezione, alla presenza di pochi intimi, dopo due mesi di fidanzamento, durante i quali Ubaldo aveva inutilmente cercato di possederla.

Ines si era rivelata una cittadella inespugnabile. Aveva resistito senza capitolare, non tanto in ossequio alla morale, quanto nel timore che, una volta conquistata, il matrimonio sfumasse. Senza questo freno, si sarebbe arresa senza riserve, perché Ubaldo le piaceva e lo desiderava. Ma l'istinto le diceva che quello scapolo incallito l'amava anche perché non gli si era mai concessa e si era deciso al matrimonio proprio per vincere le sue resistenze.

Erano partiti subito dopo un rinfresco offerto dalla

contessa Montini che, prima di salutarli, le aveva detto: «Ora mi darai del tu e mi chiamerai Lillina, come fanno tutti i miei amici». Poi l'aveva abbracciata, sussurrandole: «Ricordati che sono sempre qui, pronta ad aiutarti».

Viaggiarono in uno scompartimento di prima classe interamente riservato a loro. Il capotreno aveva ricevuto una buona mancia da Ubaldo perché niente e nessuno li disturbasse fino all'arrivo. Vespino, il cameriere del conte, aveva preparato il loro scompartimento secondo gli ordini ricevuti e, quando Ines entrò, avvertì un frullo di gioia nel petto.

Sui divani c'erano cuscini candidi, sul tavolino apparecchiato, oltre ai calici di cristallo, c'erano il secchiello ricolmo di ghiaccio con una bottiglia di champagne, un piatto di porcellana con tramezzini di caviale, piattini e piccole posate d'argento e un bouquet di gelsomini profumati. Ines si guardava intorno, trasognata.

«Se volevi stupirmi, ci sei riuscito», disse a Ubaldo, sorridendogli.

Lui l'attirò a sé e la baciò, mentre insinuava una mano sotto la sua gonna. Poi ordinò: «Spogliati!»

«Come?» si smarrì Ines, mentre lui le toglieva la camicetta. «Ubaldo, ti prego...» sussurrò, disorientata dalla sua foga.

L'uomo si rivelò un amante impetuoso e dolce e quando giacque esausto su di lei, le sussurrò: «Ti coprirò d'oro e di carezze». Ines, per qualche istante, riandò con la mente alla luna di miele con Ignazio.

Lei era un fiore che stava ancora sbocciando. Erano

andati in treno a Como. Avevano fatto una gita sul lago in barca e lei accarezzava il pelo dell'acqua con i polpastrelli e poi, ridendo, spruzzava gocce sul viso di Ignazio. Il barcaiolo li osservava con un'aria maliziosa e il giovane marito la guardava con desiderio, senza osare un gesto d'intimità. Erano tornati a Milano quand'era ormai sera. Si erano amati teneramente e poi si erano addormentati l'una nelle braccia dell'altro.

La sua vita coniugale era durata tre mesi. Poi Ignazio era andato in guerra. In una lettera dal fronte le aveva scritto: «Mi manchi tanto, Ines adorata. Per me sei importante come l'aria che respiro. Farò di tutto per non morire su queste montagne, perché voglio stare con te per tutta la vita. E tu, mi vuoi ancora bene?» La lettera era arrivata quando lui era già morto e lei, asciugandosi le lacrime, si rese conto che per Ignazio aveva nutrito un grande affetto e una stima profonda, ma non ne era innamorata. Ora guardò Ubaldo e pensò che, forse, non sarebbe riuscita ad amare neppure lui.

La vita, per Ines, era una continua conquista: prima aveva conquistato l'autonomia, ora il censo. Fin da quando era bambina, aveva visto troppe donne diventare vittime per amore. Così aveva elevato nel suo cuore una barriera per difendersi dalle insidie dei sentimenti amorosi.

Sorrise al marito e disse: «Le carezze vanno bene, l'oro è pesante da portare».

«Bevi», disse lui, tendendole una coppa di champagne.

Lei la prese e la posò sul tavolino.

«Non mi piace», affermò.

Lo sguardo di Ubaldo si incupì.

«Imparerai ad apprezzarlo. Adesso bevi», insistette.

Quegli occhi improvvisamente torvi non le piacquero.

«È un ordine?» gli chiese.

Lui si addolcì.

«È soltanto parte di un lungo ammaestramento che sarò felice di impartirti.»

«Credevo che mi avessi sposata per come sono e non per come vuoi che diventi, perché vedi, caro, io non cambierò mai», sussurrò con voce soave.

«Ma io non voglio cambiarti, voglio solamente insegnarti come deve comportarsi la contessa Ceppi. Non sei più la titolare di una tipografia, adesso sei mia moglie. A proposito, ho perfezionato la cessione della tua attività alla ditta Carini che ha pagato una bella somma per acquistarla. Ora bevi», ripeté rimettendole in mano il bicchiere. Ines si sentì in trappola.

Aveva portato in dote al marito la Ditta Gariboldi, ma non si aspettava che lui prendesse decisioni a sua insaputa. D'altra parte doveva ubbidire al marito, secondo quanto dettava la legge. Solo che lei non era una giovane, svenevole aristocratica bisognosa di un uomo che decidesse per lei. Era una popolana sanguigna e determinata. Non sarebbe stato il conte Ceppi Bruno di Calvera a dominarla. L'istinto prevalse sulla ragione e lei, di slancio, buttò per terra la coppa di champagne affermando, decisa: «Ti ho già detto che lo champagne non mi piace».

Lui la guardò stralunato. Poi schiuse le labbra in una

smorfia di rabbia e le colpì la guancia con uno schiaffo. Ines si portò una mano al viso. Era spaventata più che umiliata.

«Ma tu sei un matto!» sussurrò, terrorizzata.

Lui l'abbracciò implorando il suo perdono. La chiamò con nomi dolci e teneri, la riempì di baci e di carezze e poi fecero di nuovo l'amore.

Quando scesero dal treno, a Venezia, Ines lo odiava. Ma detestava ancora di più se stessa per essersi legata a un pazzo pur di far parte del bel mondo e, soprattutto, perché nel fare l'amore con Ubaldo si sentiva completamente appagata e felice come non lo era mai stata. Al ritorno dal viaggio di nozze, durante il quale il marito l'aveva colmata di doni e di tenerezze, Ines andò a trovare Lillina.

«Come avevi detto tu, non ho fatto un buon affare», le confessò.

«Ma sì che lo hai fatto. Ormai sei alla pari con tutte le altre dame della San Vincenzo, sei sommersa da inviti in città e nelle ville, disponi di uno stuolo di domestici e diventerai una delle signore più in vista della città. Di che cosa di lamenti?» le chiese la contessa Adelaide.

«Di avere fatto il passo più lungo della gamba. Avrei dovuto accettare Ubaldo come amante, perché come marito è eccessivo e ingombrante. Inoltre credo che sia pazzo», sussurrò Ines.

«Non esagerare! Ubaldo lo conosciamo tutti, è una pasta d'uomo, un ragazzone che non si decide a diventare adulto.»

«Come definiresti uno che mi tormenta con la gelosia e passa dagli schiaffi alle carezze?»

La contessa diede due piccoli colpi di tosse, abbassò lo sguardo e sussurrò: «Ci sono intimità che una donna di classe tiene per sé».

Ines non tornò mai più sull'argomento. Si dedicò a rimettere in sesto il palazzo di via Cusani che era sempre stato la dimora dei conti Ceppi e a gestire il personale con la stessa efficienza con cui aveva gestito la sua piccola azienda. Trascorse le vacanze da giugno a novembre nelle proprietà del marito, in campagna e sul lago. Elesse come dimora prediletta la villa di Vertova, forse perché Ubaldo non l'amava e inventava pretesti per non accompagnarla in Val Seriana.

A due anni dalle nozze, nacque Stefano. Nonostante le proteste di Ines, il marito lo mandò a balia, perché era geloso anche di suo figlio.

Ines era sempre più preoccupata. Bastava un niente per dare l'avvio a liti furibonde, durante le quali lui distruggeva tutto quanto gli capitava tra le mani. Ormai Ubaldo non riusciva più ad ammansirla neppure in camera da letto. Se all'inizio del matrimonio, nella foga con cui la possedeva c'erano stati l'amore e il desiderio, adesso c'era soltanto il livore di un uomo frustrato da una moglie che era molto più volitiva di lui.

Una sera di dicembre, tornando da teatro, mentre lei si dirigeva verso la camera da letto, lui afferrò l'abito di seta che Ines indossava e glielo strappò per spogliarla. Era un vestito prezioso, costato mesi di lavoro alle ricamatrici che avevano realizzato un'opera d'arte con strass e perline.

Ines era esplosa con tutta la sua rabbia.

«Tu devi essere ricoverato in manicomio», gli urlò in faccia.

Il volto di Ubaldo si trasformò in una maschera di collera. A teatro, la moglie era stata oggetto d'ammirazione da parte di molti uomini. Al momento lui aveva soffocato la gelosia e si era contenuto, ma appena arrivati a casa, doveva dimostrare a se stesso che sua moglie apparteneva soltanto a lui e doveva possederla subito, senza aspettare che lei si preparasse per la notte. La reazione di Ines e quelle parole terribili gli ottenebrarono la mente. L'afferrò per le spalle, scuotendola con forza.

«Io non sono matto, capisci? Tu, invece, con chi mi tradisci?» l'accusò, lo sguardo stravolto dall'ira.

«Lasciami», ordinò lei.

«Con il conte Guaraldi? Ho visto come vi guardavate! Con Carlin, l'autista? Lo tratti con troppa benevolenza! O non sarà invece il professor Lamberti? Me lo ritrovo sempre tra i piedi senza un motivo! Ma potrebbe essere Bortolo, il giardiniere. Vi sorprendo sempre a confabulare. Allora?» La scuoteva per le spalle, urlando.

«Me la faccio con tutti loro», strillò a sua volta Ines, cercando di divincolarsi. A quel punto, il marito l'afferrò per la gola e Ines ebbe la certezza che stesse per strangolarla. Riuscì a lanciare un grido rauco. Poi perse conoscenza.

Quando rinvenne era nel suo letto e il medico, chino

su di lei, la stava auscultando. Ubaldo piangeva al suo capezzale.

Erano stati i domestici a salvarla dalla furia del marito. Lo stesso medico, il giorno seguente, accompagnò il conte in una clinica privata per malattie nervose.

Ines si trasferì a Vertova con una parte della servitù. Chiamò al suo servizio anche un paio di donne del paese. Una di queste era Ermellina Agrestis, la giovane moglie del falegname, che aveva da poco partorito il suo primogenito Arturo.

# 12

UBALDO ritornò dalla casa di cura molto cambiato. Ines non era in via Cusani ad aspettarlo, perché ormai aveva preso le distanze dalla città e la Val Seriana, aspra e priva di attrattive, si conciliava perfettamente con il suo stato d'animo, che era quello di una donna decisa a vivere solo per amore di suo figlio. Andava a Bergamo per le riunioni della San Vincenzo e seguiva i poveri con dedizione. A Vertova, aveva preso sotto la sua ala protettiva Ermellina Agrestis e la sua famiglia.

Ubaldo stava per lo più a Milano, dove conduceva la vita di sempre. La domenica andava a trovarla e, da come la guardava, si capiva che ne era ancora innamorato, ma non osava proporle di rimettersi insieme.

In apparenza erano ancora una coppia: a volte andavano a teatro o a cena in casa di amici. In queste occasioni, erano di un formalismo inappuntabile. Di lei si sapeva che non aveva storie sentimentali, di lui che rifiutava le occasioni.

La sua amica Lillina, che non si rassegnava al pensiero di essere stata l'artefice di quel matrimonio disastroso, un giorno le parlò apertamente.

«Hai poco più di trent'anni e sei ancora una bellissima donna. Vuoi passare il resto della tua vita in quel paesetto dimenticato da Dio?» le domandò.

«Non sono fatta per la vita coniugale», rispose Ines.

«E a tuo figlio non pensi? Non puoi allevarlo tra quella gente zotica.»

«La gente semplice è dotata di quel buon senso che manca assolutamente a suo padre.»

«La città è ricca di stimoli per un bambino. Così tu punisci il piccolo e anche te stessa.»

«Così lo salvo. Stefano, che frequenta i bambini del paese, ha già capito che la vita non è una passeggiata. Sotto l'influenza negativa di un padre insicuro, soggetto a continui sbalzi d'umore, come credi che crescerebbe?»

Lillina non era riuscita a replicare. Tuttavia, congedandola, le aveva sussurrato: «Torna da tuo marito. È malato e ha bisogno di te».

«È malato?» si stupì Ines.

«Non dirmi che non ne sai niente. Ha problemi di cuore», la informò Lillina.

Ines pensò a lungo alle parole dell'amica. Ubaldo sembrava più equilibrato e, soprattutto, lei non voleva sottrarsi al suo dovere di moglie. Propose al marito di trasferirsi a Vertova.

«Hai bisogno di cure e di tranquillità. Ti starò vicina e mi occuperò di te», gli garantì.

Non dovette insistere per convincerlo. Tornare con la moglie era il suo desiderio più grande. Ricominciarono a vivere insieme e, a poco a poco, Ines scoprì che Ubaldo era profondamente cambiato. Lasciava che fosse lei a prendere ogni decisione senza reagire, era più sereno, più riflessivo.

L'autista lo portava in giro per le proprietà dove si recava periodicamente per seguire i suoi interessi. Andava a trovare gli amici quando soggiornavano nelle ville sui laghi e in Brianza. A volte erano loro che venivano in gita a Vertova e allora Ubaldo decantava le doti di Ines e le meraviglie di quella valle che aveva imparato ad amare. Li portava per i noccioleti e nei boschi di acacie; alle sorgenti del Serio, alla fonte di san Patrizio da cui sgorgava un'acqua miracolosa per la cura degli occhi, oppure nei paesini che da Clusone scendevano nel fondovalle. Mostrava con orgoglio la piccola stazione ferroviaria di Vertova che, con il suo contributo, era stata rimodernata. Sulla soglia dei cinquant'anni, era anche diventato molto religioso. Ripeteva: «Dio mi ha capito e accettato». Si lamentava per l'incalzare del tempo: «Quando diventi vecchio, diventi invisibile», diceva a sua moglie, sorridendo. Intanto l'aiutava nelle opere di carità, a Natale rimpinguava i salvadanai che venivano portati in chiesa e deposti accanto alla mangiatoia del presepe. La notte della Vigilia, dopo la Messa, il parroco li rompeva e distribuiva i soldi alle famiglie più povere.

Ines guardava con stupore questo marito che il tempo aveva trasformato nel compagno che avrebbe sempre voluto e, anno dopo anno, quasi senza avvedersene, si innamorò di lui.

Qualche volta lo raggiungeva nel capanno, in fondo al giardino, che lui aveva trasformato in una piccola falegnameria. Parlavano di tutto e di niente, con serenità, mentre lui lavorava. Mettendo a frutto un talento innato, Ubaldo costruiva piccoli oggetti d'uso domestico, bastoni sagomati per le palizzate, carretti per i bambini. Era stato il marito di Ermellina, Antonio Agrestis, a istruirlo dopo che il conte aveva trascorso ore nel suo laboratorio avvolto dal profumo dei legni, delle colle, delle vernici.

Quando Ermellina, che era al servizio dei Ceppi ormai da anni, seppe da suo marito che Ubaldo si dedicava a lavori di falegnameria disse: «È una famiglia di matti».

«Lui mi sembra un buon diavolo», osservò Antonio.

«E lei è una donna generosa. Ma hanno qualcosa di strano.»

«I signori sono tutti strambi.»

«E infelici. Non dormono neanche insieme. Lei sta nella camera sul giardino e lui in quella piccola, in fondo al corridoio. E dire che sono tanto religiosi. Però il Signore non ha detto: sposatevi e dormite separati», ragionò la donna.

Il marito sorrise e raccontò: «Il conte, quando viene a chiedermi dei consigli, qualche volta parla. Mezza parola qui, mezza là. Mi ha detto che ha fatto voto di castità. Proprio così. Allora io gli ho detto che anche i preti fanno quel voto, ma non tutti lo rispettano. Lui si è messo a ridere e poi ha detto: 'Perché trovano quelle che ci stanno. Invece mia moglie non ci sta e io voglio soltanto lei, quindi la rispetto'».

Anche Ermellina rise e lo stuzzicò: «Tu non mi rispetti mica tanto».

«Io onoro il mio mestiere di marito. Anzi, se sei d'accordo, vorrei onorarlo anche questa sera», disse il falegname, abbracciandola.

Quella stessa sera, a Villa Ceppi Ines uscì dalla sua camera e bussò alla porta del marito. Il conte stava leggendo, appoggiato a una pila di cuscini.

«Ti disturbo?» domandò Ines, entrando nella stanza.

«Ho fatto qualcosa di sbagliato?» domandò Ubaldo.

«Ma cosa vai a pensare? Non riesco a dormire e mi è venuta voglia di una bella tazza di cioccolata calda.»

«Sveglia la Tilde e fattela preparare.»

«Sono capace anch'io di farmela. Hai voglia di venire giù con me a farmi compagnia?»

Era quasi mezzanotte. I conti Ceppi sedevano, l'uno di fronte all'altra, al tavolo della grande cucina, nel seminterrato, i gomiti appoggiati sul ripiano di marmo bianco. Reggevano con entrambe le mani le loro scodelle e sorseggiavano la cioccolata.

Di tanto in tanto, Ines sogguardava il marito, che era ancora un bell'uomo, senza un filo bianco nei capelli. Il regime alimentare e le cure cui si era sottoposto avevano dato buoni risultati.

«Stai bene», constatò soddisfatta, sorridendogli.

«Anche tu. Davvero buona la tua cioccolata», la lodò lui.

La stufa si era spenta e Ines rabbrividì.

«Hai freddo?» le chiese Ubaldo.

Ines allungò un braccio e accarezzò la mano di suo marito.

«Magari, mi scaldi un po' tu», sussurrò lei.

Vuotarono le loro scodelle e le lasciarono sul tavolo. Ubaldo prese teneramente per mano sua moglie, salirono al primo piano e andarono nella sua camera.

La mattina, la notizia che la contessa non aveva dormito nella sua stanza, ma in quella del marito, fece il giro della servitù.

# 13

«Ancora due cucchiai, caro, per farmi piacere», disse Ines al marito, mentre rimestava la minestrina di riso e prezzemolo, insaporita da un'abbondante spruzzata di parmigiano.

Nel mondo imperversava la guerra, ma lì, nel giardino di Vertova, era una giornata tranquilla, che il sole di maggio intiepidiva.

Era mezzogiorno e il conte Ubaldo, confinato su una sedia a rotelle, aveva un sorriso mesto sulle labbra. Avrebbe voluto dire a sua moglie che non aveva nessuna voglia di mangiare, neppure per farle piacere, e non aveva nemmeno voglia di vivere. Non soltanto a causa della malattia invalidante che lo aveva colpito, ma anche perché non si riconosceva più in quel mondo sconvolto dalla guerra.

Osservava la moglie, tanto più giovane di lui, che aveva acquisito i modi di una signora aristocratica, anche se rimaneva la popolana sanguigna che aveva infiammato il suo cuore. Era stato felice con lei fino a quando l'ictus lo aveva colpito a tradimento. Era stato ricoverato d'urgenza all'ospedale di Bergamo dove il giovane dottor Pietro Bertola lo aveva strappato alla morte, ma il suo corpo era rimasto semiparalizzato.

Quando era stato riportato a casa, il dottor Bertola aveva detto a Ines: «Le condizioni generali sono discrete ma il cuore è molto malandato. Si prepari al peggio, contessa».

Lei non si rassegnava all'idea di perderlo. Ed era angosciata anche per Stefano, suo figlio, che era stato mandato a combattere in Cirenaica. Ines aveva tentato di evitare che il suo ragazzo andasse in guerra chiedendo l'aiuto di tanti amici influenti. Era stato tutto inutile, perché Ubaldo Ceppi era inviso al regime a causa della sua ostinazione nel rifiutare la tessera del partito fascista. E Stefano era stato costretto a partire.

Era tornato proprio quel giorno per una licenza. Ines era felice perché sarebbe rimasto a casa per un mese.

«Ti prego, caro, mangia ancora un po' di minestra, almeno per dare una piccola soddisfazione a Tilde che l'ha cucinata con tanto amore», insistette.

«Adesso te lo dico: la minestra con l'*erburin* non mi è mai piaciuta», dichiarò Ubaldo. Ines mise da parte il piatto.

«Me lo avessi detto vent'anni fa, sarebbe stato meglio», replicò.

«Ci siamo taciuti tante cose», sussurrò lui, sorridendole.

Lei gli accarezzò il viso, dolcemente.

«Adesso, comunque, c'è poca scelta. Non si trovano più tutte le cose buone di prima della guerra. La prossima volta ti farò fare la semolina con il burro fresco. La semolina ti piace, vero?» gli domandò.

Il marito annuì, per farla contenta. Poche cose, ormai, gli davano piacere. Tutto gli era indifferente. Anche la riduzione del personale di servizio non lo aveva colpito più di tanto.

L'autista, il giardiniere, il cuoco, gli uomini di fatica erano stati richiamati alle armi e Ines non li aveva sostituiti. Se ne erano andate anche la lavandaia e la guardarobiera. Nella villa erano rimasti soltanto Vespino, un cameriere, Tilde, una domestica tuttofare, Ermellina, che la sera tornava a casa propria, e sua nuora Vienna Agrestis che teneva compagnia al conte.

Con la riduzione del personale, erano diminuite le spese, per fortuna. Perché i Ceppi, come molte altre famiglie nobili, avevano difficoltà finanziarie. Le case in città e le proprietà in campagna non rendevano più niente. Prima di ammalarsi, tuttavia, Ubaldo era riuscito a mettere in salvo, in Svizzera, una parte consistente del suo patrimonio. Così come era riuscito a nascondere, mettendoli al sicuro dall'ingordigia dei fascisti, i quadri, l'argenteria, i tappeti, i gioielli, gli arredi più pregiati. Intanto imperava l'autarchia, e i prezzi degli alimentari erano saliti alle stelle. Ines si era adeguata ai tempi e, con l'aiuto di Vespino, aveva trasformato in orto una parte del grande giardino. Curava gli alberi da frutto e preparava ottime marmellate.

Ora Ines disse: «Ti andrebbero due fragole con il vino e lo zucchero?»

«Giusto un assaggio. Dopo voglio andare a letto», rispose Ubaldo.

Ines aveva trasformato in camera da letto la sala al piano terreno, perché aveva le portefinestre che si aprivano sul giardino. E il salottino adiacente era diventato la camera da letto di Vienna. In questo modo, il malato poteva essere agevolmente trasportato sulla veranda o in giardino e bastava che suonasse il campanello perché Vienna accorresse da lui.

«Ti voglio tanto bene», sussurrò Ines, tornando ad accarezzarlo. «Adesso chiamo Vespino e Vienna, così ti accompagnano a letto», soggiunse.

Il conte, dopo una iniziale perplessità, aveva accettato volentieri quella bella ragazza che sprizzava spontaneità e salute, perché ne aveva intuito la bontà e l'intelligenza. Grazie a lei, Ines poteva dormire tranquilla durante la notte e aveva più libertà di movimento durante il giorno.

Era stata Ermellina a raccomandare la nuora che si era sposata da poco con Arturo, il suo primogenito. Vienna era nata e cresciuta in montagna, dove i suoi allevavano pecore e producevano formaggio. Era scesa a Vertova dopo il matrimonio, ma il marito lavorava a Torino e lei si sentiva un po' sola.

Arturo faceva il muratore. Aveva lavorato per diversi anni in Svizzera ed era tornato in Italia quando aveva ricevuto la cartolina di precetto per la visita di leva. All'ospedale militare gli era stato riscontrato un lipoma alla schiena non operabile e, pertanto, era stato dichiarato inabile al servizio militare. Proprio allora l'Italia era entrata in guerra e Arturo era rimasto a casa.

Aveva conosciuto Vienna pochi giorni prima di Natale e si era subito innamorato di lei, perché era una bella ragazza solare e intelligente.

Parlandole di sé, Arturo le aveva detto: «Il mio mestiere mi piace molto. Mio padre, che vive solo per il suo lavoro di falegname, non capisce quanta poesia c'è nei mattoni. Mentre costruisco una casa, penso alle persone che ci abiteranno ed è come se preparassi un nido per le loro famiglie».

«Sei un poeta», aveva osservato Vienna, colpita dalle sue parole.

«Forse sono soltanto un sognatore», aveva risposto, guardandola con amore.

Si erano sposati a marzo. Ai primi di aprile, Arturo era partito per andare a lavorare a Torino lasciandola sola in casa Agrestis. Qualche volta Vienna soffriva di malinconia, la suocera la capiva e si era detta che era necessario trovarle una distrazione. In casa Ceppi, Vienna si era sentita utile. Il vecchio conte non era un malato difficile e lei lo accudiva volentieri. Vespino lo lavava e lo cambiava. Lei gli faceva la barba ma, soprattutto, poiché al conte piaceva la musica, gli metteva i dischi sul grammofono, oppure gli leggeva i libri che Ubaldo amava. A un certo punto il malato si addormentava e lei sgusciava nella sua stanzetta a sferruzzare o a scrivere al marito.

In quel primo pomeriggio di maggio, dopo aver messo a letto il conte, Vienna era andata nella sua stanza e aveva ripreso la lettura di una commedia di Shakespeare che Ubaldo prediligeva. «Io conosco / un declivio dove fiorisce il timo, / dove crescono viole a capo chino / e margherite, e dove l'agrifoglio / s'intreccia sontuoso a baldacchino / con la rosa canina e la moscata.» Vienna leggeva a voce alta questi splendidi versi e pensava al declivio, non lontano dalla sua malga, in montagna, ritrovando la dolce malinconia di quel paesaggio che amava.

«Chi declama così bene il *Sogno di una notte di mezza estate*?» domandò qualcuno, alle sue spalle.

Vienna si girò di scatto e vide sulla porta della sua stanza un uomo incantevole. Le avevano detto che, proprio quella mattina, il giovane Stefano Ceppi era tornato in licenza. Lei non lo aveva mai visto. Ora era lì, e le sembrò così bello, da lasciarla senza fiato.

# 14

«VIENNA! Da dove ti viene questo nome?» le domandò Stefano Ceppi entrando nella stanza.

Lei si rimproverò per aver lasciato socchiusa la porta perché la presenza del giovane la metteva a disagio.

Al suo arrivo a Villa Ceppi, Stefano era stato accolto dalla madre che gli aveva raccontato tutte le novità di casa. Tra l'altro lo aveva informato di quella ragazza che accudiva Ubaldo con tanta attenzione. Non gli aveva detto, però, delle sue forme armoniose, del viso di porcellana dalle gote rosate, del nasino che sembrava un ricciolo girato all'insù. Il sole di maggio, che entrava dalla finestra aperta, illuminava il bel volto di Vienna e il collo che emergeva candido dall'abitino blu. «Perché proprio Vienna?» insistette lui.

Balbettando, lei spiegò: «Pochi mesi prima che nascessi, i miei genitori andarono al cinema, a Bergamo, a vedere un film che piacque molto alla mia mamma. Era una storia d'amore che si svolgeva a Vienna. Scelsero così il mio nome».

Il giovane sorrise. Era alto, forte, bello e riempiva con la sua presenza quella piccola stanza. Vienna stava sulle spine: «Con il suo permesso, devo andare ad accertarmi che suo padre stia dormendo tranquillo», tentò di defilarsi.

«L'ho già fatto io», rispose lui, prontamente.

Vienna si era abituata da poco a rivolgere la parola ai conti Ceppi senza arrossire, ma continuava a muoversi con cautela in quella casa, perché temeva sempre di commettere qualche errore. Ora era certa che la presenza di quell'uomo nella sua stanza non fosse opportuna.

Così insistette: «Devo andare dal conte», senza riuscire a muovere un passo.

«Certo che hai avuto un bel coraggio!» esclamò Stefano e proseguì: «Hai lasciato la tua malga per scendere a Vertova. Me lo ha detto mia madre. Non ti manca la montagna?» In questa domanda era implicita la simpatia per una ragazza che era stata catapultata in un mondo estraneo, tra gente sconosciuta.

Vienna si passò una mano sul collo, come se avesse difficoltà a respirare.

«Sto bene a Vertova.» Pensò alla suocera che la trattava con affetto, come fosse una figlia. Ma le mancava il respiro ampio della montagna, con i suoi silenzi intatti. Quel giovane dall'aria scanzonata lo aveva intuito. Le sembrò singolare che un signore si interrogasse sui sentimenti di una domestica. Vienna si chiese che cosa volesse da lei Stefano Ceppi che, nel frattempo, si era seduto sul suo letto. Si fece coraggio e osservò: «Se entrasse Vespino, e può succedere, io non ci farei una bella figura con lei qui».

Stefano si alzò di scatto e sorrise. «Fino a due giorni fa ho dormito su una branda, tra il puzzo di panni e corpi non lavati. Non mi sembra vero d'essere a casa, dove tutto profuma di buono.»

Se ne andò così com'era venuto, senza nemmeno salutarla, lasciandole l'impressione di averlo mal giudicato. Vienna pensò che, alla fine, era soltanto un ragazzo solo e spaesato come lei. Forse voleva raccontarle dei disagi e degli orrori della guerra e lei si era solo preoccupata della sua reputazione. La vita dei combattenti doveva essere terribile. Pensò ad Arturo che dormiva in un capanno di legno e lamiera, in compagnia di altri muratori, accanto all'edificio che stavano costruendo. Anche la sua vita era tutt'altro che facile. Così decise di scrivergli. Mentre prendeva carta e penna, senza volerlo, raffrontò Arturo a Stefano. Non potevano essere più diversi. Arturo era forte come una roccia. I suoi lineamenti marcati non lasciavano trapelare la dolcezza di quel bravo ragazzo, che le voleva bene. Stefano, invece, era la sintesi della grazia e dell'eleganza. I suoi occhi azzurri illuminavano un viso dai tratti aristocratici. Come sosteneva Ermellina, nelle fattezze assomigliava pochissimo alla madre dalla quale, tuttavia, aveva ereditato il carattere espansivo e l'intelligenza vivace.

Incominciò la sua lettera ad Arturo: «Stavamo così

quieti, noi domestici, prima che arrivasse il figlio dei conti Ceppi. Per fortuna è in licenza soltanto per un mese e poi ritornerà in guerra. Continuo a leggere libri bellissimi per il signor conte. Ma non pensare che adesso mi dia delle arie perché sono al servizio di una famiglia di aristocratici...» Scrisse due pagine ricche di sentimento e concluse pregandolo di venire presto a trovarla.

Poi scese in cucina, dove sua suocera e Tilde preparavano la cena.

«Mamma Ermellina, me lo fate il solito favore?» le domandò, consegnandole la lettera per Arturo.

«Certo che te la imposto. Sei proprio una brava moglie», disse la donna.

«Povera sposina senza marito!» la compianse Tilde, mentre impastava le patate lesse con la farina.

«Io non mi lamento», tagliò corto Vienna, mentre curiosava tra i fornelli.

«E fai male. Dovresti smettere di scrivere a quello stupido che ti ha lasciata sola. Che senso ha sposare una brava ragazza e poi abbandonarla?» recriminò Ermellina.

«Se avesse fatto il soldato, sarebbe partito comunque. Almeno così so che non corre pericoli», lo difese Vienna.

«Questo è pur vero», convenne Tilde. E soggiunse: «Guardate il povero signorino Stefano. L'hanno mandato in licenza a riposarsi, prima di spedirlo chissà dove, magari a morire».

Ermellina si fece il segno della croce.

«Non fare l'uccellaccio del malaugurio. C'è già il signor conte che è più di là che di qua. Ci mancherebbe pure che il figlio... povera signora contessa», inorridì.

«Attenta a come parli. La signora contessa non vuole essere compatita. È più dura di un sasso. I suoi dispiaceri se li tiene sotto chiave e guai a farne parola. Poco fa, sono andata nell'orto a raccogliere i ravanelli e lei stava questionando con il signorino a causa della sua fidanzata, la contessina Porro», confidò Tilde. E proseguì: «Quando si è accorta che ero lì, mi ha detto: 'Non hai niente di meglio da fare?'»

Vienna, che stava scaldando l'acqua per farsi un caffè surrogato, drizzò le orecchie.

«Perché discutevano?» indagò Ermellina.

«Ho sentito che la contessa diceva: 'Margherita ha un patrimonio intatto, mentre il nostro non lo è più'. Allora il signorino ha risposto che il padre della contessina è un fascista», spiegò Tilde.

«È bella la contessina Margherita?» s'incuriosì Vienna.

«È secca come un chiodo. Tu sei bella», soggiunse, alludendo alle forme piene della nuora. «Ma, adesso, va di moda essere magre. Ho visto su un giornale la fotografia della principessa Maria José e della contessa Ciano. Sono magre da far paura. E dire che a quelle non gli manca il mangiare!»

Vienna bevve il suo caffè e poi chiese: «Che cosa preparate per la cena?»

«Gnocchi al burro, galantina di pollo con gli asparagi, insalata di cicorino e ravanelli e, per finire, spuma di fragole. Abbiamo ospiti, questa sera: la contessina Margherita e i suoi genitori», annunciò Tilde.

«E al signor conte che cosa diamo?» si preoccupò la ragazza.

«Gnocchi anche per lui. Ma non dirgli che ci saranno ospiti, altrimenti si agita. Ordine della signora», si raccomandò Tilde.

Il conte dormiva e dormiva anche Vespino, seduto su una poltrona accanto al suo padrone. Vienna scivolò silenziosa nella sua camera, si affacciò alla portafinestra a guardare il giardino e si chiese perché le sembrava di aver subito un torto quando aveva saputo che Stefano Ceppi era fidanzato.

# 15

Il sole era tramontato e l'aria si era fatta tenera e carezzevole.

«Signor conte, le piacciono questi gnocchi?» chiese Vienna al conte Ubaldo, e proseguì: «Oltre al burro, Tilde ha aggiunto il formaggio di pecora. È un cibo sostanzioso che le darà forza», spiegò, mentre avvicinava la forchetta alle labbra del conte.

«Forza per che cosa?» chiese l'uomo, rifiutando il cibo.

«Per vivere, signor conte», rispose la ragazza.

«E la chiami vita, questa?» domandò il conte, tristemente.

«Alzi lo sguardo al cielo. Sarà una bellissima notte di plenilunio. Vale la pena di vivere, anche solo per godere di questa splendida serata.»

Era riuscita a farlo sorridere e lui la premiò lasciandosi imboccare.

Più tardi, quando si fu addormentato, Vienna uscì in

giardino. Si incamminò lungo il viale immersa nei propri pensieri.

Aveva accettato la lontananza del marito e la convivenza con gli Agrestis senza porsi domande. Poche ore prima, però, un estraneo l'aveva lodata per aver seguito il marito lontano dalla propria casa, dalla propria famiglia. Ma era stato un atto di coraggio assecondare i sentimenti? E se lo era stato, che senso aveva, dal momento che il marito l'aveva subito lasciata sola? Vienna si chiese se quel muratore a cui piacevano tanto i mattoni l'amasse davvero. E lei era davvero innamorata di lui avendo accettato, senza protestare, di lasciarlo partire? Il giovane conte Ceppi, con poche parole, l'aveva costretta a riflettere e, con stupore, si rese conto di non essersi mai interrogata sulle sue scelte, né prima né dopo averle fatte.

Camminava lentamente, in quella bella notte di plenilunio, quando, al di là di un'alta siepe di bosso, avvertì un suono di voci. Si fermò di colpo.

«Ti rendi conto che la nostra storia non ha più senso?» disse Stefano.

«Ti comporti come una donnetta che crede alle maldicenze», replicò una voce femminile, sicuramente quella della contessina Margherita, pensò la ragazza.

«Non ho mai ascoltato i pettegolezzi e non mi interessa sapere che cosa c'è stato tra te e quel fascistone di Emilio Invernizzi. Non è questo il punto», affermò Stefano.

«Di grazia, quale sarebbe il problema, allora?»

«Noi non ci amiamo. Anzi, non ci siamo mai amati. Ci siamo fidanzati perché così volevano i tuoi e i miei genitori. Fosse dipeso da noi, tu avresti scelto l'Invernizzi e io una donna schietta, senza badare al ceto sociale.»

«Esattamente come ha fatto tuo padre quando ha sposato tua madre», replicò Margherita, ironica.

«Mia madre ti sovrasta di una spanna, ma tu, povera Margherita, non lo capirai mai.»

«Oh sì, invece! Capisco benissimo. Oggi, quando sono arrivata, ti ho visto dal giardino, seduto sul letto di una servotta.»

Nel sentire queste parole, Vienna avvertì una pugnalata al cuore. Corse verso casa e si rifugiò nella sua camera. Non si era mai sentita tanto infelice. Una persona che non conosceva l'aveva umiliata mettendo in dubbio la sua reputazione. Lei, invece, era solo una giovane sposa che aspettava il ritorno di suo marito.

Ricordò il suo matrimonio nella piccola chiesa di montagna, il pranzo e i balli sul prato, davanti alla malga. Quand'era ormai buio, lei e Arturo erano scesi a valle accompagnati dagli invitati che cantavano e scherzavano con loro. In casa Agrestis, i fratelli più piccoli di Arturo li avevano accolti con sorrisi festosi e maliziosi. Nella loro stanza nuziale c'era un vaso pieno di fiori di campo che Ermellina aveva raccolto per loro. Vienna aveva apprezzato i fiori e poi aveva guardato con sgomento il letto matrimoniale, perché era stanca e voleva soltanto riposare. Arturo se ne era accorto e le aveva detto: «Dormiamo». E così era stato. Fecero l'amore per la prima volta la sera dopo e lei si era sentita felice perché voleva bene a quell'uomo forte e gentile che aveva sposato.

Partendo per Torino, Arturo le aveva detto: «Tornerò a trovarti tutti i mesi. Intanto spero che mi scriverai per dirmi che aspettiamo un bambino».

Invece, lei non era rimasta incinta e lui continuava a rimandare le sue visite a causa del lavoro. Adesso Vienna piangeva e aveva una gran voglia di scappare lontano da tutto e da tutti. Ma dove sarebbe potuta andare se non in casa Agrestis ad aspettare un marito che non tornava?

Dalla stanza accanto arrivò la scampanellata del conte. Si asciugò velocemente le lacrime e lo raggiunse.

«Come sta, signor conte?» gli domandò.

«Dormivi?» chiese lui.

«No, ero ancora sveglia.»

«Ti va di leggermi qualcosa?»

Vienna accostò la sedia al letto, prese dal comodino il libro con i sonetti di Shakespeare, lo aprì e lesse: «Quando l'amor mio giura d'essermi fedele / io le credo, pur sapendo che mente...»

A quel punto si bloccò. Pensò che nel pomeriggio aveva scritto ad Arturo che lo amava. Adesso temeva di non avergli detto la verità.

# 16

«E così, il fidanzamento è rotto», annunciò Ines al marito.

«Per quel che me ne importa», disse lui.

«Non vuoi neppure sapere com'è successo?» lo incalzò Ines.

«Può forse esserci una storia tra nostro figlio e quei fascistoni?» replicò il conte, con voce stanca.

«Perdonami, caro. Tu non stai bene e io ti assillo con queste sciocchezze», disse Ines, accarezzandogli una mano. E proseguì: «Soltanto avrei voluto che Stefano tornasse al fronte sapendo d'avere un'innamorata che lo aspetta. Sai, i pensieri d'amore sono importanti per chi va a combattere».

«Chi ti dice che non ne abbia?» domandò il marito.

«Sai forse qualcosa che io non so?» si insospettì Ines.

«Sì. So che devi lasciare in pace quel povero ragazzo.»

«D'accordo. Però mi piacerebbe sapere che cosa vi siete detti stamattina, tu e lui, mentre io ero nell'orto.»

Ubaldo tacque e sua moglie capì che non era il caso di insistere.

«Ti voglio bene lo stesso», gli sussurrò, accarezzandogli la fronte.

Ubaldo le sorrise. Pensava al figlio che era tornato dalla Cirenaica e tra poche settimane sarebbe partito con il suo battaglione verso l'est europeo per congiungersi ai tedeschi e finire tra le fauci dei russi.

Quando nacque Stefano, Ubaldo lo considerò un problema più che una gioia perché non aveva modelli di riferimento per occuparsi di un figlio. Ubaldo non aveva mai avuto nessun rapporto, nessun momento di intimità con suo padre, il conte Stefano Ceppi Bruno di Calvera, a cui dava del lei. Quand'era un giovane studente, lo aveva incontrato in un salotto e il conte non lo aveva riconosciuto.

«Pare che io sia suo figlio», aveva balbettato timidamente il giovane Ubaldo.

«Ma certo, ti vedo cresciuto. Come stai, caro?» aveva replicato il conte e lo aveva lasciato subito, senza aspettare una risposta.

Ubaldo aveva molto sofferto per l'indifferenza del padre che si era sciolta soltanto in una occasione, rimasta impressa nella sua memoria: quando, da bambino, aveva rischiato di morire per una polmonite e il conte Stefano era rimasto accanto al suo letto fino a che non era guarito. Morendo, il padre lo aveva nominato erede di tutte le sue sostanze, definendolo, con sua grande sorpresa: «Il mio figliuolo amatissimo, che non mi ha mai deluso».

Tuttavia, con l'aiuto di Ines, Ubaldo era riuscito a instaurare un buon rapporto con il figlio. Ora che si preparava a lasciare la vita, si rendeva conto d'avere sempre amato moltissimo il suo ragazzo.

Il fascismo e la guerra lo avevano disgustato, ma a farlo veramente soffrire in quegli anni era stata soprattutto l'ansia di saperlo al fronte. Adesso lo angosciava il pensiero della Russia, di quella grande terra che conosceva attraverso le opere dei suoi autori più famosi da Gogol a Tolstoj, da Cechov a Turgenev. Aveva davanti agli occhi le distese infinite dei campi di girasoli sotto il cielo di luglio che la neve, durante l'inverno, copriva di una candida coltre. Da studente, a Parigi, aveva avuto una relazione con una principessa russa scaltra e ingenua, spregiudicata e pudica, avida e generosa. Lui l'aveva amata appassionatamente.

Ora si chiedeva se laggiù, sul Don o nel Caucaso, Stefano avrebbe incontrato una donna da amare oppure la morte.

Disse alla moglie: «Mandami Vienna».

«Dovrai accontentarti di me, o di Vespino, perché oggi la ragazza è andata in montagna a fare incetta di formaggio e Stefano, che aveva voglia di sgranchirsi le gambe, l'ha seguita.» Il conte abbozzò un sorriso. Aveva già colto lo sguardo del figlio soffermarsi sulla giovane montanara e l'annuncio di quella gita gli fece sperare che Stefano sarebbe partito con un dolce ricordo nel cuore.

Verso sera arrivò il dottor Bertola. Come sempre, lo visitò accuratamente e poi disse: «Va tutto bene».

«Quando mi lascerai in pace?» domandò Ubaldo.

«È il mio mestiere tormentare i pazienti, caro conte.»

«Non mancarmi di rispetto, perché potrei essere tuo nonno e non darmi del lei. Dimentichi che questi spagnolismi decadenti sono invisi al regime? Devi darmi del voi, o potrei fare la spia e accusarti di disfattismo», scherzò il conte.

E subito risero insieme. Poi Ubaldo si fece serio e disse: «Ti parlo da uomo a uomo. Quando sarà il momento, vorrei spegnermi in pace senza medicine e senza torture inutili. Ho il diritto di salvare la mia dignità».

«Caro conte, quando mi sono laureato in medicina, ho giurato di salvare la vita dei pazienti e, se non è possibile, di alleviarne le sofferenze, ma senza accanimenti nel tentativo di contrastare inutilmente il corso della natura.»

«È una promessa?» chiese Ubaldo.

«I conti Bertola onorano sempre la loro parola.»

«A me risulta che i tuoi antenati fossero capitani di ventura mascalzoni e bugiardi.»

«Mentre i Ceppi Bruno?»

«Sono sempre stati dei buoni a nulla, come me.»

«Direi piuttosto che sono sempre stati un esempio di correttezza verso gli umili e i potenti.»

«Ma si può ancora essere corretti in un mondo in cui esiste solo la prepotenza?»

«Caro conte, vale la pena di continuare a essere come siamo, io credo.»

Vienna rincasò in tempo per servirgli la cena e al conte sembrò che avesse una luce nuova nello sguardo. Era insolitamente silenziosa.

Dopo che Vespino ebbe sistemato il malato per la notte, Vienna accostò una sedia al suo letto e gli domandò: «Le leggo qualcosa, signor conte?»

«Prima raccontami di te. Sei andata in chiesa?»

«Per pregare la Madonna», rispose lei, sedendosi.

Era il mese di maggio e le donne del paese andavano in chiesa, al tramonto, a recitare il rosario. Portavano fiori, soprattutto rose i cui petali appassiti venivano raccolti in un grande bacile. L'ultima sera del mese, il prete li benediceva e li distribuiva ai fedeli che li mettevano in un sacchettino da legare al collo dei malati. I fedeli sostenevano che quei petali benedetti li aiutassero a guarire.

«Ho incontrato Agostina», aggiunse Vienna.

In paese si diceva che Agostina sapesse predire il futuro. Le sue predizioni e i petali benedetti facevano parte di una serie infinita di credenze che aiutavano i valligiani ad affrontare le difficoltà della vita. «Mi ha detto che ha visto una culla nella mia stanza. Questo significa che presto mio marito tornerà a casa», sussurrò Vienna senza entusiasmo.

# 17

QUELLA mattina la contessa le aveva dato dei soldi, dicendole: «Vai dai tuoi genitori a prendere il formaggio».

Vienna desiderava visitare la sua famiglia e si era subito messa in cammino.

Appena uscita dal paese, imboccato il sentiero che saliva tra i faggi, aveva sentito un suono di passi alle sue spalle. Si era voltata e aveva visto il conte Stefano.

Portava calzoni alla zuava, scarponi con la suola di gomma e un maglione celeste come i suoi occhi.

«Vengo con te», disse il giovane e spiegò: «Non sono più stato da queste parti da tanto tempo».

«E non ha perso niente. C'è poco da vedere», rispose lei, riprendendo il cammino.

«Può darsi. Ma io sono cresciuto in Val Seriana e ho tanti bei ricordi di quando ero bambino.»

Il sentiero si inerpicava verso le cime Calvera e i due giovani salivano, affiancati, con passo lento. Passarono davanti a una miniera abbandonata.

«Lo sai che, in epoca romana, a Clusone si fabbricavano le armi? La Val Seriana era ricca di ferro.»

«Dov'è la Cirenaica?» chiese Vienna all'improvviso.

«È in Africa, vicino alla Libia. Perché vuoi saperlo?»

«Perché lei è venuto da lì.»

«Gli italiani stanno viaggiando molto a spese del governo. Dalla Spagna all'Africa, dalla Grecia alla Russia. Mussolini ci fa conoscere il mondo», ironizzò lui, amaramente.

Si fermarono a bere a una piccola sorgente.

«In agosto qui crescono i ciclamini. Io vengo a raccoglierli perché mi piace il loro profumo», disse Vienna.

«Sei una ragazza molto dolce», osservò lui, teneramente.

Lei arrossì, imbarazzata. Percepiva lo sguardo di Stefano come una carezza e le tornarono in mente i versi di un'antica ballata che le donne della valle cantavano filando la lana. Raccontava di una pastorella che curava i suoi agnellini. Un giorno incontrò un gran signore dal quale si lasciò sedurre e si ritrovò sola e con un figlio nel grembo.

«Non dica sciocchezze, signor conte. Lei non mi conosce», reagì bruscamente riprendendo il cammino con passo spedito.

Stefano la raggiunse e disse: «Tu sei intelligente, Vienna, e sai che non volevo offenderti facendoti un complimento».

«La prego, mi lasci andare per la mia strada», replicò la ragazza, senza fermarsi.

Quando arrivarono alla malga, Stefano si sdraiò su un prato per riposarsi, mentre lei entrò in casa. Trovò soltanto sua madre. I fratelli e il padre erano nei pascoli. Lei rispose a stento alle domande della mamma. Poi riprese il cammino e salì verso la chiesetta in cui si era sposata tre mesi prima. Quello era stato un giorno felice perché aveva sposato un uomo buono, onesto, premuroso e senza vizi. Non avrebbe mai immaginato che, poco tempo dopo, in quello stesso luogo, si sarebbe sentita tanto inquieta e infelice.

«L'intelligenza è nemica della serenità. Sarebbe meglio non pensare», disse ad alta voce, parlando al vento.

La nonna scendeva lungo un sentiero che costeggiava il prato. Era piccola, sottile, vestita di nero, con la gonna arricciata che le sfiorava la punta degli zoccoli... Il viso rugoso era incorniciato da un fazzoletto bianco che le copriva la testa.

Vienna le andò incontro e si abbracciarono.

«Ho portato da mangiare ai ragazzi, al pascolo», spiegò la nonna. E soggiunse: «Divento vecchia e mi fanno male le ginocchia con tutto questo su e giù». Poi volle sapere se Vienna era venuta a prendere il formaggio per la contessa.

«Ti ho messo da parte un pane di burro fresco, solo per te», le confidò. Si incamminarono insieme verso casa.

«I signori ti trattano bene? Vai d'accordo con tua suocera? Le cognate e i cognati ti rispettano?» si informò la nonna.

«Forse mi sono sposata troppo presto», sussurrò Vienna.

«Ma che cosa dici? Io ho sposato il nonno quando avevo sedici anni. Tu tra poco ne compirai diciannove.»

«Forse non avrei dovuto sposarmi», ribadì.

La nonna la guardò scandalizzata.

«Fatti subito il segno della croce e chiedi perdono al Signore per la bestemmia che hai detto», sbottò.

«Ma è quello che penso», affermò Vienna.

«Allora non venire più a trovarmi, perché alla mia età non ho bisogno di dispiaceri. La disgrazia è che hai sposato uno di paese, invece di uno dei nostri. Ma quel che è fatto è fatto.»

Quando arrivarono alla malga, Stefano sedeva sul prato, davanti a casa, la schiena appoggiata al tronco di un pino, e stava leggendo un libro.

La madre di Vienna era molto agitata per quella visita inattesa.

«I signori non sono mai venuti e io non so come regolarmi», sussurrò alla figlia, non appena entrò in casa con la nonna. E proseguì: «Dice che vuole fermarsi a dormire, questa notte. Ma dove lo metto? M'ha raccontato che nella sua caserma, in Africa, c'erano le cimici e i pidocchi. Dice che qui, invece, è tutto pulito e lui ha bisogno di respirare l'aria buona. Che cosa faccio?» domandò smarrita.

Vienna uscì dalla cucina, raggiunse Stefano e, sovrastandolo, gli domandò: «Che cosa vuole, signor conte?» E poiché lui sorrideva, senza rispondere, Vienna soggiunse: «Lei sta creando una grande confusione nella mia vita e in quella della mia famiglia».

Stefano posò sull'erba il libro che stava leggendo e si alzò in piedi. Guardò Vienna con espressione seria.

«Ho solo chiesto ospitalità perché non ho voglia di tornare a Vertova, questa sera.»

«Lei ha il mondo tutto per sé. Perché proprio qui?»

«Perché sento il profumo del fieno e sono più vicino al cielo. Sono sereno come quando sto con te.»

Vienna scese in paese con due sacchetti di tela pieni di formaggio. Andò in chiesa e poi incontrò l'Agostina.

La ragazza era così frastornata che le domandò: «Dimmi che cosa mi riserva il futuro».

«Una culla. Presto, molto presto», le aveva ripetuto la vecchia.

# 18

«Non ho ancora visto nostro figlio», disse Ubaldo.

«Forse ha deciso di fermarsi un altro giorno in montagna», ragionò la contessa, considerando che il figlio aveva imparato ad amare i monti Orobici fin da bambino, quando trascorreva periodi più o meno lunghi nei campeggi o nelle baite con i gruppi della parrocchia.

«Sta troppo da solo», commentò il conte.

«Chissà da chi avrà preso?» scherzò Ines.

«Gira e rigira, è sempre colpa mia», brontolò il malato.

Ines lo baciò sulla fronte e replicò: «Sei diventato un orso. Adesso mettiti tranquillo, perché io ho da fare».

Uscì dalla camera, lasciando il marito in compagnia di Vienna che stava sistemando in un vaso le rose appena colte in giardino. In quel momento Stefano fece la sua apparizione e mise sul letto del padre un cucciolo di cane pastore, annunciando: «Guarda che cosa ti ho portato. Ti farà compagnia quando sarò partito». La ragazza riconobbe subito il cagnolino, nato dalla coppia di pastori bergamaschi dei suoi genitori, ma non disse nulla.

«Come si chiama?» domandò il conte, accarezzando quel batuffolo setoso.

«È una signorina. Battezzala tu», rispose Stefano, ignorando la presenza di Vienna.

«Mi ha battezzato lei, per il momento», si lamentò Ubaldo, indicando il lenzuolo bagnato.

«Non si preoccupi», intervenne Vienna, «chiamo Vespino per cambiarle le lenzuola.»

Intanto si interrogava sulla ragione di quel dono: Stefano lo aveva fatto per rallegrare suo padre o per impadronirsi di qualcosa che apparteneva a lei?

«Porto fuori questa birba», disse, prendendo in braccio il cucciolo.

«Ecco, hai visto? Vienna le ha già trovato un nome: si chiamerà Birba», decise il conte. Poi si rivolse alla ragazza e soggiunse: «Bada che i miei setter non gli facciano del male».

Il cielo si era rannuvolato, l'aria si era fatta più fresca. Di lì a poco si sarebbe scatenato un temporale.

Tilde aveva apparecchiato la tavola con particolare cura perché Ines aveva invitato a pranzo il dottor Pietro Bertola e la giovane sposa che era incinta del primo figlio. Vienna si era seduta accanto al malato per poterlo imboccare. Ines e il dottore tenevano banco nella conversazione che, ovviamente, era imperniata sulle sorti della guerra. La signora Bertola ascoltava e annuiva, il conte rimuginava i suoi pensieri, Stefano spilluzzicava il cibo con aria assente, Vienna teneva lo sguardo basso.

«Anche la base inglese di Tobruk è caduta nelle mani dei tedeschi. Chi li ferma più questi mostri?» disse il dottore.

«Io spero che mio figlio non sia maschio, perché non mi piace l'idea di destinarlo alla causa di Mussolini», affermò la signora Bertola.

«Io continuo a sperare che questa guerra stia per finire», sospirò Ines, che era molto preoccupata per suo figlio.

«Tu, Stefano, che cosa ne dici?» domandò il dottor Bertola.

«Sono un militare e quindi non dovrei ascoltare quello che state dicendo. Dopo di che, ho sempre pensato che l'odio sia un brutto sentimento dal quale mi ritenevo immune. Non è così. Odio profondamente il Duce e tutti i suoi accoliti e tanto più lo odio, in quanto il fascismo e la guerra ci hanno insegnato a odiare», disse il giovane.

Per Vienna quel pranzo era un supplizio, perché coglieva su di sé gli sguardi di Stefano e ne era così imbarazzata da trattenere il respiro.

Un tuono squassò l'aria, un lampo spaccò il cielo e Stefano si alzò da tavola scusandosi con i commensali.

«Vado a recuperare la piccola Birba che ho lasciato in giardino.»

«Portala nella mia camera», disse il conte al figlio. Poi si rivolse a Vienna: «Vai a mettere un po' di giornali per terra, per favore».

«Aiutami a cercarla, prima», propose Stefano alla ragazza.

Dal cielo piovvero grossi goccioloni sulla testa dei due giovani che si aggiravano lungo i vialetti del giardino, chiamando il cucciolo. Vienna trovò Birba, tremante, sotto una siepe di mortella. Stava per sollevarla, ma Stefano glielo impedì.

«La prendo io.» Afferrò la cagnolina e la strinse al petto. «Vedi? Si sta calmando», sussurrò, guardando intensamente la ragazza, mentre la pioggia si infittiva accompagnata da raffiche d'aria gelida.

Nel vestibolo, Vienna agguantò un fascio di vecchi quotidiani e seguì Stefano nella camera del padre. Vespino stava accendendo il fuoco nel caminetto.

«Lascia stare, facciamo noi», disse Stefano, liquidandolo.

Consegnò a Vienna il cucciolo. Lei lo avvolse in una coperta e lo depose accanto al fuoco, mentre Stefano copriva il pavimento con i fogli di giornale. Poi, lui si chinò su Vienna che si era raggomitolata accanto a Birba e disse: «Non so come sia potuto accadere, ma mi sono perdutamente innamorato di te».

«Per favore, mi lasci stare», sussurrò lei.

«Non ce la faccio. Sei come un tarlo che mi rode il cervello.»

Si accoccolò allora al suo fianco e le accarezzò i capelli.

«La prego, mi stia lontano. Abbia pietà di me», mormorò ancora lei.

«Dolcissima Vienna, io ti amo. Lasciati amare», così dicendo la prese fra le braccia.

Lei si liberò dalla stretta di Stefano. Si alzò e si avvicinò alla finestra.

Vide le cime degli alberi oscillare sotto la spinta del vento e pensò che, quando il temporale si placa, tutto risplende come prima. Invece, se lei avesse ceduto all'amore di Stefano, avrebbe spezzato per sempre il suo cuore e quello di suo marito.

Corse fuori dalla camera nel momento in cui il vecchio conte entrava accompagnato da Vespino.

Ubaldo vide il figlio accucciato davanti al camino, il volto tra le mani, come se piangesse. Non disse niente e lasciò che il cameriere lo mettesse a letto. Poi lo liquidò e stette lì ad aspettare che Stefano gli dicesse qualcosa. Ma suo figlio taceva.

«Vuoi rovinarle la vita?» domandò allora.

«È l'ultima cosa che farei», rispose Stefano.

«È maritata, lo sai», disse Ubaldo.

«Me ne infischio di suo marito.»

«Ma lei no. È una brava ragazza», ragionò il malato. Ricordò le molte donne che aveva avuto prima di innamorarsi di Ines. Erano quasi tutte sposate e vivevano allegramente l'infedeltà. Erano giovani signore cresciute negli agi che combattevano la noia nel letto di un amante. Vienna, invece, era onesta, sensibile e intelligente. Ubaldo l'aveva osservata a lungo, dopo che la moglie gliela aveva messa accanto, e si era reso conto che era una creatura speciale e rara.

«Anch'io credo di essere un bravo ragazzo», disse Stefano, avvicinandosi al letto di Ubaldo. Il temporale si era allontanato e il cucciolo cercava di liberarsi dalla coperta in cui era avvolto.

Il giovane strinse tra le sue una mano del padre e annunciò: «Vado via per qualche giorno. I Montini hanno invitato me e la mamma a Robecco. Una piccola vacanza farà bene a tutti noi».

Ubaldo annuì. Gli sembrò un'ottima decisione.

Stefano e la contessa partirono e Vienna si impose di ritrovare un po' di tranquillità. Ricevette una lettera di Arturo che si rammaricava di non poter tornare a Vertova neppure quel mese, perché aveva troppo lavoro. Accolse con sollievo il nuovo rinvio e cercò di placare l'ira di Ermellina quando la informò.

«Ti meritavi un marito migliore, povera bambina», esclamò furibonda la suocera.

«Ma che cosa dite! Tante spose hanno i mariti lontani. Sarebbe ben peggio se Arturo fosse in guerra.»

«È tutto da vedere», replicò Ermellina che, da qualche tempo, aveva maturato il sospetto che il figlio avesse un'altra donna a Torino. Passarono alcuni giorni durante i quali Vienna si cullò nel ricordo di Stefano temendo il suo ritorno.

Se lo ritrovò davanti in un pomeriggio quieto, mentre era in cucina a preparare il tè. Ubaldo dormiva e Vespino sonnecchiava sulla solita poltrona al suo capezzale. La cagnolina Birba inseguiva i passeri in giardino, dove Tilde ed Ermellina lavoravano nell'orto.

Il giovane abbracciò la ragazza senza dire una parola. Poi, la prese per mano e le sussurrò: «Vieni con me».

Salirono al primo piano ed entrarono nella camera da letto di Stefano. Lui chiuse la porta, la prese di nuovo tra le braccia e la baciò. Poi, adagiandola dolcemente sul letto le sussurrò: «Ho lasciato mia madre a Robecco. Non riesco a stare lontano da te, amore mio. Non so che cosa ne sarà di noi, non so se ritornerò dalla guerra e se tu mi vorrai ancora, non so che cosa accadrà in questo mondo in cui non c'è più nessuna certezza, ma so che ti amo più della mia vita».

# 19

La primavera andava incontro all'estate in una festa di colori e di profumi. C'era sempre un gran da fare per accudire la villa, l'orto, il giardino e il conte Ubaldo che diventava ogni giorno sempre più debole e bisognoso di assistenza.

«Se ne sta andando», annunciò tristemente il dottor Bertola, una sera, dopo la solita visita. Lo comunicò a Stefano e a Ines nel salotto verde, accanto alla camera del malato.

Stefano strinse nelle sue una mano della mamma e domandò al medico: «Soffre?»

«Si sta spegnendo dolcemente», rispose il dottore, commosso.

Ines ricominciò a piangere silenziosamente.

«Si asciughi le lacrime, contessa, e vada da lui con Stefano. Stategli vicino.»

Ubaldo si spense serenamente quella notte, avendo accanto Ines e suo figlio, le persone che aveva amato di più nella sua vita.

Le sue spoglie vennero tumulate nella cappella di famiglia al Cimitero Monumentale di Milano.

Ines era straziata dal dolore per la perdita di un uomo che aveva faticosamente imparato ad amare. Ora le rimaneva soltanto Stefano che stava per ritornare in guerra.

Il giovane partì all'alba pochi giorni dopo. Aveva trascorso la sua ultima notte nella villa accanto a Vienna. Si erano sforzati entrambi di scherzare, per rendere più lieve il distacco.

«Vado in Russia, sconfiggo il nemico e torno», le aveva detto.

«Non essere troppo frettoloso, mi raccomando», aveva ribattuto lei.

«Ci rivediamo alla fine dell'estate?»

«Va bene. Diamoci appuntamento per Ferragosto, su alla malga.»

«Devi aver cura della Birba», si era raccomandato Stefano, abbandonando il tono scherzoso.

«Mi mancherai», aveva sussurrato Vienna.

«Ti scriverò ogni giorno.»

«Non potrai farlo, lo sai bene che si risaprebbe e sarebbe uno scandalo.»

«Ti scriverò ugualmente e quando tornerò ti darò tutte le mie lettere. Comunque avrai notizie da mia madre, perché tu non andrai via, vero?»

«È inutile che rimanga, adesso che il conte non c'è più. Ne ho già parlato con la contessa e, anche se mi avesse chiesto di restare al suo servizio, avrei rifiutato.

Per me è troppo doloroso stare in questa casa senza di te. Non voglio soffrire più del necessario.»

Poco prima dell'alba, Vienna era sgusciata fuori dalla stanza di Stefano ed era scesa nella sua, come aveva fatto ogni notte. Sapeva che la loro bellissima storia d'amore finiva lì. Al ritorno dalla guerra, Stefano avrebbe trovato una fidanzata del suo rango, lei era la moglie di Arturo e tale sarebbe rimasta per tutta la vita.

Vienna si congedò dalla contessa e andò a casa. Arrivò dagli Agrestis nel momento in cui la famiglia stava facendo colazione.

Ermellina l'accolse con un abbraccio, poi le disse: «Povera ragazza. Hai assistito il conte fino al suo ultimo giorno di vita».

Vienna le sorrise tristemente. Aveva il cuore gonfio di dolore e d'amore. Si avviò lentamente verso la scala per salire nella camera da letto sua e di Arturo. Pensò che Dio l'aveva già punita per i suoi peccati privandola dell'uomo che amava.

Riprese la vita di sempre. Si era portata a casa Birba e, la sera, la faceva dormire in una cuccia accanto al suo letto, mentre leggeva i romanzi che Stefano le aveva regalato. Li teneva chiusi in una valigia che aveva nascosto sotto il letto. Leggeva soffermandosi sulle frasi che il giovane aveva sottolineato.

I giorni passavano e le figlie di Ermellina dicevano: «È proprio una buona cognata. Non urla mai, non si arrabbia mai, ha sempre una parola buona per tutti».

I figli maschi, che lavoravano nella falegnameria del

padre, commentavano: «Nostro fratello è uno stupido a non godersi una moglie come lei».

La contessa Ines aveva chiuso la villa e liquidato il personale, compresa Ermellina. Si era trasferita a Robecco, in casa della sua vecchia amica, la contessa Adelaide Montini. Passando davanti a Villa Ceppi, che i proprietari avevano fatto rivivere portando una ventata di novità a Vertova, i paesani guardavano con rimpianto la grande casa con le imposte chiuse, immersa nel silenzio.

Vienna aveva ormai poche affinità con gli Agrestis, che pure l'amavano e la consideravano come un membro della famiglia. Qualche volta era tentata di tornare in montagna.

Ermellina la osservava, scuoteva il capo e sussurrava: «Povera figlia! Ha la pazienza di Giobbe».

Un giorno, Vienna scese al fiume a lavare i panni. Strofinava, sbatteva le lenzuola insaponate su una grossa pietra, e piangeva pensando a Stefano, al loro amore impossibile e meraviglioso.

Una mano si posò sulla sua spalla. Si rizzò di scatto. Suo marito era lì, di fronte a lei e le sorrideva.

«Mi hanno detto che eri qui», disse.

A Vienna mancò il respiro. Guardò Arturo tra le lacrime: «Non piangere. Non ti lascerò più sola», promise Arturo accarezzandole una guancia.

Vienna abbassò gli occhi e confessò: «Sono incinta».

# 20

Il sole mandava barbagli di luce riflettendosi sul pelo dell'acqua. Il ronzio insistente degli insetti riempiva l'aria.

Arturo fece un passo indietro e guardò Vienna, sconvolto.

«Perché?» sussurrò.

Lei non rispose.

Allora lui l'afferrò per le spalle e la scosse con violenza, urlando: «Perché?»

Vienna tacque. Guardò tristemente quell'uomo forte e buono che non meritava la sofferenza e l'umiliazione che gli leggeva sul viso. Provò una pena profonda per lui perché si rese conto che nemmeno in quel momento avrebbe desiderato che il figlio che cresceva in lei fosse di Arturo.

«Chi altri sa, oltre me?» mormorò lui, lasciando cadere le braccia lungo i fianchi.

«Nessuno», rispose lei, in un soffio.

«La storia è finita, o prosegue?» le chiese con una calma che la raggelò.

«È durata solamente un mese. Mi sono appena accorta di essere incinta», disse Vienna, sottovoce.

Arturo pensò che sua moglie era troppo onesta per abbandonarsi a un uomo solo per capriccio. E questa consapevolezza lo ferì ancora di più.

Affondò le mani nelle tasche dei calzoni, le diede le spalle e stette lì, in piedi, a guardare il fiume. Vienna lo aveva sposato perché gli voleva bene e l'amore sarebbe certamente durato, se lui non fosse stato così stupido da lasciarla sola tanto a lungo.

Trattenne un singhiozzo, perché sua moglie era bella, onesta e intelligente. E lui l'amava e l'aveva perduta.

Dopo un tempo che a Vienna sembrò un'eternità, lui le si avvicinò, le diede una carezza e sussurrò: «Che la Madonna ti protegga e protegga anche questo bambino».

Poi la prese per mano e, insieme, si avviarono verso casa. Era ormai ora di pranzo e gli Agrestis sedevano intorno alla tavola, davanti alle scodelle di minestrone fumante. Videro gli occhi luccicanti dei due giovani e immaginarono che fossero commossi per essersi ritrovati dopo tanto tempo.

Mangiarono in silenzio. Poi Arturo disse: «Sono stanco. Vado a riposare». Quindi si rivolse a Vienna: «Vieni con me?»

Lei lo seguì.

L'uomo si distese sul letto e si girò di lato per non guardarla.

«Domani riparto per Torino. A questo punto non so

se tornerò a Vertova, né quando. Ti manderò i soldi ogni mese, come sempre.»

«Non è necessario. Posso andare a lavorare in fabbrica, come le tue sorelle. Oppure ritornare dalla mia famiglia, in montagna, se preferisci», rispose lei.

«Quando sono arrivato, mia madre mi ha chiesto se avevo una donna a Torino. Pensa fino a che punto sono stato stupido. Io, invece, pensavo soltanto a te. Lavoravo per noi due, per costruire la nostra casa.»

Vienna sedeva sul bordo del letto, senza osare distendersi al fianco del marito.

«Ascoltami», proseguì lui. «Il bambino nascerà di sette mesi e sarà mio. Tu continuerai a vivere in questa famiglia che ti vuole bene. Non c'è altro da dire.»

Vienna provava una pena profonda per suo marito, ma anche per Stefano, che non sapeva di aspettare un figlio da lei. Martina nacque nel gennaio del '43, mentre i tedeschi capitolavano a Stalingrado e i russi facevano prigionieri migliaia di uomini molti dei quali gravemente feriti. Il tenente Stefano Ceppi Bruno era tra questi.

# 21

La contessa Ines tornò a Vertova nel '46, a guerra finita. Presto gli italiani avrebbero scelto tra repubblica e monarchia. L'economia si stava trasformando da agricola in industriale, ma in molte valli, come in Val Seriana, i cambiamenti avvenivano lentamente.

Dopo quattro anni di abbandono, Villa Ceppi manifestava segni evidenti di degrado e il suo bellissimo giardino era diventato una boscaglia.

Ines, che aveva trascorso i momenti più difficili della guerra a Robecco, nella casa di Lillina, era ritornata a Milano dopo l'armistizio. Non più nella aristocratica palazzina di via Cusani, rasa al suolo dalle bombe, ma nell'appartamento al primo piano di un palazzo di via Serbelloni, anch'esso di proprietà della famiglia. Le ville storiche dei Ceppi, disseminate nella campagna lombarda, erano state occupate dai tedeschi e ridotte in pessime condizioni. I nazisti avevano rubato o incendiato arredi, suppellettili, ogni cosa.

Ines decise di dedicarsi alla ricostruzione del patrimonio di famiglia che voleva trasmettere al figlio.

Ricordava quando, alla fine della prima guerra mondiale, era riuscita a rilanciare la tipografia del marito. Erano passati quasi trent'anni, lei aveva superato la cinquantina, ma era ancora piena di energie. Pensava al suo Stefano e tanto bastava per darle coraggio. Le ultime lettere ricevute da lui venivano da un paese sulle rive del Don, in Russia. Nel '43 era stato dato per disperso. Indagini più attente rivelarono che era stato catturato dai russi.

«Allora è vivo», commentò lei, aggrappandosi alla speranza, poiché ogni giorno i treni riportavano in patria migliaia di uomini che provenivano dai campi di prigionia.

Tornò dunque a Vertova, portando con sé Vespino, sempre più vecchio, Tilde, assurta al ruolo di governante, due giovani domestiche e un autista.

Mandò a chiamare Ermellina.

«La signora contessa ritornerà a vivere qui?» le chiese la donna.

Ines era ancora una signora molto piacente ed Ermellina, guardandola, pensò che, dopo due vedovanze, non si sarebbe stupita se si fosse risposata per la terza volta. Quasi avesse intuito i suoi pensieri, Ines disse: «Non mi risposerò mai più. Voglio solamente riaprire e sistemare le stanze, disboscare il giardino e rendere il tutto più presentabile, nel caso decidessi di affittare».

«Ha già in mente qualcuno?» osò chiederle la donna.

«Forse. Ancora non so. Vedremo», tagliò corto la signora.

In realtà sperava di affittare la villa all'ingegner Giovanni Biffi, proprietario delle cartiere della Val Seriana. Le due donne erano in cucina, sedute al tavolo, l'una di fronte all'altra.

«Ho saputo di tuo figlio», disse Ines, dopo un attimo di silenzio.

Arturo si era unito ai partigiani della Repubblica delle Langhe ed era stato ucciso dai tedeschi durante un'imboscata. Era accaduto nel '44, dopo la liberazione di Roma da parte degli Alleati. Arturo era scappato da Torino, dopo che i tedeschi l'avevano reclutato per la costruzione dei bunker, e si era unito a un movimento clandestino di liberazione.

«Fosse rimasto qui a fare il falegname, sarebbe ancora vivo», disse Ermellina alla contessa che la redarguì: «Dovresti essere fiera di aver un figlio che ha dato la vita per la libertà. E la povera Vienna come sta?» s'informò.

«Mia nuora è una perla rara. Ha avuto una figlia. Adesso vive per la sua bambina e mi aiuta a governare la casa», spiegò.

«Dille che venga a trovarmi. Di lei conservo un buon ricordo. Dille che mi porti anche la sua bambina, così le faccio un bel regalo.»

In previsione di quella visita, la contessa andò a Bergamo ad acquistare una catenella d'oro con la medaglietta della Vergine e sul retro fece incidere il nome della piccola: Martina.

La sistemazione della villa richiese molto tempo. Intanto Ines aveva già invitato due volte, per un caffè, l'ingegner Biffi, che era rimasto vedovo a cinquant'anni e aveva un figlio che frequentava la scuola elementare.

Gli inviti reiterati della contessa lo avevano indotto a credere che la signora avesse intenzioni matrimoniali e quel pensiero non gli dispiaceva.

Ines, invece, aveva in mente tutt'altro. Aveva già consumato tutta la sua passionalità tra le braccia di Ubaldo, e ora desiderava soltanto trascorrere una vecchiaia serena accanto a Stefano. Fantasticava sul giorno in cui lo avrebbe riabbracciato, perché il cuore le diceva che sarebbe ritornato. Elaborava fantasie anche sulla donna che Stefano avrebbe sposato e sui nipotini che i due le avrebbero dato. Ma per nulla al mondo avrebbe voluto avere un terzo marito. Era solita dire, a questo proposito: «L'amore tra due giovani è meraviglioso, tra due vecchi è patetico».

L'obiettivo di Ines era indurre l'industriale a prendere in affitto la villa e a farsi carico dei numerosi restauri ormai indispensabili. Lui sperava di conquistare il cuore della contessa, lei di sfruttare il suo portafogli. Intanto lo teneva sulla corda e gli decantava i vantaggi di un insediamento in quella villa che era un autentico gioiello liberty.

«Lei non può continuare a vivere a Clusone, ingegnere. Anche perché la sua casa attuale non è di rappresentanza. Un bello stemma sul portale d'ingresso influisce sempre positivamente sui rapporti d'affari. Oltretutto Villa Ceppi è vicinissima a Bergamo. Se avessi io tutte le attività che ha lei in questa valle, la sceglierei a occhi chiusi.»

Ines era sicura che, prima o poi, l'industriale avrebbe

abboccato. Usando la stessa tecnica aveva già affittato anche altre proprietà di famiglia.

Prima di quanto si aspettasse, stipulò un contratto d'affitto, in base al quale l'ingegner Biffi si assumeva per intero gli oneri della ristrutturazione della casa e del giardino, previa la sua approvazione.

E, solo dopo la firma del contratto, quando il Biffi sperava che lei lo prendesse in considerazione come corteggiatore, Ines lo condusse davanti a uno specchio e gli disse: «Guardi questi due vecchietti, tra noi ci sarà sempre una grande e profonda amicizia. Nient'altro».

Ines fece i bagagli e si preparò a ripartire per Milano con la servitù. La domenica mattina, prima di lasciare Vertova, andò a Messa e, uscendo dalla chiesa, incrociò Vienna che teneva per mano la sua bambina.

La ragazza, notevolmente dimagrita, era ancora più bella di come la ricordava. Allora Ines pensò alla medaglietta d'oro che aveva acquistato a Bergamo.

«Perché non sei venuta a trovarmi? Ti aspettavo, non te l'ha detto tua suocera?» le domandò.

Vienna annuì e arrossì.

«Timida e discreta come sempre», commentò la contessa, poi chinò lo sguardo sulla bambina.

«È tua figlia?» domandò.

«È la mia Martina», sussurrò Vienna, il cuore gonfio d'emozione. Non si era sentita di ritornare a Villa Ceppi dove aveva vissuto la sua bellissima storia d'amore con Stefano e concepito la loro bambina. Ora, davanti alla contessa Ceppi, Vienna non riuscì a trattenere le lacrime.

«Povera ragazza», sussurrò Ines, avvolgendola in uno sguardo di compassione. «So bene che hai perduto il marito. Tu sei giovane e il buon Dio ti darà un nuovo compagno. Io, invece, sono vecchia, sola e non so se rivedrò mio figlio», disse, commossa.

Poi si chinò sulla piccola che aveva gli occhi azzurri come il cielo e i capelli neri come l'ala di un corvo.

La osservò a lungo, con tenerezza, poi commentò: «Che strano... questa piccolina non ti assomiglia. Il nasino, forse. Ma non ha niente degli Agrestis».

Vienna trattenne il respiro. Ines aprì la borsetta e prese la scatolina del gioielliere in cui era custodita la catenella d'oro. «Ecco, cara. Mettila al collo della tua Martina e che la Vergine la protegga sempre», disse. Si girò e si allontanò.

# 22

Ines era nell'appartamento di via Serbelloni, a Milano, quando ricevette una comunicazione del ministero delle Forze Armate che le annunciava il «decesso del tenente di fanteria Stefano Ceppi Bruno di Calvera avvenuto nell'agosto del '44 in un campo di prigionia, in Russia».

Con la lettera, arrivò anche un baule che conteneva gli effetti personali del figlio.

Ines aprì il lucchetto e sollevò il coperchio, mentre ripeteva disperata: «Non è vero. Non ci credo. Non può essere vero».

Vide il berretto d'ordinanza e il pastrano militare di Stefano. Li sfiorò con la mano. Poi si inginocchiò e affondò il viso nel cappotto di suo figlio, senza un grido né una lacrima, pietrificata dal dolore.

Quando Tilde entrò nella stanza Ines le ordinò: «Fai portare il baule nella mia camera e mettilo ai piedi del letto».

Chiuse il coperchio e infilò la chiave del lucchetto nella catenella che portava al collo.

Per due giorni non lasciò la sua camera, il cuore stretto da una morsa di dolore che non le dava pace. Proibì a chiunque di entrare e di servirle il cibo. Di tanto in tanto, schiudeva l'uscio e prendeva un frutto o una tazza di brodo dal vassoio che Tilde deponeva sulla consolle, nel corridoio. Passava le ore a piangere, distesa sul letto o in ginocchio accanto al baule.

Il terzo giorno qualcuno bussò piano alla porta dicendo: «Ines, sono io, fammi entrare».

La contessa riconobbe la voce dell'amica Lillina e le aprì.

La contessa Adelaide era ormai una vecchia signora afflitta da molti acciacchi, ma aveva sempre la stessa vitalità e intraprendenza. Abbracciò Ines e la tenne a lungo stretta a sé. Poi le sussurrò: «Lasciati aiutare da chi ti vuole bene. E io, Ines mia, te ne voglio tanto, lo sai».

Si girò e ordinò a Tilde e alla cameriera, che guardavano attonite, dalla soglia, la camera della contessa che era rimasta chiusa per due lunghi giorni: «Date aria a questa tomba e preparate un bagno caldo e una caraffa di cioccolata».

Era stata Tilde a telefonarle per chiederle di venire in via Serbelloni.

Ines e Adelaide Montini trascorsero la giornata a parlare, e piangere, e ricordare. Infine la contessa Adelaide convinse Ines a lasciare Milano. Il mattino dopo partirono insieme per la villa di Robecco. Lillina obbligò l'amica a occuparsi con lei dell'azienda agricola e delle molte opere assistenziali a cui si dedicava. Il lavoro, l'amicizia e l'affetto di Lillina a poco a poco aiutarono Ines a superare il dolore per la perdita di Stefano.

La primavera finì. Passò anche l'estate. Venne l'autunno.

«Vorrei tornare a casa mia», disse Ines alla sua ospite. Era un pomeriggio brumoso. Le due donne sferruzzavano davanti al caminetto acceso.

«Di già?» esclamò Lillina.

«Non so se ti rendi conto che sono passati sei mesi da quando sono arrivata.»

«Perfettamente. E allora?»

«Devo ricominciare a vivere.»

«Mi sembra un proposito eccellente.»

La legna scoppiettava nel camino e le faville danzavano tra le fiamme. L'antica pendola scandì l'ora con un suono solenne.

Lillina stava confezionando un pullover blu per uno dei suoi tanti nipotini. Smise di sferruzzare, sollevò lo sguardo sull'amica e le domandò: «Ti ricordi quando sei venuta per la prima volta in questa casa?»

«Avevo quasi venticinque anni, ero vedova e tu mi consideravi la tua *protégée*. Sei nata con l'istinto della crocerossina.»

«Eri tesa come una corda di violino. Eri attratta e spaventata da me, dal mondo che rappresentavo. Eri un fiore, un vulcano di vitalità. Ubaldo si era innamorato di te, tu hai colto l'occasione al volo e, se non mi sbaglio, hai finito per amarlo profondamente», disse Lillina.

«Quanti anni e quante cose sono accadute», sospirò Ines. E soggiunse: «Ho accettato la morte di Ubaldo e, adesso, quella di Stefano. Mi rimane il rimpianto di un nipotino attraverso il quale vederli rivivere. Pazienza! È andata così».

«C'è tutto un mondo, là fuori, che ha bisogno di te», la confortò Lillina, guardando dalla finestra del salotto il lungo viale di pioppi che il fattore stava percorrendo con i suoi figli per ritornare a casa. Durante l'estate, Ines aveva aiutato quei ragazzini a fare i compiti delle vacanze.

«Può darsi. Ma è certo, invece, che io ho bisogno del mondo, là fuori», garantì Ines.

Non appena ritornò nell'appartamento di Milano, fece spostare il baule di Stefano in quella che era stata la camera di suo figlio. Doveva passare altro tempo prima di trovare la forza di riaprirlo.

Si buttò, invece, a capofitto nelle attività benefiche, si dedicò all'amministrazione del suo patrimonio e riaprì il suo salotto il giovedì sera per ricevere gli amici.

Quando si sedeva alla scrivania, osservava a lungo una fotografia di Stefano in abiti militari che aveva collocato accanto al calamaio d'argento. Percorreva l'ovale del viso, le labbra perfette, il naso diritto e un po' imperioso, gli occhi azzurri di quel figlio tanto amato.

Un giorno, all'improvviso la sfiorò una sensazione curiosa. Ai lineamenti di Stefano si sovrapposero quelli un po' confusi di un volto infantile. Dove, come, quando aveva visto un bambino che assomigliava a suo figlio? Cercò a lungo di ricordare, ma la memoria non le venne in aiuto. Forse perché non c'era nulla da ricordare. Però, sarebbe stato consolante scoprire che il suo ragazzo continuava a vivere in qualcuno che era parte di lui.

# 23

VIENNA era divenuta il punto fermo intorno al quale girava la famiglia Agrestis. I figli di Ermellina, ormai adulti, si erano sposati uno dopo l'altro e lavoravano nella falegnameria che stava diventando sempre più grande e importante. Fioccarono ordini per gli arredamenti delle molte abitazioni di nuova costruzione a Vertova e nei paesi vicini. Anche gli Agrestis ampliarono la loro casa con l'aggiunta di nuove camere e stanze da bagno. Installarono anche un impianto di riscaldamento centralizzato.

«Non è una villa», diceva Ermellina alle amiche del paese, «però adesso abbiamo tutte le comodità, compresa la lavatrice. La fatica di lavare le lenzuola al fiume è finita.»

Ma continuava a occuparsi della famiglia con l'aiuto di Vienna, che badava a tutto e a tutti.

Quando Arturo era morto, la giovane aveva espresso il desiderio di ricongiungersi alla sua famiglia, in montagna. Gli Agrestis, che le volevano bene e non volevano perderla, l'avevano convinta appellandosi al suo buon senso.

«Non pensi all'avvenire di Martina? A Vertova ci sono l'asilo e le scuole. Se la porti in montagna, che vita farà?»

In realtà la tormentava il pensiero di una figlia che usurpava il loro cognome. Quasi si stupiva che nessuno si rendesse conto di quanto Martina fosse diversa dal resto della famiglia. E nello stesso tempo temeva questa eventualità, perché la sua storia con Stefano doveva rimanere un segreto. Così aveva deciso con Arturo e così doveva essere.

A volte Martina osservava la fotografia di Arturo e le diceva: «Raccontami del mio papà».

«Tuo padre era l'uomo più buono e più bello del mondo», spiegava lei.

Mentre la piccola guardava il ritratto di Arturo, Vienna pensava a Stefano. Che cosa sarebbe accaduto quando avesse visto la loro bambina? Non passava giorno senza che Vienna ricordasse i pochi, preziosi momenti trascorsi con lui.

Intanto Ermellina aveva ripreso a lavorare qualche ora a Villa Ceppi, dove vivevano l'ingegner Biffi e suo figlio Bruno.

La sera, quando ritornava a casa, commentava con la famiglia: «È proprio vero che signori si nasce, non si diventa. Quando c'erano i conti Ceppi, era tutto un altro vivere. L'ingegnere è un maleducato e suo figlio è come lui».

«Chi te lo fa fare di andare a lavorare? Non ne hai nessun bisogno», diceva il marito, spalleggiato dai figli. Ma Ermellina considerava il lavoro come una distrazione a cui non intendeva rinunciare, almeno per il momento.

Una sera rincasò con una notizia terribile. La raccontò quando la famiglia era riunita a tavola per la cena.

«Il figlio dei conti Ceppi è morto», annunciò. «La contessa Ines ha ricevuto la comunicazione ufficiale dal ministero. Me l'ha detto l'ingegner Biffi.»

Vienna impallidì. Si alzò dalla tavola.

«Mi gira la testa», si giustificò, avviandosi fuori dalla cucina. Una cognata tentò di seguirla, ma lei disse: «Non è niente. Esco a prendere un po' d'aria».

Scese al fiume e sedette su una roccia.

Si prese il volto tra le mani e pianse, disperata. Il cuore le diceva da tempo che il padre della sua bambina non sarebbe ritornato, ma si ostinava a credere a quello che si raccontava in paese: che il giovane conte Ceppi era prigioniero in Russia.

E lei si era aggrappata alla speranza di rivederlo. Invece Stefano era morto, senza sapere di avere una figlia. Vienna si disse che nessuno avrebbe potuto confortarla, anzi, che doveva nascondere il suo dolore. Affondò una mano nell'acqua e si lavò gli occhi. Si ricompose e tornò in cucina.

La famiglia aveva finito di cenare e si era dileguata. Restava soltanto Ermellina, ancora seduta a tavola.

«Ti ho lasciato la minestra in caldo. Come stai?»

«Sto bene», rispose lei, sorridendo.

«Sei sempre così silenziosa, non so mai se qualcosa ti tormenta», disse ancora la donna, preoccupata.

«Che cosa pensate che mi tormenti?»

«Noi donne abbiamo sempre qualche dolore segreto», aggiunse Ermellina.

Vienna non fece commenti. Mangiò la minestra, poi annunciò: «È l'ora del rosario».

Tutte le sere dopo cena la famiglia si riuniva per recitare il rosario. Era Ermellina a guidarlo e, quella sera, tra le anime dei defunti per le quali pregare, la donna aggiunse quella di Stefano.

Poco dopo, quando Vienna mise a letto la sua bambina disse: «Questa sera pregheremo perché il tuo papà vegli su di noi».

Martina pensò alla fotografia di Arturo, Vienna al volto solare di Stefano.

# *Oggi*

# 24

«VECCHIA come sono, mi porto ancora nel cuore quel dolore intatto, come se tutto fosse accaduto soltanto ieri», disse Vienna. E soggiunse: «Fino a quando è vissuta vostra madre, è stato come se una parte di Stefano fosse ancora con me. Ora che anche lei mi ha lasciato, prego il Signore che mi prenda presto con sé, perché ho bisogno di ricongiungermi a loro. Comunque, adesso sapete perché vi ho sempre detto che vostra madre era una signora», concluse.

«Per questo ha ereditato la villa?» domandò Giuliana.

«La villa e altro ancora», spiegò la nonna.

«Allora, qualcuno della famiglia Ceppi sapeva, oltre a te?» intervenne Maria.

«A un certo punto lo ha saputo la contessa Ines. Ma questa è un'altra lunga storia. Adesso sono stanca e vado a dormire.»

Vienna abbracciò Leandro e le nipoti e andò nella sua camera da letto. «Allora io ho una parte di sangue blu», trasecolò Osvalda.

«Come sei scema!» si lasciò sfuggire Maria.

Osvalda, per una volta, non replicò.

Le tre sorelle erano state così catturate dal racconto della nonna, da non rendersi conto che ormai era notte. E continuava a nevicare.

Leandro, che aveva ascoltato pazientemente le parole di Vienna, pur conoscendo bene tutta la storia, ora chiese: «Che ore sono?»

«Le undici», rispose Maria, e aggiunse: «Devo telefonare a Maura. I miei figli sono da lei». E subito si stizzì perché il suo cellulare non funzionava.

«Andiamo a casa?» propose Osvalda alle sorelle.

Le tre donne e Leandro si avviarono verso l'uscita. Il medico aprì la porta sulla strada e fu investito dalla neve che si era accumulata davanti all'uscio.

«Siamo isolati», constatò guardando di là dalla strada le sagome delle automobili coperte di neve come dolci alla panna.

«Ma non possiamo restare qui!» si allarmò Giuliana.

«Chiudete la porta o congeleremo», disse Maria.

Giuliana cercò di superare la soglia ma rimase imprigionata dalla neve fino alle ginocchia. Rientrò in casa con fatica e scosse la neve dai pantaloni.

«Ragazze, io vado a dormire», annunciò Leandro che conosceva bene quella vecchia casa. Imboccò il corridoio ed entrò nella camera da letto che occupava con Martina quando si fermavano a dormire da Vienna. Scostò la trapunta di lana e si sdraiò sul letto vestito. Era stanco, si sentiva solo, disperato e dolente in tutto il corpo. Si buttò addosso la coperta e sperò di addormentarsi.

Le tre sorelle erano tornate in cucina, rimuginando ognuna i propri pensieri.

«Anche il telefono della nonna non funziona. Non posso parlare con i miei figli», disse Maria, preoccupata.

«I tuoi figli staranno benissimo», tentò di tranquillizzarla Giuliana.

«Stamattina ho lasciato le finestre del pianterreno socchiuse. Chissà che disastro troverò», si lamentò Osvalda.

Erano di nuovo sedute intorno al tavolo a sgranocchiare biscotti.

«Sono morta di stanchezza. Troppe emozioni tutte in una volta. Non so se piangere o tentare di dormire, ma so che non voglio passare la notte in cucina, su questa sedia», affermò Giuliana alzandosi.

«Dove vai?» chiese Osvalda.

«Nella camera degli zii.»

Era una stanza con un gran letto matrimoniale, su cui Giuliana si lasciò cadere. Le sorelle, che l'avevano seguita, si distesero accanto a lei.

«Fa freddo, qui dentro», osservò Maria.

«Sai bene che la nonna fa economia e spegne i termosifoni dove non servono», osservò Osvalda.

Trovarono una coperta di lana con la quale si coprirono fino agli occhi.

«Quasi quasi sono contenta di essere bloccata. Non

me la sentivo di dormire da sola nella villa, questa notte», affermò ancora Osvalda, soffocando uno sbadiglio.

«Hai capito, la nonna? Chi l'avrebbe detto che custodiva un segreto così scabroso?» si domandò Maria.

«Il nonno Arturo non era il nostro nonno. Lo era invece Stefano Ceppi. Abbiamo mai visto una sua foto?» domandò Giuliana. E soggiunse: «Sarà vero che era così bello?»

«Ci chiamiamo tutte Agrestis e non abbiamo neanche un briciolo del loro sangue! Inoltre, abbiamo tre padri diversi», considerò Maria. E precisò: «Almeno io mi sono sposata e i miei figli sono legittimi».

«Sai che bell'affare hai combinato», deprecò Osvalda.

«Una volta, la mamma mi disse che aveva passato metà della sua vita nei guai e l'altra metà a cercare di superarli», ricordò Giuliana.

«Ha vissuto come ha voluto, in barba a tutti i pregiudizi e, alla fine, ha sposato l'uomo che amava da sempre. Noi tre, un uomo come Leandro possiamo scordarcelo, perché non lo troveremo mai», affermò Maria. In quel momento, tra la veglia e il sonno, affiorò nella sua mente la figura di Raul Draghi, il farmacista. Lo vide con il camice bianco, la faccia severa e dolce, il tratto da gentiluomo di una volta. E pensando a lui si addormentò. La svegliò il raschiare dei badili sulla strada, di là dalla finestra da cui proveniva una luce lattescente.

Scivolò fuori dal letto dove Osvalda e Giuliana continuavano a dormire. Uscì dalla camera in punta di piedi ed entrò nel bagno.

Su un'asta di legno erano appesi gli asciugamani di lino bianco con una lunga frangia e i bordi ricamati in rosso. Aprì l'armadietto accanto allo specchio e trovò una serie di spazzolini da denti usa e getta. Sull'involucro c'erano i nomi degli alberghi da cui erano stati trafugati. «Giuliana», sussurrò. Li portava lei a Vienna di ritorno dai suoi viaggi e la nonna li conservava «per qualsiasi evenienza», com'era solita dire. Ecco l'evenienza, pensò Maria.

In cucina trovò Leandro che intingeva biscotti in una scodella di caffellatte. Aveva gli occhi segnati e le guance adombrate dalla barba non fatta. La nonna stava accendendo il fuoco sotto la caffettiera. In quella grande cucina c'era un calore avvolgente e intimo. Maria baciò su una guancia la nonna e sorrise a Leandro.

«Hanno ripristinato le linee telefoniche e fuori stanno spalando la neve», la informò il medico.

«Peccato», sussurrò Maria, sedendo al tavolo. Pensò che sarebbe stato bello dimenticarsi di tutto e fermare il tempo in quella stanza calda e silenziosa.

«Peccato?» domandò Leandro.

«Sono stata bene qui, ieri sera e questa notte. Sto bene con voi e con le mie sorelle. Sto bene in compagnia di un passato che non conoscevo. È come quand'ero bambina e scoprivo una cosa nuova. Provavo una sensazione di meraviglia che mi dava il solletico qui, in mezzo al petto. Vi voglio bene», dichiarò con il suo sorriso limpido.

«Sono ancora tante le cose che non sapete», disse la nonna, mentre le versava il caffè nella scodella.

«Prima o poi, ce le racconterai», replicò Maria, aggiungendo al caffè il latte bollente.

«Prima o poi», ripeté Vienna, alzando lo sguardo su Osvalda e Giuliana che stavano entrando in cucina. «Prima o poi dovrò anche leggere il testamento di Martina. Sono anni che lo custodisco nel cassetto del comò e mai avrei pensato di dovervelo leggere, perché mai una madre dovrebbe sotterrare una figlia. Dopo avermi portato via Stefano, il Signore poteva risparmiarmi un torto così grande.»

# 25

MARIA indugiò più del solito sotto lo scroscio caldo della doccia, mentre i figli facevano a cuscinate sul suo letto. Le loro risate la rincuoravano, perché erano la sintesi della gioia di vivere, che era anche la sua, nonostante il dolore per la perdita della mamma.

Pensò anche che era arrivato il momento di rifarsi una vita, perché era questo che Martina avrebbe voluto da lei.

La mamma si affacciava senza sosta nei suoi pensieri. Le aveva tenuto compagnia mentre tornava da Vertova a Milano, mentre rispondeva alle domande dei suoi ragazzi e anche ora, mentre si stava lavando. Una madre strana che giocava, rideva e piangeva con lei, quand'era piccola, che la guidava alla scoperta dei boschi in montagna, le insegnava i nomi degli uccelli e delle piante, le parlava dei folletti che abitavano nei vecchi alberi, si appassionava alle sue prime cotte amorose e le diceva: «Che bello, raccontami tutto, perché impazzisco per le storie d'amore». Una mamma che passava il tempo con lei e Osvalda, mentre le altre mamme lavoravano tutto il giorno.

A volte, all'improvviso, partiva e ritornava dopo un giorno o dopo un mese carica di doni e di felicità, mentre la nonna scuoteva il capo e diceva: «La mia Martina è fatta così. Prendere o lasciare». E Maria pensava: Io l'adoro.

Ci fu un frastuono assordante seguito da un silenzio irreale. Maria uscì dalla doccia e, mentre si avvolgeva in un telo di spugna, si precipitò nella camera da letto di Pietro che aveva fatto cadere sul pavimento il prezioso «settimanale» dell'Ottocento, dono di nozze di Giuliana. Pietro la guardò, attonito.

«È la Vigilia di Natale. Questa notte, Gesù Bambino non si fermerà da te», lo minacciò, mentre si affannava a rialzare il mobile per constatare l'entità del danno.

«Vuoi dire che non ci darai i doni che hai nascosto in cima all'armadio?» domandò Pietro.

Dalla camera vicina venne una specie di fischio.

«Oddio! Elisabetta sta male. Il ventolin, presto. Dov'è il ventolin?» gridò Maria, precipitandosi con Pietro dalla figlia che si era spaventata per il frastuono e, come sempre, aveva reagito con una crisi d'asma. «Se rinasco, io vi sforno al brefotrofio», li minacciò mentre vaporizzava il farmaco nella gola della figlia.

Elisabetta, che si vergognava delle sue crisi, riuscì a incamerare aria, si rilassò, riacquistò un po' di colorito e sorrise. Maria l'abbracciò dicendo: «Adesso devo vestirmi e andare a lavorare».

Ritornò in bagno, si asciugò i capelli con il phon e prese dall'armadietto una preziosa crema dopobagno che sua madre le aveva regalato. Non l'aveva mai usata. Aprì il flacone e si frizionò il corpo. Aveva deciso che era tempo di ricominciare a prendersi cura di sé. Con un fard ravvivò il colorito delle guance e la punta del naso, sottolineò le ciglia con il rimmel e disegnò le labbra con il rossetto. Poi si vestì, baciò i figli e disse: «Ancora poche ore e, questa sera, faremo festa!» Sorrideva guardando i visi furbi e deliziosi dei suoi due figli. Non le importava che il prezioso pezzo d'antiquariato si fosse scheggiato.

«Ti sei messa il profumo?» domandò stupita Elisabetta, abbracciandola.

«Sì, ho fatto male?»

«Mi ricordi la nonna Martina», sussurrò la ragazzina. Sua madre non la sentì. Stava già scendendo di corsa le scale.

«Io, un Natale così non l'ho mai visto», sussurrò Maura, quando Maria la raggiunse al chiosco. «Abbiamo venduto quasi tutto», soggiunse, indicando con un gesto gli scaffali ormai vuoti. Erano rimaste poche piante in vaso, le rose rosse più costose e una decina di composizioni miste di fiori secchi e freschi. Il marito di Maura, che si arrangiava a servire i clienti, sospirò di sollievo quando vide Maria. Il freddo e la neve bagnata non fermavano il flusso dei clienti in ansia per gli ultimi acquisti.

«Da questo momento è tutto a metà prezzo», annunciò Maria alle persone che aspettavano di essere servite. Poi si rivolse a Maura e le sussurrò: «Ti ringrazio di tutto».

«Ti sei messa il profumo?» domandò l'amica, piano.

«Un'altra! È così strano che una donna si profumi?»

«Sì, trattandosi di te», mormorò Maura, mentre confezionava un fascio di rose appena vendute.

«Ti dirò la verità: me l'ha regalato la mia mamma», spiegò Maria, con un sospiro.

Quando uscirono gli ultimi clienti, Maura le annunciò: «Ho preparato una cena di magro a casa mia. Non chiedermi come ho fatto. Ti aspetto più tardi con i tuoi figli».

Erano quasi le otto di sera quando chiusero il chiosco.

«Vado a casa a prendere i ragazzi», disse Maria, avviandosi.

Poi si fermò e le chiese: «Davvero il farmacista ha fatto le consegne?»

«Ha lavorato come un matto. A proposito, ho invitato anche lui, questa sera», rispose l'amica, con un sorriso malizioso.

# 26

L'AEREO volava nel sole al di sopra di una distesa infinita di soffici nuvole bianche. Giuliana abbassò la tendina, perché la luce che entrava dall'oblò le feriva gli occhi. Era riuscita a trovare un posto libero sul volo che la riportava a Roma. Lei così sicura, forte, vitale, ora stava raggomitolata sul sedile dell'aereo e si sentiva debole, sola, indifesa.

Aveva sempre considerato Martina una madre irraggiungibile e incomprensibile. Solo adesso che non c'era più si rendeva conto di quanto fosse stata importante in ogni momento della sua vita. La perdita di Martina le dava una specie di vertigine, come quando era bambina e la mamma la afferrava per i polsi e la faceva ruotare intorno a sé velocemente, sempre più velocemente, fino a quando lei si staccava da terra. Allora Martina si fermava, si abbracciavano e la mamma diceva: «Mi gira la testa. Questo gioco non lo facciamo più». Invece lo rifacevano subito dopo.

A volte, dopo una giornata di vagabondaggi e di risate, Giuliana diceva: «Mamma, ho fame». Martina sgranava su di lei i suoi occhi azzurri come il cielo. «Davvero?» esclamava. «Giuro», assicurava lei. «Oh, che sbadata! E che cosa ti darò mai da mangiare?» si rammaricava. Apriva il frigorifero e, guardando il contenuto, si interrogava con aria smarrita: «Che cosa potrò mai prepararti?» «Mamma, ma tu non hai mai fame?» le chiedeva Giuliana. «Certo! Soprattutto se penso a una bella tazza di cioccolata calda», rispondeva lei. La cioccolata era il solo cibo che Martina sapeva preparare. Oltre, naturalmente, alle insalate con tonno sott'olio, oppure alle fette di pane tostato con formaggi di vari tipi.

Quando Giuliana compì dieci anni, sua madre ne aveva venticinque e, a vederle insieme, sembravano due ragazzine. Insieme cantavano le canzoni del festival di Sanremo, imparavano i nuovi balli, si arricciavano i capelli giocando alla parrucchiera. Spesso Martina la prendeva per mano e le diceva: «Andiamo in chiesa a parlare un po' con il Signore».

La nonna Vienna si arrabbiava con Martina per come educava sua figlia. «Ne farai una vagabonda come te», diceva.

Martina l'abbracciava e replicava: «Non si sta poi così male a fare le vagabonde».

E Giuliana, crescendo, si era scelta un mestiere che le consentiva di vivere come una vagabonda. Aveva un appartamento a Roma ma lo abitava pochissimo perché, diceva, la sua casa era il mondo. Come tutte le attrici di teatro, passava da una città all'altra, da un albergo all'altro, con la leggerezza di una farfalla. E con la stessa leggerezza aveva intrecciato storie d'amore brevi ed esaltanti, compresa quella attuale con un uomo tanto più giovane di lei. Sapeva che la relazione con Stefano era assurda, ma poteva permettersi questa avventura perché aveva un punto fermo importante nella sua vita: la mamma. Che ora l'aveva lasciata, all'improvviso. «Mi manchi», sussurrò, mentre l'aereo iniziava la discesa sulla capitale.

Riattivò il cellulare mentre scendeva dalla scaletta e subito dopo la chiamò sua figlia.

«Dove sei?» le domandò.

«Sono sbarcata adesso», rispose Giuliana.

«Io sono già a casa», annunciò Camilla, che le aveva telefonato qualche ora prima per informarla che l'avrebbe raggiunta a Roma, evitandole il viaggio a Londra.

«Ci vediamo tra poco.»

Dora aprì la porta di casa dicendo a Giuliana: «Condoglianze, signora».

La notizia della morte di Martina, madre della grande attrice di prosa che il pubblico venerava, si era diffusa velocemente e il telefono squillava in continuazione.

«Stanno chiamando tutti», le riferì la domestica, togliendole il cappotto.

«Non rispondere», le ordinò Giuliana, mentre si avviava verso la stanza di sua figlia.

Camilla le andò incontro e si rifugiò fra le sue braccia.

«Volevo bene alla nonna Martina», disse, trattenendo le lacrime.

«Lo so. Anch'io sono molto triste», rispose sua madre. La prese per mano e andarono a sedersi sul divano, in salotto.

«Voglio vedere la nonna-bis», annunciò Camilla, alludendo a Vienna.

«Andremo a trovarla insieme, non appena sarà possibile», la rassicurò Giuliana pensando che, in quella occasione, le avrebbe raccontato la storia di Martina.

Camilla volle sapere di quella morte improvvisa.

«Un infarto. Ci siamo sempre preoccupate per i suoi mal di testa, invece era il cuore il vero problema», spiegò Giuliana. E pensò che le emicranie di Martina erano state il filo conduttore della sua esistenza.

Quando lei era bambina, capitava che sua madre le dicesse: «Adesso lasciami tranquilla per un po'». Prendeva un'aspirina e si chiudeva nella sua camera al buio. Se lei faceva rumore, interveniva la nonna. «Vai fuori a giocare e non disturbare la mamma», le raccomandava. E Giuliana le chiedeva: «Perché la mamma ha sempre il mal di testa? Verrà anche a me, quando sarò grande?» «No, viene solo a lei perché è un po' speciale», rispondeva Vienna. «Perché è nata settimina, vero?» domandava Giuliana. A Vertova tutti sapevano che Martina era nata di sette mesi e quando aveva ereditato una fortuna avevano commentato: «Eh, i settimini nascono con la camiciola di seta». Ora Giuliana sapeva che non era vero, ma tenne per sé queste considerazioni e disse alla figlia: «Non avremo un Natale allegro».

«Io, poi, non sto attraversando un periodo scintillante», confessò Camilla.

«Che cosa ti è successo?» domandò Giuliana, preoccupata dall'affermazione della figlia.

«Ho chiuso con il mio ragazzo. Sai, stava diventando troppo possessivo e non capiva che io ho bisogno dei miei spazi», spiegò. Camilla aveva da un anno una relazione con un giovane parrucchiere romano che si era trasferito a Londra per imparare l'inglese e i tagli d'oltremanica. Giuliana si allarmò.

«Non sarai mica?...»

«Incinta?»

La donna annuì. Fuggire da un uomo portando in grembo un figlio sarebbe stato in linea con la tradizione di famiglia.

«Non lo so», disse Camilla, lasciandola senza fiato.

# 27

Osvalda passò un paio d'ore ad asciugare il pavimento del salone al piano terreno dove, rincasando, aveva trovato cumuli di neve entrati dalle portefinestre socchiuse. Puliva, piangeva e ripensava alla storia della sua famiglia. Forse sarebbe stato meglio non sapere. Se la mamma aveva taciuto, aveva avuto le sue buone ragioni e tanto valeva non parlarne mai più.

Ora si rese conto che il pavimento che stava asciugando era quello della stanza adibita a camera da letto del bisnonno Ubaldo Ceppi Bruno di Calvera.

Martina aveva ereditato il carattere balzano dal bisnonno e la bellezza dal nonno Stefano. La dinamicità della bisnonna Ines, invece, l'aveva ereditata Maria. E lei? Quali tratti del carattere aveva ereditato dai Ceppi? Lei non si riconosceva in nessuno di loro. Le dispiaceva ammetterlo, ma forse in lei scorreva soltanto il sangue della nonna Vienna.

Intanto il telefono continuava a suonare. Chiamavano

gli Agrestis che abitavano a Bergamo, la gente del paese e gli amici, i suoi scolari e le loro mamme. Osvalda doveva spiegare a tutti la segretezza del funerale: «Abbiamo soltanto rispettato la volontà della mamma», ripeteva, continuando a non condividere quella che riteneva soltanto una decisione arbitraria della nonna, spalleggiata da quelle sceme delle sue sorelle.

Poi telefonò Galeazzo Bigoni, il suo assiduo corteggiatore.

«Mi dispiace tanto per te e per la tua famiglia», disse semplicemente.

Osvalda riprese a piangere.

«In paese ora si dice che tua madre avesse sposato il professor Bertola», rivelò.

«Infrangendo la regola che si era imposta, di non volere un marito», spiegò lei, tra le lacrime.

«Vengo a trovarti», decise Galeazzo.

«No!» rispose lei. Ma il giovane non sentì il suo rifiuto, perché aveva già chiuso la comunicazione.

Il pavimento stentava ad asciugare. Lei alzò il riscaldamento al massimo, mentre incominciava a starnutire. Conciata come sono, ci manca solo il raffreddore, pensò.

Salì al primo piano, entrò nella stanza da bagno, riempì la vasca d'acqua bollente e vi si immerse fino al collo.

Tra i suoi scolari, nel corso degli anni, aveva avuto alcuni bambini orfani di madre. Lei li coccolava più degli altri. Ma solo adesso capiva che cosa volesse dire non avere più la mamma. Senza Martina, la sua vita franava come un vecchio muro cui è stato inferto un colpo di piccone. Aveva costruito il suo futuro sulla convivenza con lei, giustificando l'attaccamento morboso verso la mamma come una necessità per aiutare quella donna così scombinata. Ora, invece, sapeva che Martina non aveva nessun bisogno di essere tutelata. Mentre lei, Osvalda, era una persona fragile, insicura, perennemente spaventata.

Ricordò quando era bambina e aveva raggiunto nel frutteto la mamma che si era arrampicata su un albero di fico. Martina coglieva dai rami i frutti polposi e li riponeva delicatamente nel cestino che portava infilato al braccio.

«Mammina, voglio prendere anch'io i fichi», disse Osvalda, guardandola da sotto in su.

«Raggiungimi», le propose Martina.

«Ho paura di farmi male», rispose Osvalda.

«Se non ti arrampichi non puoi saperlo e ti rimarrà la paura», l'ammonì la mamma. Infilò il manico del cesto nella sporgenza di un ramo e scese dall'albero. La prese per mano e la spronò: «Dai, sali. Attaccati a me».

Osvalda si fidava della mamma e lasciò che l'aiutasse a inerpicarsi su per il tronco. Ma quando fu a mezzo metro da terra si spaventò e cominciò a strillare: «Aiuto, aiuto! Mettimi giù!» E si mise a singhiozzare.

Allora Martina la fece scendere e l'abbracciò, sussurrandole: «Sei una fifona come tuo padre, povera piccola mia».

«Perché mio padre ha paura?» domandò lei, incuriosita.

«Perché è come tutti gli uomini. Si comportano come fossero porti sicuri in cui rifugiarsi e poi si rivelano per quelli che sono: soltanto dei bambini spaventati», spiegò Martina, sorridendole.

Tuttavia, alla fine, Martina si era sposata. Forse Leandro era diverso dagli altri uomini. Però sua madre si era ben guardata dal dirle che aveva preso marito. Perché? Per timore che lei si ingelosisse? Più si addentrava nella vita di Martina e più la sua figura le appariva misteriosa. E se non ci fosse niente da capire? si domandò mentre usciva dalla vasca e il campanello di casa suonava con insistenza.

Si infilò l'accappatoio di spugna, uscì nel corridoio e fece scattare il pulsante che apriva la porta d'ingresso. Poi si affacciò sulle scale e vide Galeazzo intabarrato in un loden con una sciarpa di lana attorno al collo.

«Sono qui», disse Osvalda.

Lui alzò lo sguardo.

«Anch'io sono qui», rispose lui.

«Sali», lo invitò.

Lui si tolse sciarpa e cappotto e incominciò a salire le scale, mentre lei si rifugiava nella sua camera da letto. Si infilò sotto il piumone.

Galeazzo si affacciò sulla soglia.

«Che cosa stai facendo?»

«Sono passata da un bagno bollente al tepore del letto. Così spero di debellare l'inizio di un raffreddore. È una ricetta di mia madre», spiegò, coprendosi fino al mento.

Lui stette lì, impalato ai piedi del letto, domandandosi se doveva sorridere o mostrarsi contrito per il lutto recente. Prevalse il sorriso per quella situazione inattesa.

«Sei buffa», disse dolcemente.

«Sono uno straccio», confessò lei, abbassando gli occhi velati di lacrime.

Sentì il tocco lieve di una carezza sul capo. Galeazzo si era seduto sul bordo del letto e le sorrideva, teneramente.

«Mi sdraio vicino a te, se mi fai posto», sussurrò lui.

Lei si scostò e lui le sgusciò accanto.

Era ormai sera, quando Osvalda posò i piedi sul tappeto e rabbrividì, perché era nuda. Sorrise pensando a quello che era accaduto, sotto quel piumone soffice e caldo, abbracciata al primo uomo della sua vita.

«Dovevo arrivare a trent'anni per scoprire l'amore», disse a Galeazzo, mentre si infilava una vestaglia di flanella.

«Abbiamo tutta la vita per recuperare», la rassicurò lui, dal letto.

«È incredibile! Nessuno ci ha disturbato.»

«Per forza. Avevo staccato il telefono», confessò lui candidamente, invitandola con la mano a ritornare accanto a lui.

Nel raggiungerlo Osvalda pensò: È questo che la mamma avrebbe voluto. E aveva ragione.

# 28

Solo quando era entrata in cucina, Vienna si era resa conto che Leandro e le sue tre nipoti avevano trascorso la notte in casa sua. Le aveva fatto piacere fare colazione con loro.

Ora che se n'erano andati, rassettò le stanze, ignorando il telefono che continuava a suonare. Poi si preparò un caffè doppio, forte e ben zuccherato, come piaceva a lei. Si avvicinò alla finestra, stringendo nella mano la tazza calda e profumata e cominciò a sorseggiarlo, guardando di là dai vetri il paesaggio coperto di neve che rischiarava il cielo opaco e colorava di piombo l'acqua impetuosa del fiume. Dalla grondaia della sua casa scendevano piccole stalattiti di ghiaccio. Decise di aspettare che la temperatura si alzasse prima di uscire per fare un po' di spesa, al mini-market sullo stradone, per non rischiare di scivolare. Bevve il caffè fino all'ultimo goccio. Andò in camera, aprì l'armadio e appoggiò sul letto la scatola che le aveva portato Martina il giorno del suo compleanno. L'aprì, e rimase lì ad ammirare la bellezza di quella biancheria preziosa.

Ricordò il giorno in cui, cinque anni prima, sua figlia, si era presentata in casa con Leandro e le aveva detto: «Mamma, ci siamo sposati».

«Una mela spaccata in due», aveva pensato allora, guardandola, perché Martina assomigliava molto a suo padre. Stessa figura longilinea, stessa grazia nel porgersi e stessa bellezza.

Indossava un tailleur bianco-panna di morbido cachemire, che esaltava la figura esile. Le scarpette di due colori, panna e beige, con il tacco alto, sottolineavano le gambe snelle, lunghe come quelle di un cerbiatto. Il sorriso radioso, solare. Vienna aveva pensato: Mio Dio, come è preziosa e fine la mia Martina.

Leandro, al suo fianco, era l'immagine della felicità. Le porse un gran mazzo di peonie bianche dicendo: «Abbiamo portato i fiori che ti piacciono tanto».

«Vi siete sposati di nascosto?» aveva domandato Vienna.

«Certo, e resterà un segreto», aveva cinguettato Martina.

«Perché?»

«Sai, mamma, se avessimo avuto vent'anni... ma alla nostra età.»

«E tu, eri d'accordo?» aveva chiesto a Leandro.

«Io sono sempre d'accordo con Martina», aveva risposto il medico con aria serafica. E aveva aggiunto: «Tua figlia va presa così com'è. Del resto la conosci».

«Non voglio pettegolezzi e, soprattutto, voglio evitare che la povera Osvalda ne faccia una tragedia», aveva spiegato Martina.

«Prima o poi lo saprà», aveva ragionato Vienna.

«Quella ragazza è la mia croce: Giuliana e Maria hanno la loro vita. Ma lei ha solo me. Così è meglio che, almeno per ora, non sappia. E se nessuno lo sa, non lo saprà nemmeno lei», aveva concluso Martina.

«Mi domando perché non vi siate sposati quando avevate vent'anni. Tanto lo so bene che vi amavate fin da ragazzi», aveva detto Vienna e aveva concluso: «Che Dio vi benedica e vi conceda tanti anni da trascorrere insieme». Dio gliene aveva concessi pochi, pochissimi.

«È terribile per una mamma sotterrare la propria figlia», sussurrò ora, accarezzando il dono di compleanno che Osvalda aveva aspramente criticato.

E sorrise, dicendo, come se parlasse a sua figlia: «Ha ragione Osvalda. Io sono una montanara, avresti dovuto comperarmi una vestaglia di lana. Ma sono felice che tu non l'abbia fatto».

Il telefono continuava a squillare e Vienna non rispondeva. Quando suonò il campanello della porta di ingresso, fu costretta ad aprire.

Entrarono Lilly e Giusy, figlie di due suoi cognati, che vivevano a Bergamo, in un palazzo d'epoca, restaurato da architetti alla moda.

Vienna si rassegnò a farle entrare in casa.

«È la Vigilia, abbiamo un mare di cose da fare, e siamo state costrette a piantare tutto in asso per correre qui, perché tu non rispondi al telefono», esordì Lilly.

«Lo sai che sono un po' sorda. Si vede che non lo sentivo», mentì Vienna.

Le due donne si affannarono a spiegare il loro dolore per la morte di Martina e l'ansia che le aveva portate fin lì, a causa del silenzio di Vienna e delle tre nipoti.

Vienna conosceva le sottili maldicenze della famiglia Agrestis nei confronti suoi e di Martina.

Gli Agrestis erano lavoratori accaniti e si erano guadagnati duramente l'attuale benessere. Ma non perdonavano a Vienna quella figlia che, senza fatica, aveva avuto la villa più bella del paese e possedeva un cospicuo conto in banca, senza che nessuno avesse mai saputo da chi e da dove fosse arrivata tanta ricchezza. E, soprattutto, non perdonavano a Martina di essere sempre stata tanto diversa da loro, sia nei tratti sia nei comportamenti. Martina era un mistero che nessuno di loro era mai riuscito a penetrare.

Vienna si scusò e disse: «Vi ringrazio per esservi preoccupate per me. Ma adesso, per favore, lasciatemi sola. Mia figlia non c'è più e io ho bisogno di piangerla in pace».

Lilly e Giusy furono costrette ad arrendersi, anche se avrebbero preferito la coralità del lutto, come si usava in paese. Pensarono anche che la zia Vienna era sempre stata un'originale, un'intellettuale che leggeva romanzi e poesie.

«Zia, domani è Natale e veniamo tutti a Vertova. Andiamo insieme al cimitero a trovare Martina e dopo ti portiamo a Bergamo, perché vogliamo che tu faccia il pranzo in famiglia», propose Giusy.

«Vi ringrazio, ma preferisco stare a casa da sola, e fare il Natale con la mia Martina. Così come io ho rispettato la volontà di mia figlia, che non ha voluto al suo funerale altri che me, le ragazze e il marito, prego voi di rispettare questo mio desiderio.» Si accorse troppo tardi di aver detto una parola di troppo.

«Allora è vero che Martina aveva sposato il professor Bertola!» esclamò Lilly.

Ormai era fatta. Una precisazione avrebbe almeno messo a tacere gli altri pettegolezzi.

«Martina e Leandro erano sposati da anni, ma nessuno, tranne me, lo sapeva. Come avete sempre detto voi, mia figlia era un pianeta misterioso. Adesso, per favore, andate a tranquillizzare tutta la famiglia. Io sto bene e vi auguro un buon Natale.»

Non esitarono a defilarsi. Avevano molto di cui parlare tra loro e con tutti gli altri Agrestis.

Vienna sorrise al pensiero di quel mare di parenti che, riuniti per il pranzo di Natale, invece di criticare il ripieno dei ravioli o del cappone, avrebbero preso di mira i segreti di Vienna, di sua figlia, delle sue nipoti e anche quelli di casa Bertola, un cognome che, solo a pronunciarlo, suscitava rispetto.

Vienna andò a fare la spesa. Quando rincasò, stese sul tavolo una bella tovaglia di pizzo, ci mise sopra un vaso con i fiori freschi appena acquistati e una fotografia di sua figlia fatta nel giorno della prima comunione. Poi aprì l'album delle fotografie che ritraevano Martina da quando era in fasce fino all'ultima istantanea, scattata da Leandro il giorno in cui le aveva dichiarato il suo amore. Incominciò a sfogliarlo e ricordò l'incontro con la contessa Ines, in una mattina d'estate.

# *Ieri*

# 29

La contessa Ines arrivò a Vertova ed entrò nel cortile rumoroso di casa Agrestis. Si presentò nella tarda mattinata, quando le donne della famiglia erano in fabbrica e a fare la spesa in paese e gli uomini lavoravano nel laboratorio di falegnameria. Il rumore delle seghe elettriche, delle mole, delle pialle, dei chiodi battuti con il martello, si mescolava alle grida dei bambini, tutti piccoli, che si rotolavano su un covone di fieno, messo lì apposta per loro. Mentre Vienna, l'angelo del focolare, preparava il pranzo per la famiglia.

I bimbi videro l'estranea dalla figura austera, l'abito di seta più nero che blu, il cappello di rafia a tesa larga, e si zittirono. Lei li osservò a uno a uno con curiosità. E individuò Martina. Allora le sorrise. Vienna, insospettita dal silenzio improvviso dei bambini, figli dei cognati e delle cognate, affidati alle sue cure, si affacciò sulla porta della cucina. Riconobbe la contessa e le andò incontro, mentre il cuore accelerava i battiti.

«Buon giorno signora contessa», la salutò.

«Buon giorno cara», replicò la signora, continuando a fissare Martina.

«Non aspettavamo la sua visita», disse ancora Vienna.

«Passavo di qui per caso e ho pensato di fermarmi per salutarti», spiegò. «Quanti bei bambini», aggiunse, estendendo il sorriso a tutti.

Vienna chiamò la sua bimba presso di sé e le disse: «Questa è la signora che ti ha regalato la Madonnina che porti al collo».

Martina circondò con braccia tenere le gambe della mamma e nascose il viso tra le pieghe della sua gonna.

«Non fare la vergognosa. Piuttosto, ringrazia la signora contessa.»

«Grazie», sussurrò Martina, alzando sulla visitatrice uno sguardo incuriosito.

Gli altri bambini, intanto, avevano ripreso a giocare.

«Ti vedo in buona salute», disse Ines a Vienna.

«Ringraziando il Signore», rispose la giovane, e aggiunse: «Posso esserle utile?»

«Come ti ho già detto, passavo di qui per caso», ripeté la contessa, esitante, lo sguardo appuntato su Martina che continuava a stringersi alla mamma. «La tua bambina è bellissima», soggiunse.

«È anche bravina a scuola», affermò Vienna, con orgoglio.

«Vorrei che venissi alla villa, questa sera», disse Ines.

I Biffi avevano affittato Villa Ceppi, ma non la occupavano per intero. Ines aveva tenuto per sé alcune stanze nelle quali conservava i quadri, l'argenteria, i tappeti, la biancheria e alcuni mobili antichi di grande valore. Di tanto in tanto, veniva a Vertova per prelevare o depositare qualcosa, e anche per controllare come i Biffi tenevano la sua casa. Ma non era mai accaduto che arrivasse in piena estate quando i Biffi, chiusa la villa, andavano in vacanza.

«Puoi dire a tua suocera che ti ho chiesto aiuto per sistemare un po' di cose», le suggerì.

Vienna preferì non porsi troppe domande a proposito di quello strano invito e andò alla villa dopo il tramonto, quando la famiglia aveva cenato e i bambini erano stati messi a letto.

«Mamma, che cosa vuole da te quella signora?» le aveva domandato Martina, dopo aver recitato le preghiere.

«Vuole che l'aiuti a fare un po' d'ordine tra le sue cose», aveva spiegato Vienna.

«Perché proprio tu?»

«C'è stato un tempo, prima che tu nascessi, in cui ho lavorato lassù. Questo te l'avevo già raccontato. Conosco la casa meglio della contessa Ines.»

«Anche la nonna Ermellina la conosce.»

«Ma la signora si è rivolta a me.»

Martina non sembrava convinta di questo impegno che le sottraeva la mamma.

«Tornerò presto», l'aveva rassicurata Vienna.

Ines le aprì il cancello della villa e la guidò lungo il viale d'accesso fino alla veranda sul retro, dove c'erano i divanetti e le poltrone di bambù. Su un tavolino erano pronti due bicchieri e una caraffa di limonata fresca.

«Siediti, Vienna», la invitò la signora.

Indossava un abitino senza maniche. Vienna notò le braccia ormai esili. Le rughe avevano scavato solchi profondi sul suo viso.

«Qualche settimana fa ho aperto un baule che da anni avevo confinato in una stanza. Contiene gli effetti personali del mio Stefano, che il ministero mi ha mandato quando mi ha comunicato la sua morte. Ho dovuto lasciar passare un po' di tempo prima di avere il coraggio di guardare tra le sue cose. Ci sono indumenti, oggetti per la toilette, i libri da cui non si separava mai, il binocolo che gli aveva regalato suo padre, la macchina fotografica e un pacco di lettere indirizzate a te e mai spedite», spiegò con un filo di voce.

Vienna strinse le mani intorno ai braccioli della poltrona, sforzandosi di non piangere.

«È stato uno squarcio di luce nel buio. Mi sono subito ricordata del giorno in cui ci eravamo incontrate sul sagrato della chiesa e avevo visto la tua bambina. Mi avevano colpito i suoi occhi azzurri, identici a quelli di mio figlio.» Fece una pausa e poi chiese: «Perché non ne ho saputo niente?»

Vienna non rispose. Un groppo di pianto le serrava la gola, impedendole di parlare.

«Un'altra donna, forse, avrebbe avanzato delle pretese. Tu, invece, hai taciuto. Immagino quanto tu abbia sofferto quando hai saputo che Stefano era morto in guerra. Mentre io potevo mostrare a tutti il mio dolore e farmi confortare, tu hai patito in silenzio. Perché hai taciuto anche con me?»

«Ero una donna sposata. Quando mio marito seppe della gravidanza, si assunse la paternità della bambina. Per tutti, compresa la famiglia Agrestis, Martina è nata di sette mesi ed è la figlia di Arturo. Mio marito ha voluto che fosse così e così è stato», spiegò Vienna, con voce rotta dal pianto, mentre pensava alle lettere di cui la contessa le aveva parlato e che avrebbe tanto voluto leggere.

«Hai mai pensato che tua figlia è anche mia nipote? Che è anche sangue del mio sangue?» domandò Ines, dolcemente.

«Signora contessa, se Stefano fosse tornato dalla guerra e lei avesse scoperto che, insieme, avevamo una bambina, l'avrebbe accolta a braccia aperte? O non avrebbe piuttosto sperato che la madre della bambina non creasse complicazioni, perché suo figlio era destinato a un matrimonio con una donna del suo rango?»

«Capisco perché mio figlio si è innamorato di te. Sei una donna speciale, Vienna.»

«Allora ci lasci in pace, anche per rispetto della famiglia Agrestis che mi ha accolta come una figlia e come tale continua a trattarmi. Alla mia Martina non manca niente, cresce tra gente onesta, ha un'infanzia serena. Non ci sconvolga la vita», la pregò con voce pacata, ma ferma.

«In queste settimane mi sono tormentata con mille interrogativi, prima di decidermi a cercarti. Considera che in Martina io rivedo mio figlio, che una parte del mio Stefano vive in lei. È così irragionevole il mio desiderio di vederla crescere? Lui è morto, sua figlia è qui, a pochi passi da me e io non posso abbracciarla.»

«Signora contessa, ho amato Stefano più di quanto lei possa immaginare. Sapevo che la nostra storia non avrebbe avuto un futuro, ma la conservo intatta nel segreto del mio cuore e la rivivo in Martina.»

Ines piangeva sommessamente, la luna d'agosto accarezzava le ombre del giardino, un riccio uscì allo scoperto attraversando la ghiaia bianca del vialetto, dal campanile dell'Assunta dilagarono i rintocchi delle ore e dalla strada, oltre il muro di cinta, vennero le risate felici di un gruppo di giovani che passavano.

«Ho qui le lettere che mio figlio non ti ha potuto spedire. Sono tue», disse, indicando il pacchetto legato con una cordicella, posato sul tavolino.

«Le tenga lei, signora contessa. Mancherei di rispetto agli Agrestis e alla memoria di Arturo, se le prendessi», disse Vienna e si alzò, imitata da Ines.

La ragazza le posò una mano sulla spalla.

«Coraggio», le sussurrò. «La vita ci dà più dolori che gioie.»

«Tu, almeno, hai Martina», disse Ines stringendole la mano.

«E lei ha i suoi ricordi», concluse la giovane.

Quando rincasò, dormivano tutti, anche la sua bambina. Vienna fu grata al cielo per quel silenzio.

# 30

I RAGAZZI di Vertova che, dopo le elementari, proseguivano gli studi, dovevano andare a Clusone per frequentare le scuole superiori.

La maestra aveva detto a Vienna: «La tua bambina ha voglia di studiare. La preparo per l'esame di ammissione alla media, se sei d'accordo».

«Va bene», aveva risposto Vienna, fiera dei buoni risultati scolastici di sua figlia.

Martina aveva superato brillantemente l'esame e, ogni mattina, saliva sulla littorina che la portava a Clusone. Con lei c'era Leandro Bertola, l'unico dei suoi compagni delle elementari che si era iscritto alle medie.

Finita la guerra, la famiglia Bertola era ritornata a Bergamo, nel palazzo di famiglia. A Vertova, nella villa ottocentesca, erano rimasti i nonni e l'ultimogenito del dottor Pietro, Leandro.

A Bergamo, nel dopoguerra, c'erano spesso disordini e i genitori avevano deciso di lasciarlo in paese con i nonni, fino a quando non fosse stato costretto ad andare in città per frequentare il ginnasio.

Martina e Leandro, che erano stati nella stessa classe durante tutte le elementari, alle medie erano in due classi diverse, ma andavano e tornavano da scuola insieme. Sul treno sedevano l'uno accanto all'altra, si scambiavano le figurine degli attori e dei calciatori, confrontavano i loro compiti, criticavano i loro insegnanti dividendoli tra parziali e imparziali. Entrambi, nelle rispettive sezioni, erano primi della classe ed erano orgogliosi del loro primato.

A Natale e a Pasqua, Leandro saliva in automobile con i nonni e andava a Bergamo. In estate andava al mare e spediva una cartolina di saluti a Martina che restava a Vertova.

Per Martina, le vacanze estive erano deprimenti, perché non sapeva che cosa fare. Sbrigava tutti i compiti in pochi giorni e dopo ciondolava per casa fino a quando Vienna non si decideva a portarla in montagna dai nonni. Ma dopo un po', la ragazzina si annoiava anche lì e, soprattutto, sentiva la mancanza della mamma e chiedeva di ritornare a casa.

A volte si lamentava: «Gli altri compagni vanno al mare, e a me tocca stare a Vertova».

«Quali altri?» domandava Vienna.

«Leandro, per esempio.»

«Loro sono signori. Noi non possiamo permettercelo.»

«Allora mandami in colonia. Io ci andrei volentieri.»

«Ti conosco. Indisciplinata e irrequieta come sei, scapperesti dopo due giorni.»

Martina sapeva che la mamma aveva ragione. Qualche volta, la sera, Vienna la portava al cinema parrocchiale all'aperto a vedere vecchi film in bianco e nero che si interrompevano sul più bello, perché si rompeva la pellicola. La domenica, spesso, prendevano il treno e andavano a Bergamo a mangiare il gelato, sedute a un tavolino del *Bar Centrale*.

Martina diceva: «Dipendesse da me, io abolirei le vacanze estive».

Non avrebbe mai abolito, invece, le vacanze di Natale, quando il nonno e gli zii chiudevano la falegnameria, le macchine tacevano e si stava tutti insieme, in allegria. Con il Natale, arrivava anche il pacco della contessa.

Da sempre, a Natale, i conti Ceppi regalavano il panettone e lo spumante alla servitù.

La contessa Ines aveva mantenuto questa tradizione, anche dopo essersi trasferita a Milano, e nonostante i domestici non fossero più al suo servizio.

Ermellina e Vienna ricevevano due pacchi distinti che, dopo la fine della guerra, contenevano anche stecche di torrone e di cioccolato, scatole di caramelle, vasetti di miele e di crema gianduia, frutti colorati di pasta di mandorle, datteri e fichi secchi. Martina non era golosa, ma tutta quell'abbondanza le metteva allegria. Si arrabbiava con i cuginetti che si avventavano sui dolci e, poiché era la maggiore fra loro, distribuiva rimproveri e scappellotti. Capitava che nei pacchi la contessa infilasse anche qualche piccolo dono più personale: un foulard, un paio di guanti, una scatola di fazzolettini o di calze di nailon.

Dal Natale in cui Martina compì sette anni, dopo che Vienna aveva parlato con la contessa, Ermellina trovava nel suo pacco anche una busta con una cospicua somma di denaro e un biglietto in cui Ines spiegava che quei soldi erano destinati alle necessità di tutti i bambini Agrestis.

La famiglia, ora, viveva con più agio, perché il lavoro della falegnameria era aumentato e fruttava maggiori guadagni. Ma quel denaro era comunque gradito. Ermellina divideva equamente i soldi tra i genitori dei suoi nipotini e incaricava Vienna, che era la più istruita della famiglia, di scrivere una lettera di ringraziamento. Vienna sapeva che quei soldi, in realtà, erano destinati soprattutto a Martina e apprezzava la discrezione della contessa che non voleva metterla in imbarazzo.

Con la somma che Ermellina le consegnava, Vienna partiva per Bergamo con sua figlia e la rivestiva da capo a piedi, dicendole: «Quando sarai cresciuta, dovrai ringraziare di persona la signora contessa».

Una volta, con quel denaro, Vienna le acquistò un cappotto foderato di lapin. Martina lo inaugurò la mattina di Natale, pavoneggiandosi durante la Messa.

Quando, sulla soglia dei quattordici anni, entrò in terza media, il primo giorno di scuola Martina si ritrovò in treno accanto a Leandro, come sempre. Lui la guardò con stupore, perché la ragazzina durante l'estate era molto cresciuta. Era bellissima e lui glielo disse.

«Ho avuto un febbrone da cavallo. Sono stata a letto

parecchi giorni e, quando mi sono alzata, ero diventata più alta», spiegò lei.

«Sei più alta di me», osservò lui, dispiaciuto.

«Crescerai anche tu», lo rassicurò lei.

«Invece rimarrò un tappo come mio padre.»

Il cambiamento di Martina era anche dovuto al fatto che, durante l'estate, si era sviluppata. Ma se ne guardò bene dal dirlo al suo compagno di scuola. Lo seppe invece il padre di Leandro, da cui Vienna la portò per una visita.

«La mia bambina ogni tanto si lamenta per il mal di testa, soprattutto in prossimità delle mestruazioni», gli disse Vienna. Il dottor Pietro la visitò e sentenziò: «È sana come un pesce. Non chiamarla più bambina, ormai è una donna. È bella come il sole e presto ti toccherà usare la scopa per allontanare i corteggiatori. Dalle un'aspirina, quando ha l'emicrania».

Ora Leandro le disse: «Assomigli ad Ava Gardner, ma sei più bella di lei». Poi arrossì. Martina sorrise compiaciuta, perché il suo amico le piaceva e lei sentiva di volergli molto bene.

Leandro, a scuola, incominciò a cercarla anche durante l'intervallo, quando gli studenti scendevano nel cortile. I compagni, che avevano notato l'affiatamento tra i due, presero a soprannominarli «i morosi». Quando successe la prima volta, Martina e Leandro si arrabbiarono moltissimo.

Tornando a Vertova, seduti l'uno accanto all'altra, stettero in silenzio. Poi Leandro smise di cercarla e Martina non fece niente per riavvicinarsi a lui. Il ragazzo avrebbe voluto dirle che non gli importava dei compagni e dei loro commenti, che gli bastava vederla perché il suo cuore partisse al galoppo. Lei avrebbe voluto dirgli altrettanto, invece entrambi tacevano e si evitavano.

A fine anno scolastico, tuttavia, lui la invitò per una merenda nel giardino di Villa Bertola.

«Ci saranno anche le mie due sorelle e alcuni amici. Se verrai, mi farà piacere», le propose, arrossendo.

Martina accettò l'invito. Era già a metà del viale, nel giardino, quando Leandro la vide e rimase senza fiato tanto era bella. Indossava un abitino di piquet rosa antico punteggiato di blu, il corpetto aderente e la gonna ampia. Calzava sandaletti color cuoio che mettevano in risalto le gambe lunghe e sottili. Un cerchietto di velluto blu tratteneva la cascata di capelli neri e ondulati. Il suo passo era misurato e aveva un portamento elegante e disinvolto. Sembrava una principessa. Leandro rimase talmente abbagliato che, invece di andarle incontro, arrossì vistosamente, abbassò lo sguardo e continuò a parlare con un amico, senza nemmeno rendersi conto di quello che stava dicendo.

C'era una gran confusione sullo spiazzo erboso davanti alla villa. Da un grammofono arrivava a tutto volume la voce di Bill Haley che cantava *Rock Around the Clock*, le sorelle di Leandro e le loro amiche ballavano con i ragazzi più grandi che Martina non conosceva. Riconobbe invece Bruno, il figlio dell'ingegner Biffi, che era in seconda liceo e si muoveva come un acrobata al ritmo del rock.

Quando Delia Bertola, la sorella diciottenne di Leandro, vide Martina, chiese a Bruno Biffi, con cui stava ballando: «Da dove arriva questa meraviglia?»

«Mai vista», rispose lui, visibilmente colpito dalla nuova arrivata.

Fu il dottor Pietro Bertola ad accoglierla: «Brava, Martina! Hai fatto bene a venire».

«È stato Leandro a invitarmi», sottolineò lei, intimidita da quel gruppetto di giovani che non conosceva.

«Leandro, c'è qui la tua amica», gridò il dottore, per sovrastare il frastuono della musica.

Vincendo la timidezza, il ragazzo si decise a raggiungerla. «Compagna di scuola», precisò a voce alta, perché non ci fossero equivoci sui loro rapporti. E non ce ne sarebbero stati se si fosse risparmiato la sottolineatura. Così, invece, il dottor Bertola e sua moglie notarono il rossore di Leandro, gli sguardi imbarazzati dei due ragazzi e conclusero che doveva esserci una simpatia tra loro. Per levarli d'impaccio, la giovane signora Bertola circondò affettuosamente le spalle di Martina e le chiese notizie della famiglia.

«Stiamo tutti bene, grazie», rispose lei.

«E i tuoi mal di testa?» domandò il dottore.

«Non sono così frequenti», disse.

«Quando senti che il dolore sta per arrivare, prendi subito una bella aspirina con tanta acqua e, mi raccomando, mai a stomaco vuoto. L'aspirina è un rimedio sovrano», ribadì il medico, il quale era convinto che l'emicrania della ragazza fosse di origine psicosomatica.

Pietro Bertola aveva sempre pensato che Martina non fosse una Agrestis. A suo tempo, quando curava il conte Ubaldo, non gli era sfuggita l'intesa tra Stefano Ceppi e la bella Vienna. Era stato lui a far nascere la piccola e si era accorto immediatamente che non era una settimina. Inoltre Martina era sempre stata diversa dalla famiglia di cui portava il cognome e l'emicrania poteva essere la somatizzazione di un disagio di cui non era consapevole.

«Leandro, presenta agli amici la tua compagna», lo sollecitò la signora Bertola.

«Non ce n'è bisogno. L'hanno già notata tutti», borbottò lui, restando fermo accanto a Martina e dondolandosi impacciato ora su un piede ora sull'altro, mentre pensava che era stato uno stupido a invitarla a quella festicciola con ragazzi più grandi di lui che ora stavano facendo di tutto per attirare l'attenzione della ragazza.

Uno di questi si avvicinò per invitarla a ballare.

«Non sono capace», si defilò lei.

«Ti insegno», si offrì il giovane.

«Mi sentirei ridicola», confessò, al pensiero che Leandro notasse la sua goffaggine.

Si fece avanti Bruno Biffi che domandò a Leandro: «Quanti anni ha la tua compagna?»

«Perché lo chiedi a lui? Credi che io non sia capace di rispondere?» lo aggredì Martina.

«Era tanto per attaccare discorso», disse Bruno. E sparò: «Sedici? Diciassette?»

«Ne ha meno di te che hai più di vent'anni e sei ancora in seconda liceo», sbottò Leandro, seccato per l'invadenza del Biffi.

Bruno ignorò le sue parole, gli diede di gomito e gli sussurrò: «Per me, è una bella mela pronta per essere colta».

«Allora buttati», lo sferzò Leandro, avvertendo tutta la sua inadeguatezza di ragazzino di fronte a un adulto sfrontato e sicuro di sé.

Bruno si buttò. Per Leandro la festa finì in quel momento, e solo per colpa sua. Lasciò gli invitati, entrò nella villa e si chiuse nella sua stanza, sentendosi profondamente infelice.

# 31

TUTTE le mattine, all'alba, Martina prendeva il treno per Bergamo. Ora frequentava la quarta ginnasio al Liceo Paolo Sarpi e si sentiva molto compresa nel ruolo di studentessa modello, dopo che i nuovi insegnanti avevano lodato la sua pagella di terza media. Erano poche a Vertova le ragazzine della sua età che andavano a scuola in città. Con lei c'era la figlia del farmacista, che era già in prima liceo, Bruno Biffi, che stava ripetendo la terza e Carmine Gurrado, il figlio del maresciallo dei carabinieri, che era in quinta ginnasio.

Qualche volta, su questo treno che portava in città studenti e lavoratori, saliva anche don Angelo, il parroco, che andava a conferire con il vescovo, e Luigi Nalocchi, il figlio del fornaio, che andava allo scientifico ed era soprannominato «Luigina», perché era un tipo lungo e secco, con un gran naso, la voce chioccia, movenze femminili e un carattere irascibile. Preferiva accompagnarsi con le ragazze, sentendosi più affine a loro, e guardava di sottecchi i maschi, soprattutto quando erano belli. Bruno Biffi era la sua passione e non riusciva a nasconderlo. Bruno lo sfotteva pesantemente. Luigi arrossiva e poi sussurrava: «Chi disprezza, compera».

Luigi aveva individuato in Martina, che Bruno corteggiava assiduamente dalla merenda in casa Bertola, un motivo per stuzzicarlo e attirare la sua attenzione su di sé.

Bruno reagiva dicendo a Martina: «Se quello non la smette di fare il cretino, prenderà una scarica di cazzotti». Accendeva una sigaretta e le parlava delle sue imprese sentimentali e sportive.

Una volta arrivati a Bergamo, gli studenti sciamavano lungo il viale Roma per imboccare la strada che, tra ville e giardini, conduceva alla città alta, dov'era il liceo.

Capitava che don Angelo passasse accanto ai due ragazzi dicendo a gran voce a Martina: «Stai alla larga da Bruno che è un lavativo».

Lui sembrava fiero di questa fama.

«Io le donne le prendo, le strapazzo e le butto», sosteneva.

Bruno Biffi era l'idolo delle sue compagne di classe che stravedevano per lui e detestavano Martina, la pivellina di quarta ginnasio che gli stava appiccicata. Leandro, che si rodeva per la gelosia, odiava Bruno. Martina, che non aveva dimenticato l'affronto subìto nel giardino di Vertova, dopo che Leandro, avendola invitata, l'aveva piantata in asso, cercava in tutti i modi di richiamare la sua attenzione quand'era con Bruno e lo incrociava nell'androne o lungo le scale della scuola. Leandro faceva del suo meglio per ignorarla o fingere indifferenza, invece soffriva atrocemente.

Un giorno Martina lo vide allontanarsi da scuola abbracciato a una compagna di classe che si chiamava Valentina e apparteneva a una ricca famiglia di Bergamo. Li raggiunse e, passando accanto a Leandro, gli disse: «Che peccato!»

«Che cosa è peccato?» le domandò lui.

«Che tu sia un bugiardo patentato», lo sferzò lei e proseguì per la sua strada a testa alta.

Leandro la rincorse, l'agguantò per un braccio e l'aggredì con aria furibonda.

«Spiegami perché sarei un bugiardo.»

«Delle due, l'una: o mentivi con me o menti con lei», rispose, correndo via.

Lui arrossì, la odiò e decise che le avrebbe tolto il saluto.

La sua compagna di classe, che aveva visto la scena, constatò: «Mancava poco che vi prendeste a botte. Mi è sembrata una lite tra innamorati».

«Io innamorato di quella? Sei tutta scema», dichiarò lui, furente.

Martina era altrettanto furibonda e, per alcuni giorni, trattò malissimo tutti quelli che le rivolgevano la parola.

Quando sua madre volle indagare sul suo cattivo umore, esplose in una scenata isterica.

«Tu mi stai spiando. Tutti quanti in questa casa mi spiano! Credi che non me ne sia accorta? Basta, sono stufa di sopportarvi», gridò tra le lacrime.

Le zie e gli zii dissero a Vienna: «Sii paziente. La povera Martina è cresciuta senza un padre».

Erano tutti affettuosi con lei. Martina, invece, li guardava come nemici.

Si concentrò sullo studio e, quando sedeva al tavolo della cucina per fare i compiti, sua madre diceva agli altri ragazzi più piccoli: «Non fate chiasso, perché Martina sta studiando».

In realtà, a lei bastava memorizzare le lezioni degli insegnanti, durante le ore di scuola, per essere l'allieva più brillante della sua classe. A casa, sbrigava velocemente i compiti e poi leggeva. Françoise Sagan, Vasco Pratolini, Tolstoj, cercando, forse, le risposte alla sua inquietudine e scontentezza. Nemmeno Vienna era felice, perché sua figlia era molto complicata e lei non sapeva come prenderla. Guardava quasi con invidia i figli dei suoi cognati, tutti scolari poco brillanti, ma certamente con caratteri più semplici di quello di Martina.

Quel Natale, la ragazza ignorò persino il monumentale pacco-regalo della contessa Ines e si rifiutò di inviarle il solito biglietto di ringraziamento, che ora toccava a lei redigere.

«È un'età difficile», ragionava la vecchia Ermellina, che era stata colpita da un'artrite reumatoide e stava quasi sempre su una poltrona, a sferruzzare.

«Perché gli altri non sono come lei?» le chiese Vienna.

Ermellina trasse un lungo sospiro e rispose: «Tua figlia è un cigno, gli altri sono solo anatroccoli».

Vienna tacque, assorta nei suoi pensieri.

Una mattina di gennaio, dopo le feste, si presentò in casa Agrestis la contessa Ceppi.

Ermellina era seduta in poltrona, in salotto, e si scusò per non riuscire ad alzarsi. Vienna fece accomodare Ines sul divano e si sedette accanto a lei.

«Ho venduto la villa», annunciò la contessa.

«All'ingegner Biffi?» domandò Ermellina.

«No. A una società svizzera.»

«E l'ingegnere?» chiese Vienna.

«Starà dentro fino a quando non avrà trovato una nuova sistemazione. Comunque ha tempo ancora qualche mese.»

Poi raccontò di Vespino, che era morto in casa e di Tilde che, poverina, aveva un cancro ed era in ospedale.

«È brutto diventare vecchi, signora contessa», sospirò Ermellina, sfoderando l'elenco di tutti i suoi mali.

«Il guaio è che nessuno vuole morire sano», tentò di scherzare Ines. Poi si rivolse a Vienna e disse: «Verresti con me alla villa per aiutarmi a impacchettare un po' di piatti?»

Vienna pensò che volesse parlarle di Martina e si preparò a seguirla.

Uscirono insieme e l'autista, che aspettava in strada, le accompagnò in macchina a Villa Ceppi.

Ines guidò Vienna nelle stanze che non aveva affittato, la fece entrare in un piccolo salotto e, dopo che si furono accomodate su due poltroncine di velluto, disse: «La società svizzera è mia. L'ho costituita perché tua figlia riceva in modo anonimo il mio patrimonio, quando non ci sarò più. Sei sempre sicura di voler continuare a tenere segreta la paternità di mia nipote?»

«Martina mi dà già abbastanza problemi. Figuriamoci se scoprisse di essere la figlia di Stefano Ceppi. Non se ne parla nemmeno», replicò Vienna, decisa.

«Che problemi ti dà? È bella come il sole e a scuola è bravissima», la interruppe Ines.

«Come fa a saperlo?» s'incuriosì Vienna.

«Ho i miei canali d'informazione. E poi, vado a Bergamo quasi ogni settimana a spiarla, quando esce da scuola. È identica a mio figlio. E io sono una nonna che non può nemmeno abbracciarla», si lamentò. E soggiunse: «Ti chiede mai di suo padre?»

«Lo faceva quand'era bambina e le mostravo le fotografie di Arturo. Quando avrà superato questi anni complicati, allora le dirò la verità.»

«Sei più testarda di un mulo e stai facendo perdere a Martina l'opportunità di vivere in un ambiente più stimolante, più adatto a lei.»

«Non mi farà cambiare parere. Comunque la ringrazio per i soldi che ci manda ogni anno. Quanto all'eredità, preferirei che mia figlia non la ricevesse.»

«Questo è affar mio e non ti riguarda. Adesso aiutami a riempire un po' di scatole. Ho ben poco da portare via e mi tocca fare questa pantomima per la tua mania dei segreti», brontolò.

Impacchettarono un servizio di piatti, chiacchierando di banalità.

Prima di chiamare l'autista perché accompagnasse

Vienna a casa, Ines le disse: «Fai in modo che Martina stia alla larga dal figlio del Biffi».

«Perché?» si allarmò Vienna.

«È un vacuo, e non ci sarebbe niente di male perché il mondo è pieno di teste vuote. Ma, al di là di questo, quel ragazzo non mi convince», l'avvertì.

Vienna se ne andò con una preoccupazione in più.

# 32

MARTINA bussò energicamente alla porta della canonica e svegliò don Angelo che stava facendo il sonnellino pomeridiano. Lui si affacciò alla finestra, riconobbe la ragazza e le chiese: «Che cosa vuoi?»

«Vorrei andare in chiesa e pregare, ma è chiusa», disse lei e aggiunse: «La prego, don Angelo, mi apra, per piacere».

Poco dopo, il prete aprì la porta laterale e la fece entrare. «Lo sai che la chiesa non apre fino alle quattro», la rimproverò bonariamente. Aveva la tonaca sbottonata, il collarino di traverso e i pochi capelli, color sale e pepe, formavano una raggiera sul cranio lucido.

Martina gli sorrise e disse: «Mi scusi, ma devo parlare con il Signore, subito», e si incamminò lungo la navata centrale della chiesa.

L'uomo congiunse le mani, alzò gli occhi al cielo e disse: «Dio, abbi la pazienza di ascoltarla e di aiutarla».

Percorse a sua volta la navata, si inchinò davanti all'altare maggiore e poi si dileguò in sacrestia. Martina si inginocchiò davanti alla statua di Gesù e stette un po' ad ammirarlo, tanto era bello. Poi sedette sulla panca, si prese il volto tra le mani e sussurrò: «Caro Signore, l'ho fatta proprio grossa. E tu lo sai, perché sai tutto. Adesso, come ne vengo fuori?»

Tacque, come se aspettasse una risposta. Alzò lo sguardo sul viso di Gesù e proseguì: «Perché mi hai abbandonato? Perché tu non eri certamente nella macchina di Bruno con i Platters che cantavano *Only you*, mentre noi facevamo l'amore. E adesso sono incinta».

Il bellissimo Gesù di gesso la guardava benevolo e le sorrideva. Martina chinò il capo e incominciò a piangere. Don Angelo, dopo essersi rassettato, era tornato in chiesa e si preoccupò nel vedere Martina così disperata.

Pensò a quando, con parole velate, aveva allertato Vienna a proposito delle chiacchiere che aveva sentito su Martina e Bruno Biffi.

Lei lo aveva interrogato: «Che cosa dovrei fare? Chiuderla in casa?»

«Non ho detto questo.»

«Seguirla come se fossi un carabiniere?»

«A proposito di carabinieri, al tuo posto andrei a scambiare due parole con il maresciallo Gurrado», le aveva suggerito il parroco.

Adesso don Angelo si avvicinò a Martina e le diede una carezza sul capo, per confortarla. «Potrei sempre sposarlo», mormorò Martina, guardandolo.

Don Angelo, allarmato, le chiese: «Intendi dire che potresti sposarti oppure che devi sposarti?»

Lei esitò, poi sussurrò: «Dovrei sposarmi», rispose e corse fuori dalla chiesa piangendo.

Arrivò a casa, si rifugiò tra le braccia di Vienna e le raccontò ogni cosa.

Vienna l'ascoltò e disse: «Le colpe delle madri ricadono sempre sui figli».

«Che cosa c'entri tu?»

«È una storia lunga e difficile. Quando sarai più grande te la racconterò. Adesso sei soltanto una bambina, anche se sembri una donna.»

«Dici che dovrò sposare Bruno?» domandò con voce esitante sua figlia.

«Non lo so, bambina mia», rispose sua madre, sottovoce.

Dopo che don Angelo le aveva parlato, lei, ricordando anche le parole della contessa Ceppi, era andata davvero dal maresciallo dei carabinieri e, in gran segreto, gli aveva esposto le sue ansie sul rapporto fra sua figlia e il Biffi. Il maresciallo Gurrado le aveva detto: «Signora Agrestis, fossi in lei, non mi preoccuperei. Il giovane Biffi è un po'… un po'…» Aprì le dita a ventaglio e le ruotò intorno all'orecchio.

«È un po'…» ripeté Vienna, stupefatta, avendo capito il significato del gesto.

«Appunto. Fa il gradasso con le donne, ma… se la intende con un giovane compaesano.»

«'La Luigina'? Il figlio del fornaio?»

«Io non ho detto niente, signora Agrestis. Comunque, a buon intenditor...»

Tutto quel dire e non dire l'avevano tranquillizzata.

Adesso si chiese se aveva mal interpretato gli ammiccamenti del maresciallo. Comunque disse a Martina: «Vai in camera tua e aspettami. Io devo uscire», e andò dal maresciallo Gurrado.

«Se le dicessi che il giovane Biffi ha fatto il gradasso oltre il lecito con mia figlia, lei mi sventaglierebbe ancora le dita intorno all'orecchio?» gli domandò d'un fiato.

«Se lei me lo dicesse, mi dispiacerebbe moltissimo. Ma, sempre ipoteticamente, che cosa direbbe lei se una mia pattuglia avesse sorpreso nottetempo il giovane di cui sopra in, diciamo così, intimo colloquio con chi sappiamo?» replicò il maresciallo.

«Direi che è un pervertito», esclamò Vienna.

«Ecco, appunto. Quello sta un po' di là e un po' di qua.»

«Questo, signor maresciallo, lei non me lo aveva detto.»

«Questo, signora Agrestis, non lo sapevo. Sapevo il di là e non il di qua. Mi dispiace.»

Vienna tornò a casa con il cuore gonfio di pena. Ora pensò che sua figlia era minorenne e il Biffi era tenuto a sposarla. Ma con quale coraggio avrebbe consegnato Martina a un pervertito?

La gravidanza di Martina sarebbe stata presto sulla bocca di tutti e non solo lei, ma anche gli Agrestis, ne avrebbero sofferto. Avrebbe potuto portarla in città, da qualche ostetrica che interrompesse la gravidanza. Più d'una ragazza, in paese, era ricorsa a questo rimedio. Ma le sembrò un pensiero terrificante. L'aborto, pensò, è il peggiore dei delitti, perché operato su una creatura che non ha alcuna possibilità di difendersi. Allora si aggrappò a una speranza: forse Martina non era incinta. La trovò piangente, distesa sul letto.

Vienna prese ad accarezzarle le spalle.

«Sei proprio sicura della gravidanza?» le chiese.

«Sono due mesi che non ho le mestruazioni.»

«Potrebbe essere un disturbo passeggero.»

«Anche la nausea? Le zie vomitano sempre quando sono incinte», disse Martina, fra le lacrime.

«E questo taglia la testa al toro», concluse Vienna. Poi soggiunse: «Bruno lo sa?»

«Non ancora.»

«Sii sincera: tu vorresti sposarlo?»

A questa domanda, Martina scoppiò in singhiozzi: «Io non sono innamorata di Bruno, non mi piace neanche un po'. Sono stata con lui solo una volta e non lo rifarei mai», confessò disperata.

«Allora, perché l'hai fatto?» chiese Vienna duramente.

«Non lo so, non so spiegartelo. L'ho fatto perché ero terribilmente infelice e non mi importava più niente di niente», spiegò singhiozzando.

«Si fa l'amore con l'uomo di cui si è innamorate, pronte a farci carico delle conseguenze. Perché un figlio è il più grande dono che una donna possa fare a se stessa», affermò Vienna, con tono asciutto. E aggiunse: «Fai in modo che Bruno non sappia mai».

«Mi vedrà con il pancione», disse Martina tra le lacrime.

«Non ti vedrà, perché non andrai più a scuola e lui non abiterà più a Vertova. Non te l'ha detto che sta traslocando? La contessa Ceppi ha venduto la villa», e in quel momento a Vienna venne un'idea.

# 33

NELLA famiglia di cui Vienna e sua figlia facevano parte si sapeva e discuteva di tutto e di tutti. Il problema del singolo diventava il problema di tutti. La gravidanza di Martina non poteva essere tenuta nascosta. Vienna sentì di avere bisogno di un consiglio autorevole e illuminato, prima di parlare con gli Agrestis.

«Dobbiamo rivolgerci alla contessa Ceppi. Lei saprà dirci che cosa è meglio fare», annunciò a Martina.

«Che cosa c'entra la contessa in tutto questo?» domandò la ragazza.

«Io mi fido di lei. Tu fidati di me», rispose Vienna. E subito dopo telefonò a Ines per chiederle un incontro.

La contessa era al mare, in Liguria, ospite della sua vecchia amica Adelaide Montini.

«Martina si è messa nei guai. Forse lei ci può aiutare», disse Vienna, semplicemente.

«Mando subito a Vertova il mio autista. Verrete qui, a

San Michele, e ne parleremo», propose Ines, senza esitazione.

Vienna si allarmò.

«Un autista qui? Non voglio pettegolezzi, anche perché ce ne saranno fin troppi in seguito.»

Così l'autista andò a prenderle alla stazione di Milano e le condusse alla villa di San Michele, arroccata su uno sperone roccioso a picco sul mare.

Ines le stava aspettando e andò loro incontro, lungo il viale bordato da siepi di oleandri in fiore.

Vide sua nipote, l'abbracciò con una gioia che le esplodeva nel cuore e disse: «Martina, sei una meraviglia!»

«Contessa, cambierà presto opinione», sussurrò la ragazza.

«Non credo proprio», insistette Ines, dandole colpetti affettuosi sulla spalla. Niente poteva incrinare la felicità di trovarsi accanto la figlia del suo Stefano.

Prese Vienna sottobraccio ed entrò con le due ospiti all'interno della casa, dicendo: «Sarete stanche. Dovete riposarvi un po' e non pensare ad altro, perché a tutto c'è un rimedio».

Quelle parole furono un balsamo per l'inquietudine di Vienna che si convinse di aver fatto la scelta giusta rivolgendosi alla contessa.

«Andate a rinfrescarvi. Dopo parleremo», insistette Ines che gongolava, perché dopo aver tanto atteso, finalmente le veniva riconosciuto un ruolo nella vita di sua nipote.

Poco dopo, Ines e Vienna si ritrovarono sole, in un salotto che si affacciava sul mare e Vienna le raccontò ogni cosa.

«Sarà uno scandalo! Mia figlia verrà segnata a dito da tutto il paese. Non ha più un futuro. È rovinata», concluse tra le lacrime.

«Quello che la gente pensa o dice, a noi non interessa», esordì Ines, che l'aveva ascoltata senza interromperla. «Poiché l'aborto è fuori discussione e il matrimonio con quel Biffi non è auspicabile, non rimane che affrontare la situazione a testa alta. Ricorda che tua figlia è una Ceppi, e i Ceppi non si piangono mai addosso», sentenziò. Poi elaborò un piano con Vienna.

Mentre le due donne stavano chiuse nel salotto, Martina si aggirava nelle stanze di quella dimora antica che rivelava, senza ostentazione, la potenza e la solidità di chi l'abitava. Pensò che lei, in realtà, non sapeva dove collocarsi, sentendosi a disagio sia con gli Agrestis, sia con le famiglie importanti.

Quand'era bambina, non considerava il divario sociale tra sé e Leandro. Ora, invece, si rendeva conto che esisteva un muro che la separava dal mondo dei signori. In questo muro, lei aveva aperto alcune brecce: prima con Leandro, poi con il Biffi, ora con la contessa Ceppi. Leandro aveva preso le distanze da lei, il Biffi si era rivelato un mascalzone, con la contessa le cose non sarebbero andate meglio.

Si inoltrò nel giardino, tra grandi ciuffi di agavi fiorite, spalliere di buganvillee, macchie di lavanda e ortensie. Guardò il mare da una balaustra di pietra e si offrì alla carezza del vento. Il prete e sua madre sostenevano che era nei guai a causa del bambino che le cresceva dentro. Ma era davvero un guaio, questo bambino? Lo era certamente, perché lei non aveva un marito. «Ma lui, poverino, di che cosa è colpevole? La mamma ha ragione, lui è un dono meraviglioso», sussurrò e si accarezzò dolcemente il grembo. Per la prima volta pensava concretamente a suo figlio e sentì di amarlo moltissimo.

Questo sentimento la fece sentire importante. Lei apparteneva al suo bambino e il bambino apparteneva a lei, tutto il resto non aveva alcun significato.

Risalì i gradini della villa, si addentrò nel vestibolo e incrociò una signora anziana che camminava lentamente con l'aiuto di un bastone.

«Tu sei Martina», la salutò la signora, scrutandola con attenzione. E soggiunse, regalandole un sorriso affettuoso: «Ma certo, non puoi essere che tu».

La ragazza non seppe che cosa dire e si limitò a stringerle la mano con aria impacciata.

«Io sono Lillina, l'amica di Ines.» Stava per dire: «L'amica di tua nonna», perché quella ragazza era proprio il ritratto di Stefano.

«La sua casa è molto bella e la ringrazio per l'ospitalità», disse Martina.

In quel momento Ines si affacciò dalla porta del salotto e la chiamò.

«Vuole scusarmi?» si congedò Martina.

Adelaide Montini proseguì verso il giardino, mentre la porta del salotto si richiudeva.

«Siediti e ascolta», disse la contessa Ines a sua nipote.

Non era troppo curiosa di sapere che cosa si erano dette sua madre e Ines Ceppi. Sentiva nel petto un solletico piacevole, il desiderio di sorridere alla vita. Chissà come, dopo giorni di pianto, all'improvviso era felice. Si sforzò comunque di assumere un atteggiamento compunto.

«La contessa si è offerta di accoglierti in casa sua, di assisterti durante la gravidanza e di consentirti anche di studiare, così che tu non perda l'anno scolastico», spiegò Vienna, succintamente.

«È una proposta molto generosa», disse Martina. Poi si rivolse a Vienna: «E tu, mamma, sei d'accordo?»

«Più che d'accordo», rispose Vienna.

In quel momento, il cuore di Ines esultò per la felicità.

C'era voluto un gran pasticcio per avere finalmente con sé il sangue del suo sangue.

Martina pensò che la sorte, con le fattezze di quella signora tanto ricca e tanto sola, aveva deciso che lei dovesse muoversi nella sfera sociale opposta a quella degli Agrestis. Ma si sarebbe trovata bene in quel mondo al quale aspirava, ma a cui non apparteneva?

Lo chiese alla contessa, che garantì: «Ci si abitua immediatamente agli agi, credimi».

Mentre parlavano, Martina osservava una fotografia in cornice, messa in bella mostra sulla ribalta di un secrétaire. Ritraeva la contessa in un elegante tailleur chiaro, gli occhi appena oscurati dalla veletta di un cappellino, che dava il braccio a un ragazzo splendido che la sovrastava di una spanna. L'immagine era stata colta mentre i due camminavano in una via di Milano, perché sullo sfondo si vedeva il Duomo.

«Quello è suo figlio?» domandò Martina, all'improvviso.

Vienna trattenne il respiro e gli occhi di Ines si gonfiarono di lacrime. Avrebbe voluto abbracciare Martina e gridarle, finalmente, la verità. *Lui è tuo padre, piccola mia. Lui è il tuo bellissimo papà, che una guerra feroce e insensata ha rapito a me e a te.* Invece, pescò un fazzolettino dalla tasca dell'abito, si asciugò gli occhi e annuì.

«È bellissimo!» sussurrò Martina, un po' confusa, perché anche Vienna aveva gli occhi rossi di pianto.

«Lo era», confermò Ines, sperando che sua nipote riconoscesse se stessa nei tratti del padre.

«Io credo che saprò affrontare i miei problemi continuando a vivere a Vertova, con la mamma e tutti i parenti. È meglio che non vada più a scuola, quindi perderò un anno, ma guadagnerò un figlio. Mi rende felice il pensiero di un bambino tutto mio. E se questo piace a me, piacerà a tutti. Io sono Martina Agrestis, una persona che non vuole nascondersi», disse con una fierezza di cui non era neppure consapevole.

Dopo che Vienna e Martina furono salite in macchina per tornare a casa, Ines raccontò tutto all'amica Lillina, che commentò: «*Chapeau!* È un'autentica Ceppi Bruno di Calvera. Che importanza ha se le hanno affibbiato un altro cognome? Lei è davvero la figlia di Stefano».

# 34

Era la fine di giugno. Leandro era appena arrivato da Bergamo. In vista della maturità classica, aveva deciso di rifugiarsi a Villa Bertola, dai nonni, per studiare in santa pace. Aveva depositato sul tavolo del giardino il pacco dei libri e aveva detto alla nonna: «Vado al fiume a sgranchirmi le gambe».

In realtà, voleva passare nei pressi della casa degli Agrestis, nella speranza di rivedere Martina.

Erano trascorsi tre anni da quando Martina aveva fatto parlare di sé tutto il paese.

A scuola, gli insegnanti avevano raccomandato agli studenti di risparmiare pettegolezzi sul caso così difficile di un'allieva tanto promettente.

Il dottor Pietro Bertola e sua moglie avevano detto a Leandro: «Martina merita rispetto per il suo coraggio. Non ha voluto liberarsi di un figlio scomodo e non ha chiesto un matrimonio riparatore. Ha dato prova di una dignità che molti non posseggono».

Il dottor Pietro era andato a Vertova per aiutare Martina al momento del parto. Poi era tornato a Bergamo dicendo: «Martina ha avuto una bella femminuccia, forte e sana come un pesce».

Si sussurrava che il padre fosse Bruno Biffi. Ma erano appunto sussurri, perché dagli Agrestis non era venuto nessun commento. Del resto, l'ingegner Biffi e suo figlio avevano lasciato la Val Seriana prima che si risapesse della gravidanza e si erano trasferiti nelle Marche. Le loro cartiere erano state rilevate da una famiglia di industriali veronesi e dei Biffi, dopo qualche tempo, nessuno parlò più.

Dopo che il padre gli aveva annunciato quella nascita, Leandro si era rifugiato nella sua camera e aveva pianto. Non sapeva nemmeno lui perché, ma aveva il petto squassato dai singhiozzi. Alla fine capì che avrebbe voluto essere lui il padre di quella bambina.

Più di una volta era stato sul punto di tornare a Vertova per cercare Martina e, ogni volta, gli era mancato il coraggio. Ora erano passati tre anni e, poiché Martina continuava a insinuarsi nei suoi pensieri, Leandro voleva rivederla.

Aveva diciannove anni, era ormai un uomo, in autunno sarebbe andato all'università e aveva anche una specie di fidanzata che viveva in Inghilterra. Si erano conosciuti a Londra, durante una vacanza di studio, si erano scritti per mesi, si erano rivisti tra Natale e Capodanno e ora continuavano a scriversi. Lei sarebbe arrivata in Italia dopo la sua maturità e avrebbero trascorso le vacanze in Spagna, con un gruppo di amici.

Leandro si chiuse alle spalle il cancello della villa dei nonni, andò verso la chiesa e da lì proseguì per scendere al fiume.

Vertova stava cambiando. La periferia era ormai invasa da case orribili e da piccole fabbriche, e altre stavano nascendo. I nonni Bertola dicevano a Leandro: «Quando non ci saremo più, vendi la casa, perché Vertova ha smesso di essere un'isola di tranquillità».

A differenza di quand'era bambino e conosceva tutti, ora incrociava gente nuova che non aveva mai visto.

Quel giorno, Martina era scesa al fiume con la piccola Giuliana. La sua bambina era come un gioco che non la stancava mai. Dormivano, giocavano, mangiavano sempre insieme. Era gelosissima di lei e non la lasciava a nessuno, solamente a sua madre e soltanto quando era costretta a farlo.

L'aveva allattata fino a quando Giuliana aveva compiuto l'anno e il dottor Pietro aveva ordinato: «Adesso basta! È ora che cominci a darle un po' di pappe».

Accucciate sul bordo di un'insenatura, dove l'acqua del fiume riposava tranquilla, madre e figlia coglievano fiori di tarassaco, mentre Martina rispondeva alle domande incessanti di Giuliana.

«Quando andiamo al mare?»

«La prossima settimana.»

«Quand'è la prossima settimana?»

«Tra sette giorni.»

«Perché?»

«Perché, cosa?»

«Perché andiamo al mare?»

«Per imparare a nuotare.»

«Cos'è nuotare?»

«È lasciarsi cullare sull'acqua.»

«Anche questa è acqua.»

«Sì, anche questa è acqua ma è un fiume, non è il mare e non chiedermi perché.»

Giuliana rise divertita. Martina l'abbracciò e la coprì di baci.

«Tu sei la meraviglia delle meraviglie. Non c'è al mondo una bambina più meravigliosa di te.»

«Perché?»

«Perché sei mia figlia e non chiedermi perché», rise Martina. L'agguantò per una manina, si alzarono e si incamminarono verso la strada.

«Dove andiamo?»

«In chiesa a parlare un po' con nostro Signore.»

«Nostro Signore parla anche lui?»

«Certo che parla anche lui.»

«Perché non lo sento?»

«Perché la sua voce non arriva alle orecchie, va dritta al cuore. Metti una manina qui, sul petto, e sentirai bum bum bum. Quella è la voce di Gesù.»

Entrarono in chiesa e passarono accanto a don Angelo che stava vuotando la cassetta delle offerte.

«Sempre senza il velo e a braccia nude», la rimbrottò bonariamente il prete, sorridendo alla piccola.

Poi, le guardò mentre si avvicinavano alla cappella

dove campeggiava la bella statua di Gesù. Martina fece sedere la piccola sulla panca, poi ritornò dal parroco.

«Sono senza soldi. Mi presta una candela? Domenica gliela pago», disse.

Don Angelo sorrise e le diede il cero più bello. A dispetto delle apparenze, quella testa matta di Martina era un'anima schietta e tante volte avrebbe voluto portarla come esempio ad alcune giovani parrocchiane che, dietro un'apparente integrità, erano più infide di un serpente.

Giuliana sapeva che quando la mamma parlava a bassa voce, guardando negli occhi Gesù, lei doveva stare buona e in silenzio. Così aspettò pazientemente che Martina concludesse il lungo soliloquio.

Quando uscirono dalla chiesa era ormai mezzogiorno. Si avviarono verso casa. La strada era inondata di sole.

«Ho fame», disse Giuliana.

«Adesso andiamo a mangiare.»

«Voglio la pastasciutta e le patate fritte», annunciò la bambina.

«L'erba voglio non cresce neanche nel giardino del re», rispose Martina. In quel momento si trovò di fronte Leandro. Lui strizzava gli occhi feriti dal sole. Lei, in controluce, lo guardò per un lungo istante e il suo cuore fece una capriola.

«Ciao», la salutò Leandro. E arrossì, mentre gli mancava il fiato perché Martina era ancora più bella di come la ricordava. I capelli neri che le accarezzavano le spalle mandavano riflessi blu. Portava un vestitino a fiori, così stretto da sembrare impudico se, a indossarlo, fosse stata una donna dalle forme prorompenti. Ma lei aveva una figura esile, il seno appena accennato, il grembo piatto e le gambe lunghe, sottili, perfette.

«Ciao», rispose lei.

«Come stai?» le domandò. Aveva infilato le mani nelle tasche dei calzoni, perché era terribilmente emozionato.

«Io sto bene, grazie. Lei è la mia Giuliana.»

Leandro sorrise alla bambina che gli chiese: «Chi sei?»

«Ero un amico della tua mamma», rispose lui.

«Già. Poi il tempo passa, le cose cambiano...» disse Martina.

«Mamma, andiamo a mangiare?» la interruppe Giuliana.

Martina e Leandro si congedarono con un semplice «ciao».

Lui riprese il cammino pensando che lei era la donna della sua vita e a lui non importava che avesse fatto l'amore con un altro, né che avesse una figlia. Lui la voleva così com'era perché amava solo lei. Invece lei viveva su un altro pianeta. Devo levarmela dalla testa, si disse, disperato.

«Mamma, perché non mi parli?» domandò Giuliana a Martina, mentre si avvicinavano a casa.

«Perché per questa mattina abbiamo chiacchierato abbastanza», disse, pensando che amava Leandro con tutta se stessa mentre lui le aveva buttato lì un «ciao» secco secco, e nulla più.

Si disse: sono una scema. Quando smetterò di amarlo? Mai, è questa la mia fregatura.

# 35

MADRE e figlia rincasarono mentre Vienna portava in tavola le tagliatelle al ragù. I bambini erano già seduti con le forchette in mano, aspettando di essere serviti. Gli uomini arrivavano dalla falegnameria alla spicciolata, le donne erano sedute intorno al tavolo con i figli. Ermellina non c'era più. Si era spenta un anno prima, a pochi mesi dalla morte del marito, e Vienna aveva ufficialmente assunto il ruolo di «reggitrice» della casa.

Vide Martina entrare con passo spedito e capì che c'era aria di burrasca. Infatti sua figlia le disse: «Bada tu a Giuliana».

Prese un'aspirina e si dileguò al piano superiore.

«Bambini, non fate rumore perché la zia ha mal di testa», si raccomandò Vienna, riproponendosi di andare a trovarla dopo pranzo.

Quando entrò nella camera, Martina era distesa sul letto, la testa nascosta sotto un cuscino.

«Fa tanto male?» domandò Vienna.

«Un po'», disse Martina.

«Che cosa è successo questa mattina?» indagò.

Conosceva bene sua figlia e sapeva che il solito mal di testa non giustificava lo sguardo corrucciato.

«Ho incontrato Leandro», confessò.

Vienna trasse un lungo sospiro. Sapeva che Martina era innamorata del giovane Bertola fin da bambina, ma era anche evidente che lui non l'aveva mai presa in considerazione. Tanto meno adesso che lei era la ragazza madre del paese. Anche se, a dispetto della sua situazione, poiché era evidente che Martina non era in cerca di avventure, nessun corteggiatore osava girarle intorno. Tutti avevano soggezione di lei.

«È venuto qui a studiare per la maturità. Stamattina, in farmacia c'era il vecchio conte Bertola che lo diceva», spiegò Vienna.

«Per quel che me ne importa», brontolò sua figlia.

«Meglio così.»

«Lasciami dormire», la pregò la figlia.

«Ti ho messo le tagliatelle in caldo.»

«Le mangerò stasera.»

Mentiva, e sua madre lo sapeva. Ogni pretesto era buono per non mangiare. Tuttavia, ora, stava per partire per il mare. A San Michele, nella villa della contessa Montini, Ines aspettava lei e la piccola Giuliana. Era il secondo anno che andavano ospiti e, l'estate prima, era ritornata in ottima forma. Evidentemente, lontana da casa era più serena.

Vienna uscì silenziosamente dalla camera e scese in cucina a occuparsi dei bambini.

Ines telefonò proprio in quel momento per prendere accordi sul viaggio.

«Perché non vieni anche tu?» le propose.

«Lei sa bene, signora contessa, che qui c'è bisogno di me. La ringrazio per l'invito», si defilò.

Sapeva che Ines continuava a desiderare di raccontare tutta la verità a sua figlia, ma per farlo voleva la sua autorizzazione.

Vienna si interrogava ormai da tempo sulla propria ostinazione a non voler rivelare a Martina le sue radici. All'inizio lo aveva fatto per un rispetto verso la famiglia Agrestis. Ma quando Martina era rimasta incinta ed era finita sulla bocca di tutti, aveva pensato che quella fosse l'occasione giusta per fare chiarezza su tutti i fronti. Invece aveva continuato a tacere e adesso sapeva la ragione: era terribilmente gelosa di Ines, perché temeva che potesse sottrarle l'amore di sua figlia.

Fintanto che Martina considerava la contessa Ceppi come una persona generosa che, per gratitudine dei servizi resi da Vienna nell'assistere il marito malato, e anche per riempire il vuoto della sua esistenza, si prodigava per lei, Vienna si sentiva al sicuro. Ma il giorno in cui Martina avesse saputo che Ines era sua nonna, come avrebbe reagito? Se, per caso, scoperta la sua parentela con i Ceppi, Martina le avesse detto: «È arrivato il momento di accettare l'invito della contessa che a suo tempo avevo rifiutato. Vado a vivere a Milano con la mia bambina», lei si sarebbe sentita abbandonata.

Poiché era una donna intelligente, sapeva anche che simili paure erano dettate dalla sua insicurezza.

Del resto, si interrogava spesso sul futuro di questa figlia amatissima che non aveva concluso gli studi, non aveva un mestiere, non aveva un lavoro. Per ora giocava a fare la mamma, ma Giuliana cresceva e quando fosse diventata più autonoma, che cosa avrebbe fatto Martina?

«Veda un po' lei se riesce a capire che cosa vuole fare della sua vita questa benedetta ragazza che mi ciondola per casa senza un progetto per il futuro», disse ora a Ines.

Dall'altra parte del filo le arrivò una risata.

«Ha appena diciannove anni. Che progetti vuoi che abbia?» rispose la contessa.

«Allora bisognerà che glieli suggeriamo noi.»

«C'è forse qualcuno che le ronza intorno?» si allarmò la sua interlocutrice.

«Non c'è nessuno. Credo che, a questo punto, fugga gli uomini come la peste. E non è giusto nemmeno questo, perché alla sua età, una donna non può stare senza un uomo.»

«Tu l'hai fatto.»

«Avevo una famiglia di cui occuparmi e, come lei sa bene, il ricordo di un grande amore. Martina, invece, il grande amore non l'ha avuto.»

«Vienna, stai facendo una grande confusione. Vuoi che tua figlia abbia un lavoro o un marito?» si spazientì Ines.

«Voglio soltanto che sia felice. Adesso non lo è», affermò Vienna, sapendo che Martina era innamorata di un ragazzo che la ignorava.

«Vienna, è arrivato il momento che tua figlia sappia chi è realmente. Non ti rendi conto che la costringi a vivere nell'ambiguità?»

Quando Martina partì per il mare con sua figlia, Vienna le disse: «È possibile che la signora contessa ti racconti una certa storia di famiglia. Ti prego, non giudicarmi con troppa severità». Erano alla stazione di Vertova, ad aspettare il treno sotto la pensilina.

«Vuoi dire che mi dirà chi era mio padre?» domandò Martina, accarezzandole una guancia.

La donna si sentì mancare la terra sotto i piedi.

«Tu sai?» sussurrò.

«Credo di saperlo.»

«Da quando?»

«Da quand'ero bambina e tu non mi parlavi quasi mai di mio padre. Quando lo facevi, le tue parole non coincidevano mai con le descrizioni della famiglia. E intanto, mentre crescevo, c'era sempre la contessa Ines che mi ronzava intorno. Veniva perfino a Bergamo a spiarmi, quando uscivo da scuola. Poi, quand'ero incinta e siamo andate a San Michele, ho visto la fotografia di Stefano Ceppi. Mi sono subito riconosciuta in lui e ho capito.»

«Perché hai taciuto?»

«Perché tu non volevi parlarne.»

Arrivò il treno. Martina abbracciò sua madre e la tenne stretta accanto a sé.

«Forse ho sbagliato», le sussurrò Vienna, che stava per essere sopraffatta dal pianto.

«Tu pensavi di agire per il meglio. È tutto a posto, credimi. Sei una mamma meravigliosa e io ti voglio molto bene», mormorò Martina.

Poi, salì sulla carrozza di prima classe tenendo in braccio la piccola Giuliana. Quando si affacciarono al finestrino, Martina le mandò un bacio sulla punta delle dita.

Il treno si allontanò e Vienna scoppiò in un pianto dirotto.

Il capostazione, che la conosceva, avendo interpretato a modo suo la ragione di quei singhiozzi, le disse: «Coraggio. Le tue donne non sono partite per l'America!»

Lei era gonfia di dolore, di rimorso, di vergogna, per non avere mai avuto il coraggio di parlare di sé con sua figlia che, tuttavia, aveva saputo e non l'aveva giudicata. Martina era una creatura davvero speciale e le sembrò di non sentirsi degna di essere sua madre. Pensò che lei era rimasta una montanara rozza, mentre sua figlia era davvero una Ceppi e aveva nel sangue la dignità del suo rango.

Quando arrivò a casa, telefonò a Ines e la informò.

# 36

QUELL'ESTATE, a San Michele, accaddero due fatti importanti per Martina: familiarizzò con la figura di suo padre, Stefano Ceppi, e venne quasi travolta da Sandro Montini, che entrò nella sua vita come un ciclone.

Ines consegnò a Martina le lettere che Stefano aveva scritto a Vienna quando era in guerra, e alcune fotografie che, con i suoi racconti, animò di una luce viva, tanto che a Martina sembrò di vedere il padre davanti a sé. Ines le parlò del carattere scontroso e a tratti indecifrabile di Stefano, delle cose che amava e di quelle che detestava, delle piccole manie e del suo senso dell'ordine, della sua predilezione per la vita di paese e della sua avversione per la vita mondana.

«Tale e quale a mio marito», decretò. E soggiunse: «Come lui, avrebbe fatto felice la donna che lo avesse sposato. Se avesse potuto conoscerti, prenderti in braccio, vederti crescere, saresti diventata la luce dei suoi occhi». E concluse: «Naturalmente ti avrebbe dato il cognome che ti spetta».

Martina finse di non cogliere quest'ultima considerazione e guardò altre vecchie fotografie in bianco e nero. Ce n'era una, scattata da Tilde, davanti alla limonaia di Vertova. Ritraeva Stefano e Vienna che giocavano con un cucciolo di cane pastore.

«È Birba», disse subito Martina. E proseguì: «Siamo cresciute insieme. Mi seguiva dovunque andassi. Mi faceva da cuscino quando andavo a letto. Tu non sai gli strilli della mamma, ogni volta che trovava Birba sotto le mie coperte. Devo dire che, per quanto si sforzasse di tenerla pulita, Birba raccoglieva sacchi di sporcizia con tutto quel pelo. Ma noi due eravamo inseparabili. La mamma non mi ha mai detto che era nata in montagna, dai nonni. È vissuta a lungo ed è morta dopo la nascita di Giuliana».

Erano sulla terrazza, a picco sul mare, e vedevano Giuliana che giocava sulla spiaggia sottostante. Con lei c'erano Lillina e una nurse che Ines aveva portato da Milano. Martina, di tanto in tanto, lanciava sguardi ansiosi verso la figlia.

«Scendo a prendere la piccola», annunciò, alzandosi.

Ines la trattenne per un braccio.

«Non comunicarle le tue ansie. Lei è ben custodita. Ma, soprattutto, non mentire a te stessa, facendo di Giuliana lo scopo della tua vita», le disse.

«Lei è lo scopo della mia vita», ribadì Martina, sicura.

«Questa è una favola che ti racconti, perché non sai che cosa fare di te stessa.»

«Non è proprio così, ma ci sei andata vicino», ammise quasi controvoglia.

«Ti rifaccio la proposta di tre anni fa. Vieni a vivere a Milano, riprendi gli studi interrotti e fatti degli amici. Accidenti, avessi la tua età, capovolgerei il mondo.»

«Mi stai rimproverando?»

«Cerco solo di scuoterti.»

«A ottobre riprenderò a studiare. C'è una scuola privata, a Bergamo, che prepara i ripetenti. Mi sono già informata e mi sono fatta dare anche il programma. Credo di poter dare la maturità in due anni.»

«Perché non me l'hai detto prima?»

«Aspettavo uno sprone.»

Un motoscafo si avvicinò all'approdo privato della villa, sulla spiaggia. Scesero due ragazzi e una ragazza.

«Finalmente sono arrivati i nipoti di Lillina», esclamò Ines, vedendoli dall'alto.

Martina si allarmò.

«Non fare quella faccia e non andare a nasconderti. Sono Nicoletta e Alessandro Montini, e il terzo, Giovanni Paganessi, è il fidanzato di Nicoletta. Arrivano da Lerici, dove hanno trascorso la giornata nella villa di Giovanni», spiegò la contessa.

I tre ragazzi si fermarono in spiaggia, mentre Lillina con la nurse e Giuliana salirono verso casa.

Prima di cena, Martina passeggiava nel giardino tenendo per mano la sua bimba quando Alessandro Montini le comparve davanti quasi all'improvviso. Era un ventinovenne con un corpo d'atleta, il viso cotto dal sole, e un'aureola di capelli biondi spettinati.

Guardò lei e la piccola Giuliana per un lungo istante, poi disse: «È questo l'angioletto che diverte tanto mia nonna?» Subito dopo puntò un dito verso Martina e domandò: «O sei tu, che sembri un angelo delle tenebre?»

Giuliana aveva abbracciato una gamba di sua madre e guardava lo sconosciuto da sotto in su, in silenzio.

«Io sono Martina e lei è mia figlia Giuliana», spiegò la ragazza.

Lui sollevò da terra la piccola.

«Lo so. La nonna mi ha già informato.»

Con un braccio reggeva Giuliana, con l'altro circondò la spalle di Martina e disse: «Forza, andiamo a cena. Oggi, mia sorella e io abbiamo pescato delle bellissime spigole».

Martina scostò da sé il braccio di Alessandro e disse: «Non ho capito il tuo nome».

«Non te l'ho detto. Sono così presuntuoso da credere che tutti mi conoscano.» Sempre tenendo Giuliana in spalla, portò l'altro braccio all'altezza del petto e si esibì in un inchino da moschettiere del re, mentre diceva: «Se posso presentarmi a sua altezza, io sono Sandro Montini, notaio in Milano, con un numero considerevole di clienti. Sono uno scapolo irriducibile, nonché giullare della famiglia. Mia madre mi chiama il suo 'dolor di testa' e la nonna ha già decretato che per me non c'è speranza».

«Speranza per cosa?» domandò Martina, divertita.

«Non lo so e non mi sono mai preoccupato di saperlo.»

La piccola Giuliana non sentì ragioni, quando sua madre cercò di riprenderla. Teneva le braccia avvinghiate al collo di Sandro e rimase aggrappata a lui fino a quando andarono a tavola e, sul punto di lasciarlo, gli domandò sottovoce: «Tu sei il mio papà?»

Lui le sorrise e rispose: «Mi piacerebbe poterti dire di sì».

Martina pensò che, per Giuliana, era incominciata l'età delle domande difficili.

Dopo cena, raggiunse la bambina che dormiva tranquilla in un lettino nella sua camera.

Si addormentò subito accanto a lei.

La svegliò un ticchettio di sassi sul balcone. Sembravano schegge di ghiaia che rimbalzavano davanti alla portafinestra spalancata sulla notte d'agosto. Si alzò e andò a vedere che cosa succedeva. «Finalmente!» disse il lanciatore di sassolini, dal giardino.

«Sandro! Che cosa c'è?» domandò Martina.

«Sbrigati, dobbiamo andare a Santa Margherita.»

«A quest'ora?» domandò. Erano le undici di sera, ma per lei era già notte fonda, abituata com'era ad andare a letto presto e ad alzarsi di primo mattino, quando Giuliana si svegliava.

«Se non ti sbrighi, mi arrampico come Romeo fino al tuo balcone e se mi rompo l'osso del collo sarà colpa tua.»

«Mi svegli la bambina», lo rimbrottò.

«Martina, non farti pregare», intervenne Nicoletta,

comparendo al fianco del fratello. «Vestiti e scendi», la sollecitò.

Non sapeva che cosa volessero da lei i nipoti di Lillina, appena incontrati e già vecchi amici, a giudicare dall'approccio. Era presumibile che la padrona di casa avesse elaborato un piano per stanarla dal suo isolamento. Come avrebbe potuto spiegare che lei non si sentiva affatto isolata? A Santa Margherita c'erano i locali notturni, il *Covo* dove cantava Pino Donaggio, tutto un mondo che si animava durante la notte. Lei non aveva mai avuto la curiosità di conoscerlo.

Spuntò dal buio anche Giovanni Paganessi che annunciò: «La nurse sta venendo a sostituirti. Ti do cinque minuti per scendere».

Martina si considerò un ostaggio nelle mani di tre rapitori, mentre andavano verso Santa Margherita sulla decappottabile di Sandro.

A stupirla era soprattutto la spontaneità dei tre giovani che sembravano considerarla una sorella minore da accudire. Ma lei non era così fiduciosa da mettersi sotto la loro ala.

Sedettero a un tavolino del *Covo*, bevendo Coca-Cola e chiacchierando allegramente. Martina pensava alla sua Giuliana, augurandosi che la nurse facesse buona guardia, e a se stessa, catapultata in un mondo che le era estraneo.

«Dai, balliamo», le propose Sandro.

«Non so ballare», disse lei.

«Nemmeno io. Voglio dire che, se non fosse per

stringere tra le braccia una bella ragazza, non andrei sulla pista. Dunque, buttiamoci.» Martina lo seguì, commentando: «E se la bella ragazza non volesse farsi abbracciare?»

«Lo sai che il ballo è tra i bisogni primordiali dell'uomo? È come il bisogno di credere in Dio. Per i popoli primitivi era il preludio all'amore. E lo è anche ai giorni nostri.»

«Ecco perché non mi interessa.»

«Che cosa?»

«Il preludio all'amore spesso è solo ipocrisia», disse, mentre erano ormai sulla pista da ballo e tentavano, maldestramente, di assecondare il ritmo.

«Hai ragione. Andiamo via», convenne lui, prendendola per mano.

«Ehi, bellezza, ti sei scelta un ballerino di serie C», disse un ragazzo, agguantandola al braccio per sospingerla di nuovo verso la pista.

Martina tentò di liberarsi.

«Forse dovresti prima chiedere alla signorina se desidera ballare», intervenne Sandro, indirizzando uno sguardo feroce al ragazzotto che aveva tutta l'aria del bullo di provincia, capitato lì per sbaglio.

«Ma tu chi sei? Chi ti conosce?» lo fronteggiò il bullo, con l'aria altrettanto aggressiva.

«Chiedi scusa alla signorina», ordinò Sandro. «E lasciala immediatamente», soggiunse.

«Che cosa vuoi da me?» sbottò il bullo, rafforzando la stretta intorno al braccio di Martina, per costringerla a seguirlo. Un gancio destro, sferrato da Sandro con una rapidità incredibile, lo mandò dritto a terra.

L'orchestra smise di suonare, i ballerini si fermarono, facendo largo intorno ai tre. Il ragazzotto scosse più volte la testa, si alzò in piedi e con altrettanta rapidità colpì Sandro allo stomaco. Martina sentì una specie di crac di costole rotte e il respiro sibilante di Sandro che cercava di inglobare aria, mentre si piegava in avanti per il dolore.

«Allora, qui non si balla più?» disse il bullo, rivolto all'orchestra.

Fu allora che il giovane Montini lo colpì tra collo e spalla con un pugno che aveva la forza di un maglio. Il ragazzotto rovinò pesantemente al suolo e arrivarono due gorilla ad agguantare Sandro trascinandolo via, mentre alcuni ballerini si chinavano sul corpo inanimato del provocatore. «L'ha fatto fuori», disse una ragazza.

Martina rimase lì in piedi, incapace di realizzare quello che era successo in una manciata di secondi.

Il bullo non era morto, ma soltanto svenuto. E finì anche lui alla caserma dei carabinieri con Martina, Nicoletta, Giovanni e un paio di testimoni, amici dei giovani Montini.

«Si è battuto per te», le disse Nicoletta.

Quando tornarono a San Michele, Sandro fu messo a letto con due costole rotte, mentre sua nonna diceva: «Per lui non c'è speranza».

# 37

Poi si seppe che il bullo era un pregiudicato, già condannato per rissa.

Sandro rimase a letto per alcuni giorni, pesto e dolorante. Ma l'immobilità cui lo costringeva la frattura di due costole non alterò il suo buonumore.

«Lui ha il senso ludico della vita», spiegò Nicoletta a Martina, «non c'è avvenimento, per quanto drammatico, che non riesca a convertire in riso. Se ti dicessi quello che combina allo studio, anche nel caso di situazioni gravi... Eppure i clienti lo amano, e papà ha smesso di scandalizzarsi. È il fratello più adorabile che la sorte mi potesse regalare. E, per quanto strano possa sembrare, è una persona molto affidabile.» Era chiaro che sua sorella lo amava e lo stimava.

Martina gli faceva compagnia, mentre Nicoletta e il fidanzato spesso si dileguavano.

Giuliana pretendeva di andare a trovarlo con sua madre. Si arrampicava sul suo letto, gli si sdraiava accanto e restava immobile e silenziosa.

Sandro un giorno disse a Martina: «L'altra notte, prima dell'incidente, volevo portarti sulla spiaggia».

«Perché?»

«Sono sicuro che non sei mai stata sulla spiaggia, di notte.»

«Infatti.»

«È il momento più bello per apprezzare il mare.»

«Di notte ci vanno le coppiette.»

«Ci vado anch'io. Quasi sempre da solo. Salgo su una barca, una qualunque, mi sdraio sul fondo e guardo le stelle mentre l'acqua mi culla. È una sensazione indescrivibile.»

«E quando non ci vai da solo?»

«Ci vado con una ragazza.»

«L'altra sera avevi scelto me?»

«Messa così, ne esco proprio male», si commiserò. Poi si riprese e disse: «Tu non sei una ragazza. Sei la madre di questo angioletto. È diverso, capisci?»

«Guarda che io non scambio lucciole per lanterne.»

L'angioletto ascoltava attentamente quel dialogo senza perdere neppure una parola.

«Ho come l'impressione che qualcuno ti abbia fatto del male», disse Sandro.

«Ti riferisci alla mia maternità? Vedi, le esperienze, anche quelle che sembrano negative, se le affronti con un po' di buon senso, possono diventare grandi opportunità. Con la mia piccolina, io sono cresciuta velocemente. Ho appagato tante curiosità e adesso so che, là dove non c'è amore, non c'è storia. Insomma, Sandro, io non sono la ragazza adatta da portare di notte sulla spiaggia», concluse Martina con un sorriso.

La brezza che veniva dal mare gonfiava le tende come vele.

«Ha ragione la nonna, sono proprio senza speranza», sospirò lui.

«Speranza per che cosa?» domandò la ragazza.

«Di rendermi irresistibile ai tuoi occhi.»

«Ma lo sei, invece. Non sarei qui, altrimenti.»

«Chi ti capisce, vince il Nobel», si smarrì lui.

«Hai scoperto che l'acqua è bagnata. Io lo so da un pezzo. Ho due certezze: mia madre e mia figlia. Ora ne ho una terza: che tu stai giocando a fare il malato, mentre scoppi di salute.» Prese tra le braccia Giuliana, che si era addormentata, e scivolò fuori dalla camera di Sandro.

Affidò la bambina alla nurse e andò in cerca di Ines.

La contessa Ceppi era nel salotto con Lillina che si era sdraiata sul divanetto per «far riposare la gamba», come diceva lei.

«Dovrò decidermi a farmi operare», stava dicendo Adelaide Montini che si trascinava da un decennio la rottura di un menisco e temeva le complicazioni dell'intervento chirurgico.

«Io non ti consiglierò mai in nessun senso. Ma se deciderai per l'operazione, avrai in me la più fidata delle infermiere», garantì Ines.

«Sai come dicevano i medici di una volta? *Quieta non movere.*»

«*Et mota quietare*. Lo ripeti da anni.»

«Allora parliamo d'altro.»

«Per esempio?»

«Di quei due ragazzi. Ho come l'impressione che il mio Sandro si sia innamorato.» Il nipote «senza speranza» era il suo prediletto, per tante ragioni, ma soprattutto perché sapeva regalarle il buonumore.

«Vorrei poter dire la stessa cosa di Martina», sospirò Ines.

«Però lei va sempre a trovarlo.»

«Sta soltanto facendo la buona samaritana», precisò Ines.

«Se tu riuscissi a darle il cognome dei Ceppi, ne verrebbe fuori un gran bel matrimonio», ragionò Lillina.

«Con un piccolo neo: Giuliana.»

«I Montini e i Ceppi sono al di sopra di queste sciocchezze. E, se devo dirla tutta, Martina è molto più affidabile di tante altre ragazze che vedo sfarfallare intorno a lui. Lo sai che Sandro si è lasciato con la figlia dei Taverna Broggi?»

«Me lo avevi già annunciato tre mesi fa e, da allora, me l'hai ripetuto non so quante volte.»

«Sono proprio invecchiata e, come tutti i vecchi, ripeto all'infinito le stesse cose.»

Martina si profilò sulla soglia del salotto.

Ines e Lillina la affascinavano, perché ai suoi occhi rappresentavano la sintesi della signorilità. Ines aveva passato la sessantina e la sua amica aveva superato da tempo gli ottant'anni. La loro eleganza era raffinata e la loro conversazione sempre vivace e piacevole. Martina non si annoiava mai con loro. Le osservava e, pur rifuggendo dall'imitazione, assorbiva le loro peculiarità.

«Disturbo?» chiese.

«Mai», rispose Lillina. E domandò: «Come sta il nostro malato?»

«Credo che ci marci con il dolore alle costole. Sta benissimo», disse la ragazza, sedendo su un puff accanto a Ines.

«Qualunque uomo ci marcerebbe, avendo a portata di mano un'infermiera come te», osservò la padrona di casa.

«Questa infermiera ha deciso di andarsene», annunciò.

«Vuoi già tornare a Vertova?» si allarmò Ines.

«Sì, e spero che non ti dispiaccia troppo.»

«Qualcosa non è andato per il verso giusto?» domandò.

In quel momento, pensò di avere sottovalutato l'intelligenza della ragazza che, forse, stava attuando una strategia antica quanto il mondo: in amore vince chi fugge.

«Sarebbe difficile per chiunque credere che, in questa casa, qualcosa possa non andare per il verso giusto. È tutto così deliziosamente perfetto. Però mi mancano il mio paese e la mamma. Ditemi tutte e due che posso partire senza sentirmi troppo in colpa.»

«Ti riaccompagnerà mio nipote», propose Lillina.

«No.» Fu un no pronunciato quasi con paura e, allora,

le due donne capirono che Martina stava scappando da Sandro.

Ed era proprio così. Si era resa conto che quel ragazzo le piaceva, che avrebbe davvero voluto andare con lui in riva al mare. Ma non era innamorata di lui. Sandro era entrato nella sua vita come un turbine e lei aveva paura di lasciarsi travolgere.

«Non hai capito che è innamorato di te? A sentire Lillina, che lo conosce bene, potrebbe chiederti in moglie», le disse Ines.

Martina l'abbracciò e, dolcemente, le sussurrò: «Non sono ancora pronta per sposarmi. Però ti voglio tanto bene, nonna».

L'aveva chiamata nonna per la prima volta, e Ines si commosse. Ma era proprio la figlia del suo Stefano, cocciuta come un mulo.

Sandro accompagnò lei e Giuliana fino alla macchina. Abbracciò la bambina e poi abbracciò lei.

«Dimmi dove ho sbagliato», le domandò.

«Non hai sbagliato niente, te lo giuro.»

«Avrei tanto voluto stare con te. Non per un giorno, ma per la vita. Posso almeno sapere se ami un altro?»

«Da quand'ero bambina. Per lui non esisto, ma io sono più testarda di un mulo e, un giorno, riuscirò ad averlo.»

# 38

Vienna appiattì velocemente con le dita la pasta frolla nella teglia. Prelevò dalla dispensa un vasetto di marmellata di albicocche fatta con i frutti che Martina coglieva nell'orto di Villa Ceppi, chiusa ormai da tanti anni. La distese sopra la pasta aiutandosi con un cucchiaio.

Sua figlia e sua nipote sedevano al tavolo della cucina. Martina seguiva, passo dopo passo, la traduzione di un'orazione di Cicerone che Giuliana stava preparando per la scuola.

«Mi sembra che ci siamo. Cerca soltanto di non essere così letterale», consigliò a Giuliana.

«Devo fare anche matematica», annunciò sua figlia.

«Per quella dovrai aspettare lo zio Lucio», disse Martina, che non era mai andata d'accordo con i numeri.

«Lo zio arriva quando è buio. Adesso posso uscire?» domandò la ragazzina.

«Dove vai?»

«Vado in parrocchia, per le prove», disse , mentre riponeva i libri e i quaderni di scuola.

Il vecchio curato, che tanta parte aveva avuto nella vita dei paesani, non c'era più. Al suo posto era arrivato don Luigi, un prete giovane e dinamico. Tra le novità apportate nella conduzione della parrocchia, c'era quella di una compagnia teatrale. I testi li scriveva lui imbastendo storie moraleggianti a lieto fine, con i cattivi puniti e i buoni premiati. Giuliana aveva sempre il ruolo della protagonista.

«Tua figlia è un'attrice nata», diceva don Luigi a Martina che andava alle rappresentazioni con tutti gli altri genitori per il piacere di ammirare la bravura della sua bellissima bambina. La definiva «bambina», sebbene Giuliana avesse quasi quattordici anni e fosse una brillante studentessa di terza media.

I testi erano molto ingenui e Giuliana li salvava con la sua abilità.

D'istinto sapeva modulare il timbro della voce seguendo le esigenze del dialogo. Quando il testo lo richiedeva, Giuliana riusciva anche a piangere. Il pubblico si chiedeva: «Ma come fa?» Glielo chiedeva anche Martina. «Non lo so, mamma. A volte non capisco neanche che cosa sto recitando, ma quando è necessario piangere, mi comprimo lo stomaco, strizzo forte gli occhi e arrivano le lacrime.» E diceva anche: «Ogni volta che devo entrare in scena, mi tremano le gambe. So bene che non è il pubblico del teatro di Bergamo, ma mi spaventa ugualmente. Allora penso di avere davanti una platea di gente in mutande. Io, invece, sono vestita e la paura passa».

Quando Giuliana uscì, Vienna disse: «Leandro si sposa».

Martina aveva tra le mani una camicetta da rammendare. Si punse con l'ago. E aspettò il seguito.

«Ero in Comune per rinnovare la carta d'identità. C'era la maestra Ghisolfi che ne parlava con il Locatelli. Sposa la figlia del professor Boriani, il più bravo anestesista di Bergamo», proseguì Vienna. Martina continuava a tacere.

«Non dici niente?» domandò sua madre.

«Non dico niente», rispose lei con voce incolore.

«Se ammettessi che ti dispiace, sarebbe meglio.»

«Sarebbe una bugia, perché non mi dispiace affatto. Casomai mi strazia.»

Vienna sospirò.

«Martina, hai quasi trent'anni. Vuoi invecchiare con la fissazione di Leandro?»

Lei si sentì profondamente offesa da quella notizia avuta da sua madre. Leandro avrebbe almeno potuto comunicarglielo quando si erano incontrati per caso a Milano, poco tempo prima.

Lasciò il lavoro di cucito, uscì nel cortile e andò dritta nel pollaio a prelevare le uova. Poi si infilò nella casazza a preparare il pastone per il maiale. Gli Agrestis continuavano ad allevare il loro maiale, che sarebbe stato abbattuto dal «masadur» che lo avrebbe diviso a pezzi. Era un rito che durava alcuni giorni e che Martina aborriva.

Mentre impastava patate lesse e granoturco, ripensò al recente viaggio a Milano per incontrare gli amministratori del suo patrimonio.

La nonna Ines era mancata da un paio d'anni e l'aveva nominata erede di gran parte delle sue sostanze, ufficialmente intestate a una società svizzera. Martina aveva lasciato le cose come stavano, continuando ad affidarsi agli amministratori nominati da Ines. Anche l'appartamento di via Serbelloni, come la villa di Vertova, erano parte dell'eredità. Lei avrebbe potuto scegliere di trasferirsi a Milano, oppure a Villa Ceppi. Invece continuava a vivere in casa Agrestis con sua madre.

Nello studio dei commercialisti, in via Montenapoleone, aveva preso nota dei dividendi, poi era andata in banca per un prelievo e infine si era concessa una sosta al caffè *Cova*.

Al banco del bar c'era Leandro con due amici.

Si erano visti e si erano scambiati un sorriso. Lui era arrossito mentre le presentava i due colleghi, cardiologi come lui. Perché Leandro, come il padre e il nonno, si era laureato in medicina, specializzato in cardiologia e un giorno sarebbe diventato primario.

«Sono tutte così belle le ragazze di Bergamo?» aveva commentato uno dei due medici, rivelando una mediocre attitudine alla galanteria.

«Non tutte. Martina è l'eccezione», aveva replicato Leandro e, a quel punto, era arrossito fino alle orecchie.

«Io vengo da un paese della Val Seriana e ritengo che si debba apprezzare l'intelligenza di una donna, più che la sua bellezza», ribatté Martina, dopo aver chiesto al cameriere una cioccolata calda.

Era autunno inoltrato e faceva piuttosto freddo. Alcune signore sfoggiavano le prime pellicce, altre caldi cappotti di cachemire. Martina, alta e sottile com'era, si era buttata sulle spalle una mantella di lana grigioperla che copriva in parte il suo tailleur-pantalone. Da tempo aveva tagliato i capelli. Ora li portava corti, gonfi, pettinati all'indietro. Non si truccava, perché sapeva di non averne bisogno per far risaltare gli occhi di un azzurro sconcertante e le labbra grandi e piene. Le capitava spesso che qualcuno la scambiasse per una indossatrice.

«Ho dimenticato di dire che, oltre che bella, Martina è di una intelligenza prodigiosa. Si è laureata in lettere a venticinque anni, avendo interrotto per tre anni il liceo», specificò Leandro.

«Non mi piace che si parli di me», disse lei, prima di portarsi alle labbra la tazza della cioccolata.

I due medici si eclissarono. Avevano capito che tra Leandro e la bellissima donna incontrata casualmente c'era qualcosa di più di una semplice conoscenza.

«Hai conservato intatta la capacità di mettere a disagio le persone», la rimproverò Leandro.

«Davvero?» domandò con finto candore.

«Il tuo gelo mi è penetrato nelle ossa.»

Martina lo osservava nello specchio del bar. Era il ragazzo di sempre, non bello ma molto piacevole, deliziosamente impacciato, gran signore, con il complesso della statura: c'era qualche centimetro di differenza tra loro.

«Bevi anche tu una cioccolata, così ti riscaldi», gli consigliò.

«Quand'eri bambina eri più simpatica», la provocò

lui. L'amava da morire, ma si sarebbe lasciato scannare piuttosto che dirglielo, perché lei sarebbe stata capace di ridergli in faccia e lui non lo avrebbe sopportato.

«Anche tu. Comunque, è stato un piacere rivederti. Stammi bene, Leandro.» Era letteralmente fuggita, per non dargli la soddisfazione di vedere i suoi occhi bagnati di lacrime. Era pazzamente innamorata di lui e non sopportava la sua freddezza.

Leandro, chissà perché, aveva elevato un muro tra loro, così alto da non dirle neppure che si era fidanzato ed era prossimo alle nozze.

Adesso Martina versò lacrime cocenti nel pastone del maiale. Pensò che doveva fare qualcosa, qualsiasi cosa, pur di crearsi un diversivo. Tornò in cucina. L'avvolse il tepore del fuoco e l'aroma di vaniglia della torta che stava cuocendo nel forno.

«Quando ammazzano il maiale?» domandò.

«Domani», rispose Vienna.

«Allora io vado via. Parto adesso», annunciò. «Lo sai che questi riti barbari mi fanno star male.»

«Dove vai?»

«A Milano. Vado a godermi le luci di Natale di una grande città.»

# 39

MARTINA aveva ereditato da Ines Ceppi anche il grande appartamento di via Serbelloni che occupava l'intero piano di un palazzo. Gli amministratori le avevano suggerito di affittarlo, ma lei non si decideva a farlo, anche perché, quando veniva a Milano, le piaceva stare in quella casa grande, ospitale, piena di ricordi, curata da una domestica fissa. Capitava che si fermasse qualche giorno per incontrare i suoi amici milanesi.

Ines, fedele fino all'ultimo al desiderio di Martina di rispettare la famiglia Agrestis, anche dopo la morte di Antonio e della moglie, l'aveva sempre presentata a tutti come la sua protégée.

Negli anni, Martina aveva allargato il giro delle amicizie e consolidato quella con la famiglia Montini. L'amico più caro era Sandro, che a quarant'anni continuava la vita dello scapolo. L'amica più cara era la sorella Nicoletta che aveva sposato Giovanni Paganessi ed era già madre di tre figli.

Poiché Nicoletta l'aveva ripetutamente invitata a trascorrere la Vigilia di Natale con la famiglia Montini, Martina decise che era il momento giusto per allontanarsi dal suo paese e dalle cronache pettegole del matrimonio di Leandro con la bella figlia del professor Boriani.

La sera della Vigilia ricevette una telefonata da sua madre: «Hai già mancato la recita di Giuliana che ha avuto un grande successo. Domani è Natale. Non dirmi che non ci sarai, perché tua figlia ti aspetta. Ci sarà tutta la famiglia e, se tu hai le paturnie a causa di Leandro, non è giusto che la ragazzina ci vada di mezzo», l'aggredì Vienna, furibonda.

Quando voleva, sua madre sapeva come ferirla. E Martina non era da meno. Reagì.

«Non insegnare a me come fare la madre, dopo che tu, per prima, mi hai fatta crescere nell'ambiguità.»

Vienna accusò il colpo e chiuse la comunicazione. Per tanti anni aveva nascosto a sua figlia la vera paternità trincerandosi dietro la promessa fatta al marito, anche perché così assecondava il suo bisogno di rispettabilità. Le era sempre piaciuto essere considerata una donna irreprensibile e il ruolo di nume tutelare della famiglia la gratificava.

Da quando gli Agrestis avevano fatto fortuna con i loro mobili, si erano trasferiti a Bergamo e abitavano in lussuosi palazzi nel centro storico della città. Della vecchia casa di famiglia, a Vertova, non sapevano che farsene. Così l'avevano lasciata a Vienna che ci viveva con la figlia, la nipote e il cognato Lucio, che presto si sarebbe sposato e trasferito in città. Nessuno di loro sapeva che Martina aveva ereditato una fortuna da Ines Ceppi. Anche perché lei conduceva la vita di sempre, ma poiché, da come spendeva, era evidente che disponeva di molto denaro, in famiglia e in paese era sorta la convinzione che, da lontano, fossero i Biffi a provvedere a lei. Anche questo era un equivoco che Vienna non aveva mai chiarito.

C'erano davvero molti lati in ombra nella storia della sua vita e in quella di sua figlia. Più di una volta, davanti alla famiglia riunita, era stata sul punto di raccontare tutta la verità e liberarsi di un peso, ma le era mancato il coraggio e aveva continuato a tacere.

«Nonna, perché piangi?» le domandò Giuliana. Era entrata in cucina con il cestino pieno di uova raccolte nel pollaio.

«Ho litigato con la tua mamma», spiegò, asciugandosi gli occhi.

«Sai che novità», sbuffò la ragazza.

«Non credo che farà il Natale con noi.»

«E tu non sapresti come giustificarla davanti agli zii che saranno tutti qui. Perché tu devi sempre giustificarla, invece di accettarla così come è», disse la ragazzina, lasciandola sbalordita.

Giuliana aveva lunghe antenne e intuiva più di quanto lasciasse intendere alla madre e alla nonna. Quand'era alle elementari aveva puntato i piedi per sapere chi fosse suo padre e Martina aveva deciso di dirle la verità: «Tu sei nata per sbaglio dal mio primo e unico rapporto amoroso, del tutto casuale. Ero una ragazzina di quindici anni, così ignorante da non conoscere i rischi cui andavo incontro. Lui aveva alcuni anni più di me ed era totalmente irresponsabile. Non ha mai saputo che ero rimasta incinta e io non ho mai sentito il bisogno di dirglielo perché non ci amavamo».

Giuliana aveva accettato la spiegazione della mamma, senza fare commenti. Ma non era così sicura di condividere il suo punto di vista, anche perché aveva sempre desiderato un padre e aveva sofferto per non averlo avuto. Ora che aveva quattordici anni, Giuliana considerava sua madre un'amica preziosa che non la deludeva mai. Così la difese anche con la nonna. Intanto sapeva che, il giorno dopo, Martina sarebbe stata lì, a festeggiare il Natale con lei, a riempirla di doni, ad accompagnarla in chiesa per la Messa.

La nonna prese a borbottare sottovoce, mentre tirava la pasta per fare i ravioli. Giuliana mise le uova sul davanzale della finestra e poi si eclissò, perché l'odore del cibo la infastidiva.

A quell'ora, Martina si stava preparando per andare dai Paganessi a festeggiare la Vigilia. Indossò un tubino nero con la manica corta in maglia di cachemire, sottolineando il punto vita con una catenella dorata. Calzò ballerine nere scamosciate. Mise alle orecchie pendenti d'oro e sistemò i capelli con due colpi di spazzola. Ines le aveva lasciato tutti i suoi gioielli. Lei li aveva chiusi in banca, in una cassetta di sicurezza, tenendo a portata di mano soltanto pochi pezzi che indossava raramente.

Pensò che, dopo la cena, sarebbero andati a Messa in Duomo e, poiché faceva molto freddo, scelse un cappotto nero foderato di castorino.

Uscì di casa e, a piedi, raggiunse l'abitazione dei Paganessi, in via Bigli. Portava una grande borsa con i doni per gli amici e per i loro bambini che, quando arrivò, erano già stati messi a letto. Nicoletta sistemò i regali di «zia Martina» sotto l'albero.

«Siamo solo noi quattro», disse Nicoletta. E spiegò che alcuni cugini Montini festeggiavano il Natale a Cortina, dove avevano casa, altri erano andati in vacanza all'estero. Da quando la nonna Lillina era mancata, la famiglia si era un po' dispersa. Nicoletta e Giovanni avevano optato per un Natale tranquillo in città. Sandro, lo scapolo impenitente, si faceva adottare un po' da tutti.

Ora era in salotto con il cognato a sorseggiare un aperitivo e accolse Martina con un abbraccio.

«Non volevo credere che ti fossi decisa a passare la Vigilia con noi. Perché non hai portato tua figlia?»

«Giuliana si sta esibendo in una recita parrocchiale. Quanto a me, mia madre ha chiamato il norcino per ammazzare il maiale, un rito barbaro che detesto. Sono fuggita e tornerò a Vertova domani mattina», spiegò.

Dopo la cena e lo scambio dei doni, andarono in Duomo. A Messa finita, Sandro la riaccompagnò con la sua auto in via Serbelloni. «Non mi fai salire per il bicchiere della staffa?» le domandò.

Bevvero champagne nella quiete ovattata dell'appartamento, davanti al camino acceso.

«Tanti anni fa, ti ho chiesto di sposarmi. Sappi che la mia proposta è sempre valida», dichiarò Sandro.

Martina annuì, pensosa, e gli accarezzò una mano.

«Non mi sembra che tu sia riuscita ad avere quell'altro che amavi fin da bambina», aggiunse l'uomo.

«Infatti.»

«Vuoi restare sola per tutta la vita e farmi morire di crepacuore?»

Lei rise per nascondere l'imbarazzo nel constatare che continuava a nutrire per lui un sentimento diverso dall'amicizia.

«Non morirai di crepacuore», promise.

«No, se posso averti.» La strinse tra le braccia e la baciò.

Quella notte dormirono insieme e Martina non pensò a Leandro.

«Buon Natale.» Sandro la svegliò con un bacio.

«Buon Natale anche a te», gli sorrise lei.

«Vorresti sposarmi?»

«Non farmi fretta», disse Martina, alzandosi dal letto.

«Ti sto parlando di sentimenti, non di tempi», precisò lui.

«Vado in cucina a preparare la colazione», annunciò Martina.

Lui la raggiunse indossando un accappatoio. Lei aveva messo sul tavolo latte, caffè e panettone.

«Non mi hai risposto», insistette Sandro, riempiendo la sua tazza.

«Dammi tempo, per favore», sussurrò lei. Depose un bacio sulla punta del suo naso e poi gli sedette di fronte.

«Altri cento Natali come questo», dichiarò lui, alzando la tazza per brindare con il caffè.

«E cento ancora», rispose Martina. E soggiunse: «Non si può dire che il mio sia stato amore a prima vista, ma ti assicuro che questa mattina sono molto felice».

Sandro avrebbe voluto sentirsi dire che lei lo amava alla follia.

Comunque gli aveva chiesto tempo e lui glielo avrebbe dato.

Martina si avvicinò alla finestra, guardò il cielo e disse: «C'è aria di neve».

«Come fai a saperlo?»

«Sono nata in campagna. Il cielo ci racconta molte cose se impariamo a conoscerlo. Adesso dice che verrà la neve e questo mi rallegra.»

«Voglio accompagnarti a Vertova», decise lui.

«Ho la mia macchina qui sotto.»

«Lasciala dov'è. Voglio averti vicina ancora per un po'.»

Incominciò a nevicare mentre erano in autostrada.

Martina reclinò il capo sulla spalla di Sandro, chiuse gli occhi e sussurrò: «Adesso è davvero Natale e io credo di amarti».

# 40

VIENNA si era svegliata da poco. Scese in cucina e fece colazione. Si infilò il cappotto, prese la borsa e uscì di casa per andare a fare la spesa. A un metro dalla porta, davanti a sé, vide un pupazzo gigantesco di peluche coloratissimo con le fattezze del cane Pluto, il famoso personaggio nato dalla fantasia di Walt Disney.

Era vestito come un paggio del Rinascimento e aveva al collo un cartello con la scritta: MARTINA, VUOI PASSARE IL CAPODANNO CON ME?

Si affrettò a portarlo in casa, prima che qualcuno lo vedesse.

Poi chiamò a gran voce sua figlia che stava ancora dormendo.

«Che novità è mai questa?» l'aggredì, non appena comparve.

«Il giullare!» sussurrò Martina con un sorriso compiaciuto.

«Si può sapere che razza di pagliacciata è questa?» domandò Vienna.

«È semplicemente un invito di Sandro Montini. Ha sempre voglia di giocare e i suoi scherzi sono deliziosi. Lo vedi anche tu.»

«E soprattutto molto discreti», ironizzò Vienna.

«Sandro è un uomo dolcissimo e molto, molto divertente. Non c'è bisogno che ti arrabbi.»

«E invece sì, perché hai deciso di imbastire una storia con lui soltanto per ripicca», la sferzò.

«Non ho imbastito proprio niente.»

«Non raccontarmi bugie. Il tuo Leandro si sposa e tu, di punto in bianco, hai deciso di pareggiare i conti. Ti avverto che non è su queste basi che si fonda un rapporto», la rimproverò sua madre.

«Perché non ti fai i fatti tuoi?» sbottò Martina, sapendo che Vienna aveva ragione, almeno in parte.

Sandro le piaceva molto, e ne era innamorata, forse.

Tornava volentieri con la mente alla notte trascorsa con lui, pochi giorni prima, nell'appartamento di Milano, perché tra loro era stato tutto assolutamente perfetto. Aveva aspettato quindici anni per concedersi di nuovo a un uomo e ora sapeva di avere scelto il migliore. Lui era tenero e affidabile, scanzonato e dolce. Avevano gli stessi gusti, amavano gli stessi libri e la stessa musica. Lui era bello, sano e aveva un profumo delizioso. Insomma, era un uomo perfetto.

E lei era una donna consapevole e responsabile che reclamava la sua parte di amore.

«Devo farmi i fatti miei? Benissimo, ma non venire a piangere da me il giorno in cui ti sarai rotta le ossa. Intanto levami di torno questo pupazzo che mi fa inorridire», ordinò, indicando il peluche. Quindi si avviò con passo marziale verso la porta. Martina portò Pluto nella sua camera, poi si vestì e corse in chiesa. Andò dritta davanti alla statua di Gesù, sedette sulla panca e restò a lungo a pregare. Quando ritornò a casa, le sembrò che Gesù le avesse detto che cosa fare.

E lei lo fece. Andò a Villa Ceppi e aprì la porta d'ingresso. Entrò e cercò l'interruttore della luce, anche se dubitava che l'impianto elettrico fosse ancora attivo. Invece le luci si accesero e questo le sembrò un buon segno. Pensò che quella casa, tanti anni prima, era stata abitata da Bruno Biffi. Si stupì di non riuscire a ricordare quel ragazzo che l'aveva messa incinta. La memoria ne aveva cancellato i lineamenti, il suono della voce, i gesti. Di lui ricordava solo il cappotto di cammello e una frase che ripeteva di tanto in tanto: «Esteticamente, l'uomo è più bello della donna». Una volta Martina aveva replicato: «Se fosse così, perché gli uomini guardano le donne nude?» Lui aveva risposto: «Perché non capiscono niente. I greci avevano saputo esaltare il nudo maschile. Del resto è così anche nel mondo animale. Il maschio è sempre più bello della femmina».

Ecco che cosa ricordava del padre di sua figlia. Entrò nelle stanze della villa che andava via via illuminando, mentre rabbrividiva per il freddo. I mobili e i divani erano coperti da grandi teli polverosi. Fece il giro del piano terreno: la veranda, la sala da biliardo, la grande sala da pranzo, la sala piccola della prima colazione, la fuga dei salotti, l'office, la grande cucina. Scese nel seminterrato. Visitò la dispensa, la lavanderia, le camere della servitù, lo stanzino della caldaia e la carbonaia attigua. Era ancora stipata di carbone bello asciutto. E pensò a Stefano Ceppi, il bellissimo padre che non aveva mai conosciuto e che era vissuto lì. «Credo che ti avrei amato tantissimo», sussurrò, come se lui potesse sentirla. Risalì lentamente al piano terreno, chiedendosi perché, per tanto tempo, non aveva voluto prendere possesso di quella casa che le apparteneva di diritto. La storia della sua vita, in realtà, era legata a quella bellissima villa liberty.

Pensò che, come Vienna, anche lei aveva preferito la concretezza della famiglia Agrestis. Tuttavia, ora aveva deciso di insediarsi nella casa di suo padre. Per farlo, aveva bisogno di rimettere subito in funzione il riscaldamento.

Uscì in giardino. Sulle montagne imbiancate si profilava il sole.

Le venne voglia di andare a sciare, ma prima doveva cercare Bortolo, il fuochista.

Trovò Gigliola, sua moglie, che stava riordinando il magazzino.

«Bortolo è fuori», le disse.

«Ti lascio le chiavi di Villa Ceppi. Ho bisogno che tuo marito accenda la caldaia, perché là dentro si gela. Mi serve la casa calda e pulita, prima di andare ad abitarci», concluse Martina.

«Raccontami!» esclamò Gigliola, eccitata dalla novità.

C'era sempre uno scotto da pagare con i compaesani e Martina si preparò a pagarlo.

«Mia madre, la conosci, è una donna straordinaria, ma è anche molto possessiva. Come tutte le mamme, ha sempre da ridire su tutto e non si rende conto che non sono più una bambina. Lo sai che sto per compiere trent'anni? Sento il bisogno di essere più libera», spiegò.

«Parole sante. Hai diritto di avere la tua vita», convenne Gigliola.

«Recentemente mi si è presentata l'occasione di affittare Villa Ceppi. L'ho presa al volo. La società che la possiede ha chiesto un affitto ragionevole», mentì, fornendo tuttavia una spiegazione abbastanza plausibile. Martina sapeva che la notizia sarebbe diventata presto di dominio pubblico e ci teneva a sottolineare il fatto che lei era solamente un'affittuaria, così da tacitare la curiosità dei compaesani.

«Sono proprio contenta. Lo sai che tutte le volte che passo di lì e vedo quelle finestre chiuse, mi viene la malinconia? Io mi ricordo com'era la villa ai tempi dei conti: un viavai di gente, e il giardino era bellissimo. Così com'è adesso, sembra la casa dei fantasmi», commentò Gigliola. E soggiunse: «Vuoi bere qualcosa?» Senza aspettare una risposta, chiamò la suocera ad alta voce e la pregò di preparare il caffè.

«L'Agostina è sempre più confusa e diventa ogni giorno più sorda», commentò.

Era la madre ottantenne di Bortolo. Continuava a predire il futuro ma stava quasi sempre in casa, dichiarandosi afflitta da un mal di testa perenne che mitigava legandosi sulla fronte una pezza intrisa d'aceto.

«Verresti ad aiutarmi a pulire Villa Ceppi?» domandò Martina a Gigliola.

«E me lo chiedi? Sono stanca di stare qui ad ascoltare i borbottii di mia suocera. Quando si comincia?»

Agostina entrò nel magazzino reggendo un vassoio con le tazzine del caffè. Vestiva ancora come le contadine di una volta, con la gonna lunga fino ai piedi. Appoggiò il vassoio sul banco, poi si rivolse alla nuora.

«Che cosa ci fa qui, questa gran signora?» domandò.

Gigliola si portò l'indice alla tempia e sussurrò a Martina: «È quasi sempre fuori di testa. Eppure, ci crederesti, le donne vengono ancora da lei a farsi predire il futuro?»

«Sono Martina, la figlia di Vienna.»

La donna stette lì a guardarla per un lungo istante. Poi disse: «Sei quella che ha partorito una figlia senza avere marito».

«Vedo che hai buona memoria», disse Martina, sorridendo.

«Mamma, smettila di dire stupidaggini», l'ammonì Gigliola, imbarazzata.

Agostina schiuse le labbra in un sorriso e disse: «I figli sono come i fioroni: uno tira l'altro». Alludeva ai fichi più dolci: dopo avere mangiato il primo, era difficile smettere.

«È proprio matta, povera donna», la commiserò sua nuora.

Quando l'ospite andò via, Gigliola commentò con la suocera: «Martina è molto riservata, come sua madre. La storia di Villa Ceppi non mi convince neanche un po'».

# 41

MARTINA andò a vivere a Villa Ceppi con Giuliana.

«Finalmente abbiamo una casa nella quale mi riconosco», affermò sua figlia.

«Non mi piace quello che hai detto», la rimproverò sua madre e soggiunse: «Cerca di non darti troppe arie, perché tutto quello che abbiamo lo dobbiamo alla generosità della contessa Ceppi. Non siamo ricche e dobbiamo amministrare con cura la nostra rendita».

Martina era consapevole del privilegio di poter vivere senza lavorare, anche perché, se fosse stata costretta a mantenersi, avrebbe lavorato di malavoglia. Sicuramente aveva ereditato il piacere dell'ozio dal nonno Ubaldo Ceppi ed era grata alla nonna Ines per averle lasciato un ingente patrimonio, oltre alle case. Si preoccupava tuttavia del futuro di Giuliana e voleva che imparasse a sostenersi con le sue sole forze.

«Però non siamo neanche povere», affermò sua figlia.

«Abbiamo di che vivere», precisò sua madre. In casa

non si parlava mai di denaro e quando Giuliana esprimeva un desiderio insolito, Martina diceva: «Non so se possiamo permettercelo». Così la ragazza frequentava le amiche di Vertova, sentendosi una di loro, ed era a suo agio anche con i figli degli amici milanesi della mamma che venivano spesso a trovarle nei fine settimana o nei giorni di festa.

Era la domenica di Pasqua e Giuliana stava giocando a pallamano, nel giardino di Villa Ceppi, con i ragazzi Paganessi.

La palla, lanciata con forza, volò oltre l'alta recinzione che separava la proprietà dei Ceppi da quella dei Bertola.

«Adesso come la recuperiamo?» si stizzì Giuliana.

«Prendiamo la scala e vediamo dov'è finita», suggerì uno dei ragazzi.

Il figlio maggiore di Nicoletta Montini, arrivato in cima alla scala, lasciò vagare lo sguardo nel giardino confinante. «La vedo!» gridò. «È finita su un cespuglio di foglie verdi e gialle.»

Il cespuglio in questione era una splendida aucuba variegata, come constatò Giuliana che volle salire anche lei sulla scala per rendersi conto della situazione. Era impossibile calarsi dall'altra parte per recuperare la palla. Vide, però, le finestre spalancate al piano terreno della villa e ne dedusse che i Bertola erano in casa.

«Siamo fortunati. Vado a suonare al cancello», annunciò, avviandosi fuori dal giardino.

Le aprì Leandro che era arrivato a Vertova con la moglie per trascorrere la Pasqua in campagna.

«Possiamo riavere la nostra palla?» domandò Giuliana.

L'uomo la riconobbe e la fece entrare.

«Fai come se fossi a casa tua», disse lui. E le sorrise.

«Stiamo facendo troppo chiasso?» domandò lei, un po' imbarazzata.

«Lo sai che è impressionante la tua somiglianza con Martina?» constatò.

«Me lo dicono tutti.»

«Martina e io siamo stati molto amici quando avevamo la tua età», aggiunse il medico.

Di là dal muro i ragazzi Paganessi gridavano: «L'hai trovata?»

«Mi scusi», disse Giuliana e corse verso il cespuglio dell'aucuba. Raccolse la palla e andò a lanciarla oltre la recinzione. Poi tornò verso Leandro.

«Mi dispiace di averla disturbata, dottore.»

«La figlia di Martina non disturba mai.»

Sulla porta della villa si era affacciata una giovane signora bionda vistosamente incinta. Teneva le mani incrociate sul grembo e guardava la ragazzina.

«Come sta tua madre?» chiese Leandro, mentre accompagnava Giuliana al cancello.

«Benissimo, come sempre», rispose. Poi domandò: «E lei, dottore, come sta?»

«Come mi vedi», replicò sorridendo.

Qualche volta era capitato a Giuliana di sentire la nonna e la mamma che parlavano di lui come di un vecchio amico e non riusciva a capire perché non si frequentassero più e si salutassero appena, quando s'incontravano.

«Giuliana, ti sbrighi?» Gli amici la stavano chiamando, di là dal muro.

Lei si fermò sul cancello, guardò Leandro negli occhi e disse: «È possibile che la mamma si sposi».

Il sorriso di Leandro si spense mentre le diceva: «Falle i miei auguri».

«Ho detto che è possibile, non che è sicuro», precisò la ragazzina.

«Faglieli comunque.»

Era quasi mezzogiorno. In casa, Martina stava dando gli ultimi tocchi alla tavola, aiutata da Gigliola che, ormai, lavorava alla villa tutti i giorni.

Giuliana entrò in casa di corsa, affrontò sua madre mentre usciva dalla sala da pranzo e le disse: «Il dottor Bertola ti manda i suoi auguri».

«Cosa c'entra il dottor Bertola?» si allarmò Martina.

«Non Pietro, suo figlio Leandro», precisò.

Giuliana avvertiva da sempre qualcosa di misterioso nella vita delle due donne che erano il suo unico punto di riferimento: la mamma e la nonna. Qualcosa che, senza che se ne rendesse conto, le procurava un vago disagio. E, sempre senza rendersene conto, a volte le stuzzicava. Come stava facendo adesso con sua madre, che la guardava avendo negli occhi una luce indecifrabile.

«Gli ho detto che forse ti sposi», soggiunse.

«Tu sei matta!» esclamò Martina con veemenza. Era chiaro che Giuliana la stava provocando, così come era evidente che stravedeva per Sandro. Se lo avesse sposato, Giuliana sarebbe stata felice. Lei e Sandro andavano d'accordo e si frequentavano spesso. «Da qui a sposarlo, ce ne passa», le aveva detto pochi giorni prima, guardando poi con tenerezza l'ombra di delusione sul viso della figlia.

«Insomma, tutte le mamme hanno un marito. Perché tu non ce l'hai?» aveva reagito Giuliana.

«Forse perché è troppo complicato», aveva risposto e, subito dopo, aveva cercato di spiegarle: «Ti dico come la penso. Le ragioni che spingono una donna al matrimonio sono tante e svariate. Ci si sposa per amore, per interesse, per un bisogno di sicurezza, di appartenenza, per non essere da meno delle amiche che si sono già sposate, per paura di rimanere zitelle, per non incorrere nel giudizio della gente che dice: se quella non si è sposata è perché nessuno l'ha voluta e, se nessuno l'ha voluta, chissà che cosa c'è sotto. Insomma, una donna prende marito per tanti motivi diversi. Io, però, ho avuto una vita un po' speciale e sono convinta che il matrimonio sia soprattutto una promessa indissolubile di amore e di fedeltà, un sacramento importante. Il matrimonio è un fatto intimo e solenne che comporta una scelta di vita definitiva e impegnativa. Mi capisci?»

«A me basterebbe che tu ti sposassi.»

«Ma se avessi sposato tuo padre, saremmo stati infelici tutti e tre. Credimi, Giuliana.»

«Con Sandro, però, sei felice. Lui ti ama tantissimo.»

«Anch'io sono innamorata di lui.»

«Ma non sai se riuscirai ad amarlo per tutta la vita. È così?» aveva domandato sua figlia.

«È così», confermò Martina. Ora, cambiando tono, chiese a sua figlia: «Chi ti ha autorizzato a dare a Leandro una notizia non vera?»

«Scusa, mammina, non lo farò più», disse Giuliana. Poi soggiunse: «Però, che strano! Mi è sembrato che il dottore ci sia rimasto male quando gli ho detto che ti saresti sposata».

«Ti è sembrato?» s'incuriosì Martina.

Sua figlia annuì.

La sera tutti gli ospiti, compreso Sandro, ripartirono per Milano. Prima di addormentarsi, Martina, che aveva un feroce attacco di emicrania, si domandò perché mai Leandro avesse reagito con disappunto alla notizia di un suo possibile matrimonio.

# 42

Il suono insistente del telefono lacerò il silenzio della notte. Martina, che dormiva profondamente, lo percepì nel sonno come il ronzio fastidioso di un insetto, prima di svegliarsi. Accese la luce e guardò l'ora: erano le tre. Rispose con voce assonnata: «Pronto...»

«Martina, sono Giovanni», disse il marito di Nicoletta.

«Come mai telefoni a quest'ora?» domandò lei, preoccupata.

«Be'... insomma... sono all'ospedale di Bergamo.»

«Che cosa è successo?» chiese Martina, spaventata.

«C'è stato un incidente, dopo che siamo partiti.»

«Nicoletta? Sandro?» lo interrogò con ansia, sapendo che i Montini erano ripartiti da Vertova con due macchine: su una c'era Giovanni con i figli e sull'altra Sandro con la sorella.

«Ecco sì... si tratta proprio di loro... Se vuoi venire...»

«Arrivo di corsa», disse e chiuse la comunicazione.

Giuliana si affacciò insonnolita sulla porta, mentre Martina si stava vestendo.

«Chi telefona a quest'ora?» domandò.

«Era Giovanni che ha avuto un incidente con l'auto. Niente di grave», la rassicurò sua madre e aggiunse: «Io vado all'ospedale di Bergamo. Tu ritorna a dormire e domattina ti racconterò tutto. Stai tranquilla».

Al pronto soccorso, Martina venne indirizzata verso il blocco operatorio.

Davanti alla grande porta a vetri del settore di chirurgia, che solo il personale medico poteva oltrepassare, vide Giovanni Paganessi.

«I ragazzi?» domandò subito Martina, raggiungendolo.

«Stanno bene. Sono in infermeria», rispose l'uomo. Martina lo abbracciò e lui esplose in un pianto straziante, mentre diceva: «Nicoletta non c'è più. I ragazzi non lo sanno ancora».

«E Sandro?» domandò Martina, con un filo di voce.

«Stanno tentando di operarlo. È molto grave», spiegò Giovanni, stringendola a sé.

Poi, a spizzichi e bocconi, raccontò l'accaduto. All'uscita della Val Seriana, si erano immessi nell'autostrada. C'era il solito traffico indisciplinato che caratterizza l'inizio e la conclusione dei ponti festivi. Sandro stava per effettuare un sorpasso quando era stato investito da un'auto che viaggiava a grande velocità. L'impatto era stato spaventoso. Giovanni, che li precedeva, aveva visto tutto dallo specchietto retrovisore.

«Il finimondo», disse ora. «Mia moglie è morta mentre la operavano. Sandro è ancora in sala operatoria.»

Martina e Giovanni restarono abbracciati, piangendo l'uno sulla spalla dell'altra.

«Vai dai ragazzi», disse Martina. «Io starò qui ad aspettare notizie», soggiunse.

Si raggomitolò su una sedia di plastica chiedendosi se non avrebbe potuto sovvertire il corso del destino consentendo a Sandro di fermarsi a Villa Ceppi per la notte. E glielo avrebbe consentito se non le fosse venuto il solito mal di testa.

Così aveva detto a Sandro: «Ho un attacco di emicrania. È meglio che tu vada a casa. Ci sentiamo domani».

Aveva salutato gli amici che partivano e poi era andata subito a letto. Contrariamente a quanto sosteneva Vienna, Martina voleva molto bene a Sandro. Proprio quel pomeriggio, mentre i ragazzi giocavano in giardino, loro due chiacchieravano in salotto e lei si era detta che forse era proprio lui l'uomo che avrebbe voluto sposare. Adesso il destino decideva per lei di là da quella porta a vetri, nella sala operatoria dove i chirurghi stavano tentando di salvare la vita di Sandro. «Caro Gesù, se me lo guarisci, lo sposo», pensò, asciugandosi le lacrime con un fazzoletto.

Una mano si posò sulla sua spalla e una voce che conosceva bene le disse: «Ciao Martina».

Alzò gli occhi e vide Leandro che la guardava con tenerezza. Indossava il camice verde della sala operatoria.

«Dimmi… hai notizie?» mormorò lei.

«Mi dispiace tanto ma il tuo fidanzato non ce l'ha fatta. Fatti coraggio, Martina», disse e aggiunse: «Vieni nel mio studio». L'aiutò ad alzarsi dalla sedia, la prese sottobraccio e la guidò lungo il corridoio.

«Tina, mi porti due caffè», disse Leandro, passando davanti alla sala infermiere. Poi fece entrare Martina nel suo studio e la invitò a sedere davanti alla scrivania.

L'infermiera entrò portando il caffè appena fatto che diffuse il suo aroma neutralizzando l'odore asettico dell'ospedale.

Martina, che aveva seguito Leandro come un automa, incapace di qualunque reazione, ricominciò a piangere, nascondendo il viso tra le mani. Leandro le zuccherò il caffè, le andò vicino e le tese la tazzina. «Bevi», disse, accarezzandole i capelli con dolcezza.

Il giorno prima, la mattina di Pasqua, quando Giuliana gli aveva detto che sua madre si sarebbe sposata, aveva sentito una fitta di gelosia, come se soltanto lui avesse il diritto di ambire a un simile premio. Naturalmente lo aveva perso, sposando Emanuela. Tuttavia continuava a considerare Martina una specie di feudo personale che nessuno poteva occupare, nemmeno Sandro Montini. Martina glielo aveva presentato la sera di Natale, sul sagrato della chiesa, quando era andato a Messa con sua moglie. Martina era con Sandro e Giuliana. Leandro aveva notato con disappunto che il compagno della sua preziosa amica era bello e di gran classe e si era detto che, questa volta, Martina aveva fatto un'ottima scelta. La cosa non gli era piaciuta e aveva continuato assurdamente a sperare che quella storia finisse. Era un desiderio irragionevole, ma tutto era stato irragionevole nel suo rapporto con Martina.

Quella notte, quando lo avevano chiamato in ospedale per un caso gravissimo, non immaginava che si trattasse di Sandro Montini. Lo aveva saputo nel corso dell'intervento chirurgico, mentre stava facendo il possibile perché il cuore dell'uomo non cessasse di battere. Qualcuno aveva fatto il nome del paziente e, a quel punto, si era impegnato ancora di più per tentare di salvarlo. Era stato tutto inutile.

Martina bevve un sorso di caffè e domandò: «Ha sofferto?»

«No. È entrato in coma al momento dell'incidente e non si è più risvegliato», garantì. Poi sussurrò: «Mi dispiace».

Martina si asciugò le lacrime, Leandro si sedette dietro la scrivania.

«Non si può dire che io abbia fortuna con gli uomini», mormorò lei.

«Lui ha avuto meno fortuna di te», sottolineò Leandro.

«Mia figlia avrebbe tanto desiderato che lo sposassi. Lo considerava come un padre.»

«E tu, l'avresti sposato?»

«Credo di sì. Volevo dare un padre al bambino che mi porto in grembo», confessò in un sussurro.

«Un altro figlio?» domandò lui.

Martina annuì.

# 43

AGNESE e Antonia Agrestis con i loro mariti ed Ermanno Agrestis con la moglie, arrivarono a Vertova in casa di Vienna. La notizia della seconda gravidanza di Martina aveva fatto il giro dei parenti. Non riuscivano a credere che la nipote mettesse al mondo un altro figlio senza avere un marito.

«Il nome di tua figlia è sulla bocca di tutti, da Bergamo a Clusone», esordì Ermanno che era il secondogenito e, dopo la morte del padre, era considerato il personaggio di riferimento della famiglia.

Vienna aveva appena preparato un paiolo di polenta in cui aveva sciolto il formaggio di pecora e si era diffuso in cucina un profumo molto invitante.

«Siete arrivati giusto in tempo per mettervi a tavola», disse, ignorando l'esordio del cognato.

Immaginò lo scambio di telefonate tra tutti gli Agrestis che adesso si davano un tono, perché ognuno di loro aveva una casa di proprietà, l'automobile e le donne grondavano gioielli. Erano molto compresi nel ruolo di industriali emergenti, di cattolici praticanti, di democristiani convinti, con un nome da difendere.

Sul loro conto, Vienna sapeva più cose di quanto loro potessero immaginare e li giudicava inadeguati a salire in cattedra e fare i moralisti. Per il momento tacque e mise sul tavolo una bottiglia di barolo piemontese.

Era una bella domenica di settembre accarezzata da un sole dolce e dal profumo del clinto che finiva di maturare sui tralci lungo il muro del vecchio laboratorio dismesso.

«Guarda che non ci rabbonirai prendendoci per la gola», l'avvertì Agnese che sfoggiava un tailleur di seta a fiori, una pettinatura gonfia come uno sformato al cioccolato e le unghie, fresche di manicure, laccate di rosso, che sottolineavano le dita cicciottelle.

«Ma io non voglio rabbonirvi. Voglio soltanto che mangiate il pasticcio di polenta che vi piace», rispose con uno sguardo serafico e un sorriso invitante.

Adesso nelle case dei cognati si cucinavano le penne all'arrabbiata, gli spaghetti alla puttanesca, i saltimbocca alla romana, perché questi piatti li facevano sentire persone al passo con i tempi. In realtà, quando venivano a Vertova, apprezzavano il salame fatto in casa, il riso con la salsiccia e i crostoni di pane con il lardo che si scioglieva in bocca come burro.

Le cognate parlavano di diete e colesterolo e, al mattino, prendevano lo yogurt per colazione, invece di mangiare il pane con il caffellatte, come avevano sempre fatto.

«Preparo il caffè», annunciò Vienna, dopo aver sparecchiato la tavola. Era sicura che, a stomaco pieno, sarebbero stati meno aggressivi.

«Tu, però, non ti curi abbastanza», disse Antonia mentre, alzando il mignolo, agguantava il manico della tazzina e se la portava alle labbra. «Sempre con la vestaglietta di cotonina e quella pettinatura vecchia come il cucù», deplorò con l'aria di un'amica che elargisce buoni consigli.

«Hai proprio ragione. Il mondo cambia e io non mi adeguo. Ma, per seguire la moda, bisogna avere i soldi. Io ho solo la pensione del mio povero Arturo, quel poco che ho ereditato dai miei parenti e questa casa che mi avete lasciato voi», disse con voce carezzevole.

«Questa ti toccava per tutto il lavoro che hai fatto qui dentro», riconobbe Ermanno.

A questo punto Vienna lanciò la sua prima stoccata.

«Veramente mi sarebbe toccato molto di più, se aveste rispettato il testamento di papà Antonio, che aveva diviso tutto per otto, tra gli otto figli, Arturo compreso, anche se mio marito non c'era più.»

«Ma tu eri d'accordo!» intervenne Agnese.

«E lo sono ancora. Ma non ho voglia di sentirmi dire che non mi curo abbastanza e che devo alla vostra generosità la casa in cui vivo», precisò.

Aveva espresso concetti concreti che loro capivano e li aveva messi in difficoltà, in previsione di quello che si sarebbero detti in seguito.

«Be', tua figlia non se la passa male, anche se non si

sa da dove le viene il denaro», osservò la moglie di Ermanno che moriva dalla voglia di sapere.

«E allora?» domandò Vienna.

«Viene da pensare che, ogni volta che resta incinta, ci sia qualcuno che allarga i cordoni della borsa», disse Antonia.

Dunque era questo che pensavano, ragionò Vienna. Prima il denaro dei Biffi e adesso quello dei Montini. Sbagliavano su tutta la linea e le andava bene così.

«Si vede che è fortunata», replicò.

«E anche un po' irresponsabile», sbottò Agnese.

«Prima di parlare di Martina, ti consiglio di sciacquarti la bocca», dichiarò, mettendo fuori gli artigli.

«Io potrò pure sciacquarla, ma tutta la valle ne parla.»

«Perché fabbrica figli senza avere un marito? Questa poi! Ma perché ognuno non guarda in casa propria? Martina fa la sua vita alla luce del sole. Ma tu, tu, e tu», disse Vienna puntando il dito sui presenti, «siete così sicuri di fare altrettanto?» li sfidò.

«Che cosa vorresti dire?» reagì Ermanno.

Vienna sapeva che, da quando gli affari prosperavano, Ermanno si era fatto l'amante, una rossa vistosa che stava a Castione e lui la chiamava «la mia gazzella». Lo sapevano tutti, tranne sua moglie.

«Ermanno, non farmi dire cose che è meglio tacere. Una gravidanza non si può nascondere. Altre cose meno belle della nascita di un figlio, sì.»

«Be', adesso che hai incominciato, vai fino in fondo», s'infuriò Antonia, mentre il fratello si era alzato da tavola.

«Tu sei tutta casa e chiesa, dunque sai bene che cosa ci insegna il Vangelo: date a Cesare quel che è di Cesare e a Dio quel che è di Dio. Però tieni la contabilità nera e questo è peccato», sbottò Vienna, la quale sapeva che gli Agrestis facevano esattamente come tutti quelli che avevano imprese redditizie. Evadevano le tasse utilizzando due contabilità: quella ufficiale e quella nascosta che consentiva di accumulare guadagni. Vienna aveva un suo metro di valutazione dei peccati e, rubare allo stato e quindi ai cittadini, secondo lei era ben più grave che avere figli fuori del matrimonio.

«Stiamo parlando di moralità. Che cosa c'entra la contabilità in nero?» incalzò il marito di Antonia, che era ragioniere e sapeva come mascherare i profitti, ritenendo assolutamente lecita questa manovra.

«Siete senza speranza, però vi voglio bene lo stesso», sussurrò Vienna, scuotendo il capo, rassegnata a non essere capita.

«Insomma, due figli illegittimi sono un bel disonore per la famiglia», disse Agnese, facendo tintinnare gli ori intorno al braccio. Era l'ultimogenita di Ermellina e si vantava di avere un attestato di avviamento al lavoro. Di tutta la famiglia, era la sola ad aver proseguito gli studi oltre le elementari. Aveva sposato un disegnatore tecnico che adesso lavorava nell'impresa di famiglia. Avevano avuto in casa una domestica giovane e graziosa di cui il marito si era invaghito. Lei, che sapeva, aveva taciuto, ma l'aveva licenziata il giorno in cui la ragazza era rimasta incinta, e il marito non aveva mosso un dito per aiutarla. Vienna lo disprezzava per questo. Così disse: «Non è la sola ad averne, in questa famiglia». Non li giudicava, ma non era disposta ad accettare che proprio loro criticassero la vita di sua figlia. Erano venuti a Vertova per sapere il perché, il percome e trinciare giudizi. Se ne andarono scornati, rimuginando le proprie colpe. Sussisteva ancora, in ognuno di loro, un'ombra della passata onestà che li mise in crisi. Tanto che Ermanno commentò: «Sarebbe stato meglio che ci fossimo occupati dei fatti nostri».

# 44

Il professor Pietro Bertola, primario della divisione di medicina interna, aveva saputo dalla suora che Martina Agrestis, una sua compaesana, aveva dato alla luce un figlio qualche giorno prima.

«Non è soltanto una del mio paese. L'ho fatta nascere io, trent'anni fa. È quasi una figlioccia. L'ho vista crescere e conosco tutta la sua famiglia», aveva precisato. «Grazie per l'informazione, sorella. Più tardi andrò a trovarla», aveva soggiunto.

Nel pomeriggio, bussò alla porta della sua camera.

«Posso entrare?»

Acciambellata sul letto c'era Giuliana. Martina, invece, sedeva in poltrona e teneva in braccio la sua bambina.

«Buon giorno, dottore», disse la ragazzina alzandosi. E soggiunse: «Venga a vedere la mia sorellina».

«Un'altra femminuccia», constatò lui, posando una mano sulla spalla di Martina che sorrideva beatamente.

La piccola dormiva e il dottore guardò con tenerezza il visino della neonata.

«È tanto bruttina, vero?» commentò Giuliana.

«Già, non sai com'eri tu, alla sua età», scherzò l'anziano medico che l'aveva fatta nascere.

«Invece è bellissima», protestò la mamma.

«Ho parlato con il tuo ginecologo. So che hai avuto un parto un po' complicato», disse Pietro.

«Questa scriteriata voleva uscire con i piedini. Meno male che ho avuto una specie di premonizione e ho scelto di partorirla in ospedale.»

«Io ero fuori della sala parto e ho sentito le urla della mamma. Non vorrò mai avere figli», affermò Giuliana.

«Be', la tua mamma è qui, tutta intera e sorridente. Cosa vuoi che sia un po' di dolore, se il risultato è questa deliziosa piccolina?» disse Pietro.

«L'ho chiamata Maria, come la mamma di Gesù», disse Martina.

A quel punto la neonata aprì gli occhi, agitò le braccia e incominciò a strillare.

Martina scostò i lembi della vestaglia, aprì la camicia e se la attaccò al seno. La piccola prese a succhiare e si calmò.

Pietro Bertola si commuoveva sempre di fronte alla sacralità dell'immagine di una madre che allatta il suo piccolo. Martina, poi, aveva in sé qualcosa di regale che suscitava rispetto e ammirazione. L'uomo pensò che c'era stato un tempo in cui aveva sperato che Martina e suo figlio Leandro si fidanzassero e si sposassero. Riteneva che fossero fatti l'una per l'altro e continuava a crederlo, quando vedeva il figlio annoiato dalla sua brava moglie e Martina che conduceva una vita stravagante, sempre alla ricerca di qualcosa che non riusciva a trovare.

«La mamma sta viziando Maria oltre il lecito. Basta che strilli e se l'attacca al seno», deplorò Giuliana.

Pietro sorrise e andò via.

«Sei gelosa?» domandò Martina alla figlia. E soggiunse: «Guarda che facevo la stessa cosa anche con te. Ti sei dimenticata di tutti i tuoi capricci e delle coccole che hai ricevuto?» disse Martina. Poi allungò un braccio, prese un pacchettino dal cassetto del comodino e glielo tese. «È per te, tesoro. È la tua investitura a sorella maggiore.»

Giuliana aprì un astuccio da gioielliere e vide un bracciale d'oro tempestato di piccoli zaffiri e rubini.

«Non è poi così male il ruolo di sorella maggiore», constatò. Baciò la mamma sulla fronte e capì che, anche se aveva perduto il ruolo di figlia unica, Martina non l'avrebbe amata di meno.

Nei giorni successivi arrivarono i parenti Agrestis e gli amici. Portarono camiciole di seta per Maria, sonagli per la culla, medagliette d'oro, piccoli carillon d'argento e fiori. Tutti festeggiavano la nascita della secondogenita di Martina, senza fare commenti. Da Milano arrivò anche Giovanni Paganessi che le domandò perché rifiutasse di dare alla figlia il cognome di Sandro.

«Farei un torto a Giuliana. Sarebbe come sottolineare che Maria ha un padre e lei no. Va bene così», decise.

Alla fine era stremata da tutte quelle visite e dalle tante inutili parole. E trasse un sospiro di sollievo quando, finalmente, le visite cessarono.

Era la fine di novembre. Il sole tramontava a metà pomeriggio, incalzato dalle ombre della sera.

Nel reparto solventi dell'ospedale di Bergamo, alle sei del pomeriggio, i visitatori andavano via, le inservienti ritiravano i piatti della cena, le infermiere misuravano la temperatura alle pazienti.

Martina aveva appena assaggiato la pastina in brodo che «sapeva di ospedale» e una mela cotta con troppa cannella, poi prese in braccio Maria, sedette in poltrona e se la attaccò al seno.

La piccola era affamata e lei pensò a Sandro, mentre allattava la loro bambina. Ricordava tutto di lui: il volto solare, il sorriso schietto, la capacità di trasformare tutto in gioco, l'amore che le aveva regalato, i sogni di cui non le aveva parlato, il profumo della sua pelle. Tra le sue braccia, Martina era stata pienamente felice. Con lui si era sentita compiutamente donna. L'esperienza fatta a quindici anni con Bruno Biffi era stata un pasticcio da adolescente che l'aveva fatta precipitare in un pozzo profondo di inquietudine e di infelicità. Con il padre della piccola Maria aveva avuto un rapporto consapevole, fatto di rispetto reciproco, di gioia e di commozione.

«Immagina, piccolina, se per un miracolo il tuo papà fosse qui e ti vedesse», sussurrò. E spuntarono le lacrime, mentre pensava che teneva tra le braccia il fiore di una storia d'amore breve e intensa e si domandava se Vienna avesse provato le stesse sensazioni mentre allattava lei, ricordando Stefano Ceppi. «Io so che adesso lui è qui, vicino a noi, ci sta vedendo ed è felice», soggiunse.

La piccola Maria abbandonò il capezzolo della mamma che le asciugò le labbra e poi la sollevò per appoggiarla al petto, dandole colpetti affettuosi sulla schiena. Martina piangeva sommessamente perché era felice e grata alla sorte che le aveva regalato una nuova vita da tenere tra le braccia.

Due infermiere entrarono nella stanza.

«Pianga pure, signora. Tutte le puerpere piangono», disse una di loro, mentre l'altra deponeva Maria nella culla. Poi soggiunse: «Adesso è meglio che si alzi dalla poltrona e vada a letto».

Martina ubbidì.

«Tutti questi fiori nella camera non vanno bene», osservò un'infermiera. «Vuole che li portiamo alla Madonna?»

«Divideteli tra voi e portateveli a casa. In inverno, i fiori mettono allegria», disse Martina.

Le due non si fecero ripetere l'offerta.

Poi, l'infermiera prese in braccio Maria dicendo: «La mettiamo nella nursery, così lei potrà dormire tranquilla».

Martina reagì prontamente: «Maria è molto giudiziosa: mangia e dorme, come potete vedere. La voglio tenere qui».

Le due se ne andarono spegnendo le luci. Rimase accesa solamente una piccola lampada sul tavolino accanto al letto.

Martina si addormentò.

Una carezza sulla fronte la svegliò. Nella penombra vide Leandro che stava in piedi, accanto al suo letto e le sorrideva.

«Che cosa fai qui?» chiese Martina.

«Sssst! Parla sottovoce o sveglierai la piccola», sussurrò lui, portandosi un dito alle labbra. E aggiunse: «Esco adesso dalla sala operatoria. Mio padre mi aveva detto che avevi partorito, così sono venuto a trovarti. È una bimba bellissima e so che si chiama Maria. Come stai, Martina?» domandò con dolcezza.

«Siediti», disse lei.

Leandro accostò una sedia al letto, sedette e prese tra le sue le mani dell'amica.

«Sai, anch'io sono diventato padre per la seconda volta, un paio di mesi fa.»

«L'ho saputo.»

«Magari la tua Maria sposerà mio figlio», sorrise lui.

Dopo tanto tempo, nella quiete ovattata di quella camera d'ospedale, le loro anime si aprivano come se avessero ritrovato l'intesa di quando erano ragazzi.

«Sei felice?» gli domandò Martina.

«Sono sereno. E tu?»

La piccola Maria si mise a piangere e ruppe l'incantesimo di quel momento magico.

«Io devo badare alla mia bambina», rispose lei, lasciando le mani di Leandro.

# 45

Quando si insediava in via Serbelloni per qualche tempo, Martina invitava gli amici più cari per il pranzo o la cena. Quella sera invitò Giovanni Paganessi con i suoi ragazzi, che arrivarono prima del previsto, mentre lei stava mettendo a letto la piccola Maria. Li ricevette Giuliana, che era bravissima a fare gli onori di casa. Servì gli aperitivi in salotto.

«Maria non si addormenta se prima la mamma non le legge una fiaba. È furbissima: sceglie sempre le più lunghe», spiegò la ragazza, mentre versava un bianco frizzante nei bicchieri.

«Ma si è addormentata prima della fine della storia», disse Martina, comparendo nella stanza.

Giovanni e i suoi figli la abbracciarono. Era molto amata dai Paganessi che la consideravano come un membro della famiglia.

«Questa volta, per quanti giorni ti fermerai a Milano?» le chiese Giovanni.

«Il tempo necessario per capire che cosa sta combinando Giuliana», sussurrò, approfittando del fatto che i ragazzi avevano messo sul giradischi i successi discografici del momento.

«Non sei tranquilla?»

«Diciamo che sto cercando di capire dove soffia il vento», spiegò Martina, guidando Giovanni verso il terrazzo dove fiorivano le camelie e i rododendri. E soggiunse: «Insiste da mesi per insediarsi in questo appartamento e non capisco perché, dal momento che ha già la sua casina in piazza Mercanti».

«Non chiedere a me di leggere nelle menti tortuose dei figli. Da quando la mia Nicoletta mi ha lasciato, io non so come gestirli», la compatì. Sua moglie era morta ormai da cinque anni e lui continuava a lamentarne la perdita.

«Perché non cerchi una nuova compagna?» gli domandò Martina, con tenerezza.

«È quello che mi incitano a fare i miei genitori e tutti i Montini, come se fosse facile trovare un'altra Nicoletta. Sai, oltre a essere marito e moglie, noi due eravamo grandi amici. Siamo cresciuti insieme, insieme abbiamo frequentato le stesse scuole, ci bastava uno sguardo per capirci. Penso che fossimo destinati a vivere uniti fin dalla nascita. Non so come spiegarmi.»

Martina pensò a Leandro. Era una storia quasi identica, se soltanto lui l'avesse amata così come lei amava lui.

«Non mi racconti niente che già non sappia. Tuttavia

sei ancora un bel ragazzo e hai il dovere di rifarti una vita», lo ammonì lei.

«C'è una sola persona con la quale, forse, potrei ricominciare a vivere e tu sai bene di chi sto parlando», disse Giovanni. Si riferiva a lei e Martina lo sapeva. Da un paio d'anni, con laboriosi giri di parole, Giovanni alludeva a una loro possibile unione e, ogni volta, Martina fingeva di non capire.

«Spero che tu non stia parlando di me», disse questa volta.

Dal salotto venivano le note di uno scatenato rock americano e le risate dei ragazzi. La luna era ancora bassa sull'orizzonte e Martina respirò l'aria lieve del crepuscolo. Pensò a Giuliana che, da quando frequentava la scuola di recitazione, aveva preso le distanze da Vertova, sostenendo che Milano era il suo luogo d'elezione. In un modo o nell'altro, il ramo milanese dei Ceppi si faceva largo nelle predilezioni della figlia maggiore. Lei, invece, rimaneva saldamente ancorata alla Val Seriana e non si sarebbe mai legata a qualcuno che avesse cercato di strapparla alle sue radici. Vertova era tutt'altro che un posto incantevole, ma per lei rappresentava la sicurezza. Lei aveva nel sangue la sua valle con gli abitanti pettegoli, le acque gelide del Serio, i fumi delle nuove industrie e il profumo dei fiori di montagna. Non desiderava un marito e Giovanni, per lei, era soltanto il vedovo della sua amica più cara.

«È evidente che sto parlando di te, Martina. Te ne parlo da anni», affermò l'uomo.

«Con lo stesso tono con cui tratteresti l'acquisto di una nuova azienda o di una società per azioni», scherzò Martina.

«Perdonami, perché non so fare di meglio», si rammaricò. E proseguì: «Pensa anche alla piccola Maria. È una Montini e, se ci sposassimo, sarebbe un modo per ricomporre la famiglia».

«Guardami negli occhi, Giovanni. Sei innamorato di me?»

«Ti voglio molto bene. Non ti sembra la stessa cosa?»

«Non lo è. Ti prego, non sciupiamo la nostra amicizia. Io credo di conoscerti abbastanza bene e ti dico che pensi a me solo perché sei pigro e non vuoi fare la fatica di cercare una persona nuova. Dimmi che sbaglio.»

La domestica annunciò che il pranzo era servito. A tavola, Martina e Giovanni tornarono a sorridersi con schiettezza, come non accadeva da tempo, perché finalmente avevano sgomberato il terreno da assurde aspettative. Giuliana tenne banco raccontando aneddoti sugli attori e il mondo del teatro. Rivelò vizi, manie, gelosie, rivalità, crudeltà e virtù di un ambiente in cui, disse, «volano le coltellate», e «molti sono disposti a prostituirsi per ottenere una parte». E concluse: «In teatro, però, si vive la magia della messa in scena di un'opera del pensiero».

Martina la ascoltava, come tutti, e la osservava con attenzione. Sua figlia le nascondeva qualcosa e questa consapevolezza la preoccupava.

Al momento del dolce, inaspettatamente comparve in

sala da pranzo la piccola Maria. Era a piedi scalzi, aveva gli occhi gonfi di sonno e il viso imbronciato. Si guardò intorno, individuò Martina e corse a rifugiarsi tra le sue braccia. Poi si mise a singhiozzare.

«Che cosa ti succede?» domandò la sua mamma.

«Ho fatto un brutto sogno», disse Maria.

«Vuoi raccontarmelo?»

«Non me lo ricordo più», piagnucolò.

Martina salutò velocemente gli ospiti, lasciando a Giuliana il compito di congedarli. Si rifugiò con Maria nella sua camera, si coricò con lei sul suo letto e la coccolò fino a quando la bambina non si fu addormentata di nuovo.

La lampada, sul comodino, diffondeva una luce rosata. Martina accarezzò con lo sguardo il viso paffuto della figlia che, nel sonno, rivelava interamente la sua natura placida. Non assomigliava né ai Ceppi né ai Montini. Era identica alla nonna Vienna.

«Diventerai un cane pastore come la tua nonna», le sussurrò, accarezzandole i capelli.

Giuliana fece capolino nella camera.

«Se ne sono andati tutti. Anch'io torno a casa mia», bisbigliò.

Martina la seguì nell'ingresso.

«Perché non dormi qui?» le domandò.

«Che senso ha? Tanto tu non vuoi che io mi trasferisca in casa tua», la rimbrottò.

«Fammi capire, Giuliana. Ti sembra possibile che io

lasci nelle mani di una diciannovenne un appartamento di cinquecento metri quadrati?»

«Ti sembra possibile disporre di una casa così bella in città e insistere a vivere in Val Seriana? Tu non sei mai qui. Perché non posso restarci io?»

«Sono piuttosto io a domandarti perché la mansarda di piazza Mercanti ti va stretta, all'improvviso.»

«Sembra la casa della Barbie e non posso ricevere gli amici.»

«Sai che cosa ti dico? Lavora, guadagnati dei soldi e poi, per quanto mi riguarda, puoi affittarti anche l'intero Palazzo Reale», replicò Martina, sempre più inquieta.

Giuliana marciò con rabbia verso il salotto, sedette in poltrona, e disse: «Parliamone».

«Non chiedo di meglio», sorrise Martina, sedendosi di fronte a lei.

«Sai bene che, se mai riuscirò ad affermarmi in teatro, ci vorrà tempo prima che io possa vivere con i miei guadagni. Nel frattempo vorrei capire come siamo messe, perché ci sono cose sulle quali sorvoli da sempre. Non siamo povere, questo è evidente. Ho persino il sospetto che tu sia una donna ricca. Da dove ti vengono i soldi? Gli Agrestis sono ricchi, la nonna vive dignitosamente del suo. Ma tu, oltre alla villa di Vertova, ti permetti questa megacasa. Come mai?»

Il sorriso di Martina si spense e sul suo viso si disegnò lo stupore.

«Da quando devo rendere conto a te degli affari miei?»

«Da quando pretendi che io ti racconti le mie cose. Tu sei una madre molto misteriosa, mentre io ho bisogno di un po' di chiarezza.»

Martina si era addentrata in un territorio pericoloso, dal quale voleva uscire subito, possibilmente senza mentire. Questa volta non sarebbe bastata la dialettica, per fornire una spiegazione plausibile.

«Tu ricordi bene la contessa Ines, vero? Ricordi il suo affetto per noi, vero? Bene. Lei era molto legata alla nonna, le era riconoscente per tanti motivi e mi voleva molto bene. Era sola al mondo e, morendo, ha voluto testimoniarmi il suo affetto lasciandomi una rendita e l'uso di due case, quella di Vertova e questa. Come vedi, non ci sono grandi misteri. Tu, invece, mi nascondi qualcosa.»

Giuliana finse di crederle anche se, al di là delle parole della mamma, percepiva una verità molto più complessa.

«Vorrei fare bella figura con una persona cui tengo molto», sussurrò.

Martina annuì. Era chiaro che Giuliana stava imbastendo una nuova storia d'amore. Questa certezza la tranquillizzò. Ma non le avrebbe comunque permesso di trasferirsi nel suo appartamento.

# 46

Martina entrò nella platea deserta del Piccolo Teatro, tenendo per mano Maria. Era stata Giuliana a invitarla ad assistere alle prove di *Amleto*, dopo che avevano fatto pace pur rimanendo ognuna sulle proprie posizioni.

La sala era immersa nella penombra. Erano accese soltanto le luci sul palcoscenico dove c'erano gli attori.

Vide subito Giuliana, in jeans e maglietta, che confabulava con i colleghi. La ragazza era stata scelta per interpretare il ruolo di Ofelia nella rappresentazione che sarebbe andata in scena in autunno. A sceglierla, era stato Kuno Gruber, il regista famoso per il talento straordinario e le intemperanze amorose. I suoi successi teatrali e le sue imprese sentimentali venivano spesso riportate dai settimanali di cronaca rosa. Ora l'uomo sedeva su uno sgabello, di lato al palcoscenico, e stava rileggendo il copione, mentre gli attori bisbigliavano tra loro.

«La vedi tua sorella?» domandò Martina alla figlia.

«Sì. Posso chiamarla?» chiese Maria.

«Assolutamente no. Ci hanno permesso di entrare, a condizione di stare buone e zitte. Ora ci sediamo e non ci muoviamo fino a quando Giuliana non avrà finito.»

«Va bene», disse la bambina.

Martina osservava Giuliana che, sul palcoscenico, sembrava ancora più alta e sottile. La sua presenza spiccava su quella degli altri.

Il regista alzò lo sguardo dal copione e si rivolse agli attori.

«Allora, siamo in casa di Polonio. Entrano Laerte e Ofelia.»

Giuliana continuava a confabulare con un collega.

«Ho detto che entrano Laerte e Ofelia. Laerte è entrato. Ofelia, invece, sta facendo salotto», tuonò il regista, agitando contemporaneamente il copione e la folta capigliatura d'argento. La sua voce potente fece sobbalzare Maria.

«Perché quel signore sgrida mia sorella?» domandò sottovoce alla mamma.

«Perché chiacchiera, invece di lavorare», rispose Martina, osservando Giuliana che abbozzò una riverenza mentre si avvicinava a Kuno, dicendo: «Ofelia è presente, viva e vitale, almeno per il momento».

Il regista depose il copione su uno sgabello, le andò vicino e la guidò verso un punto del palcoscenico da cui la ragazza avrebbe dovuto fare il suo ingresso.

«Ricorda che sei la mite e fragile Ofelia, un po' rintronata dalle promesse d'amore di Amleto. Concentrati», le raccomandò. Poi si rivolse all'attore che impersonava Laerte. «Tu stai per salpare con la tua nave e sei preoccupato di lasciare sola questa scriteriata sorella. Adesso dalle la battuta.»

«Sii guardinga, Ofelia, perché nel timore è la salvezza», recitò il giovane.

«Custodirò nel cuore il senso delle tue parole. Ma tu, mio buon fratello, non fare come certi pastori che indicano il cammino difficile per salire al cielo, mentre si comportano da viziosi», replicò la ragazza.

«No, no, no!» tuonò Kuno Gruber, lanciando in aria il copione e avventandosi come una furia su Giuliana. «Non puoi guardare Laerte come se fosse il tuo innamorato. È tuo fratello! Tu sei una sorella giudiziosa. Tieni in serbo la tua carica erotica per un'altra occasione, miseria ladra!»

«Adesso la picchia?» domandò Maria, spaventata, alla mamma.

«Oh no! Io credo che la ami», rispose Martina, calamitata da quanto avveniva sul palcoscenico. Prima che se ne rendesse conto, Maria era scivolata dalla poltrona e stava correndo verso la scena. Sua madre la inseguì, ma lei era già aggrappata alle gambe di Giuliana.

«Di grazia, possiamo sapere che cosa sta succedendo?» urlò il regista.

«Scusa, maestro. Lei è la mia sorellina. È qui con la mamma, per assistere alla prova», balbettò Giuliana prendendo in braccio Maria.

Kuno guardò la bambina e, soprattutto, la bellissima madre della sua giovane attrice. A quel punto il suo viso si addolcì e sfoderò lo sguardo da sciupafemmine per il quale andava famoso.

«Questa fantastica ragazza è tua madre?» domandò, galante. Poi si ricompose e si rivolse a Martina, parlandole con soavità: «Signora, questo non è un asilo infantile. O, almeno, non dovrebbe esserlo. Vuole essere così gentile da riprendersi la piccolina e...»

«Togliere immediatamente il disturbo», concluse Martina con un largo sorriso. «La prego di scusarmi», soggiunse. Agguantò Maria e, sul punto di andarsene, sussurrò alla figlia: «Ci vediamo a casa».

In una manciata di minuti, aveva capito molte più cose di quante Giuliana sarebbe stata disposta a raccontarle.

Aveva intuito che il giovane attore che interpretava Laerte aveva una simpatia per sua figlia, che il regista era innamorato di Giuliana, e lei si stava innamorando di lui. Lei lo avrebbe amato perché era un artista geniale, lui se la stava coltivando perché era bella, perché aveva il carisma dell'attrice di razza, perché si sarebbe rivelata una grande interprete. L'unico pensiero che la consolò fu che Kuno Gruber era in grado di insegnare a Giuliana il mestiere al massimo livello. Ora sapeva anche perché sua figlia aveva tanto insistito per abitare in via Serbelloni: voleva fare un po' di scena con il regista.

Giuliana arrivò a casa per l'ora di cena, mentre sua madre cercava di sottrarre a Maria una terrina piena di budino al cioccolato.

«Vorrebbe mangiare tutta quella roba?» trasecolò la sorella.

«Lo sai bene che Maria non è mai sazia. Se le porto via il budino strillerà come un'aquila.»

Per una volta, la previsione non si avverò. La bambina era molto incuriosita da quello che era accaduto nel pomeriggio. Infatti le domandò subito: «Perché ti ha sgridato quel brutto cattivo?»

«Perché in teatro le cose funzionano così.»

«Così, come?»

«Si urla, si lavora, qualche volta si ride. Adesso dammi subito un grosso bacio.»

Maria la baciò su una guancia, imbrattandola di budino.

«Fammi sistemare la piccola per la notte. Dopo andiamo a tavola. C'è uno sformato di pasta con i broccoli e un'insalata di pesce.»

«Ci sarebbe una variazione di programma. Gli amici mi aspettano in un ristorantino delizioso in via Brera. Ho detto che saresti venuta anche tu», disse Giuliana.

Martina acconsentì ad andare con lei.

Il cibo del delizioso ristorantino non era eccezionale, ma si lasciò contagiare dalle risate dei giovani attori, mentre pensava che sua figlia non aveva più bisogno di lei. Ormai aveva messo le ali e sarebbe volata lontano. Nemmeno il bel Laerte, che nella vita si chiamava Sergio Qualcosa, sarebbe riuscito a trattenerla. Provò molta simpatia per quel ragazzo che guardava Giuliana con adorazione, perché lei stava per innamorarsi di quell'istrione di Kuno Gruber, che l'avrebbe fatta soffrire, ma non sarebbe riuscito a impedirle di volare sempre più in alto, perché aveva ali poderose.

Finse di compiacersi per l'ammirata curiosità delle ragazze e le frasi galanti dei giovani della compagnia. Raccontò di Vertova e della vita di paese, della mattanza del maiale e delle galline che erano l'orgoglio di Vienna, delle prime recite di Giuliana nel teatrino parrocchiale.

«Aveva dodici anni quando mi confessò che, per vincere il panico da palcoscenico, immaginava il pubblico in mutande.»

«Mamma, per favore!» implorò Giuliana, imbarazzata.

A quel punto dedicò la sua attenzione a un uomo abbastanza giovane, pallido, i capelli dorati, lo sguardo ceruleo, il volto affilato, le labbra sottili e piccole. Indossava pantaloni di velluto e una camicia a quadri scozzese. Glielo presentarono. Si chiamava Oswald Graywood ed era docente di letteratura inglese all'Università di Oxford, studioso di Shakespeare e del teatro elisabettiano. Parlava pochissimo e arrossiva facilmente. Era venuto in Italia per tenere un corso ai giovani attori del Piccolo Teatro. Giuliana le aveva già parlato di lui come di un pozzo di scienza.

«Il professor Graywood dice che il teatro è un'esigenza ineliminabile della vita sociale», le aveva riferito. E aveva soggiunto: «Il professor Graywood sostiene che l'attore è come un sacerdote e che il teatro è una delle più sublimi forme d'arte. Conferisce un senso ai pensieri, ai sentimenti, ai comportamenti umani e diventa uno straordinario strumento educativo nel momento in cui esalta le virtù e condanna i vizi».

Ora Martina sogguardò il carismatico insegnante timidissimo che arrossiva come una pulzella a certe battute dei ragazzi che lei non era in grado di capire, perché non sapeva l'inglese.

A un certo punto annunciò: «Torno a casa».

«Mammina, la notte è giovane. Più tardi andremo in un posto dove si ascolta musica jazz. Devi assolutamente restare con noi.»

«Per carità. Apprezzo a malapena la musica classica», si spaventò Martina, ricordando la volta in cui Sandro l'aveva trascinata in un locale notturno, in piazza Duomo, ad ascoltare un concerto jazz. Dopo mezz'ora, gli aveva sussurrato: «Mi verrà una crisi isterica se non mi porti subito via».

«Lascia almeno che ti riaccompagniamo», disse la figlia.

«La riaccompagnerò io, sempre se la signora me lo consente, anche perché, in fatto di jazz, la penso esattamente come lei», intervenne il docente inglese e arrossì.

Giuliana fece l'occhiolino alla mamma e poi le sussurrò: «Sei una bomba. Hai fatto colpo su Oswald, che è un misogino all'ennesima potenza».

Martina accettò la scorta del professore, pentendosi subito dopo, perché nel suo italiano stentato, lui tentò di instaurare un dialogo sulla base di domande impossibili.

«Signora Agrestis, che cosa ne pensa dell'attuale situazione del teatro italiano? Lei ritiene che l'origine sacra del teatro antico abbia ancora un senso nell'età contemporanea? Come interpreta il passaggio dalla rappresentazione religiosa a quella profana?»

Martina sbottò: «Professore, la prego, abbia pietà di

me. Mi parli delle bianche scogliere di Dover, del Big Ben e della regina, ma non mi trascini su un terreno che non conosco e che, francamente, non mi interessa».

Lui, inaspettatamente, si abbandonò a una bella risata.

«Lei è molto pragmatica», disse.

«No, sono molto ignorante, ma convivo benissimo con la mia ignoranza», dichiarò.

«Forse l'ignorante sono io. Conosco la mia materia, ma affogo su tutto il resto», confessò.

Erano arrivati in piazza della Scala e s'infilarono in via Hoepli. C'era un locale alla moda, camuffato da vecchia osteria.

«Le andrebbe un bicchiere di vino?» domandò lui.

Anche lì, selve di giovani chiacchieravano, ridevano, bevevano.

Sedettero a un tavolino, davanti a una bottiglia di dolcetto d'Alba. Il professore le decantò le virtù di Giuliana che aveva una capacità di penetrazione degli argomenti davvero sorprendente.

Poi le parlò di sé, dei saggi che aveva pubblicato e di quelli a cui stava lavorando, delle vacanze trascorse in Italia quand'era studente, del fascino che l'Italia e i suoi abitanti avevano sempre esercitato su di lui, della vita coniugale naufragata di recente.

Martina ascoltava senza fare commenti.

«Ma lei non mi sta dicendo nulla di sé», constatò il professore.

Lei si rinserrò nelle spalle e dichiarò: «La mia vita è così normale e insignificante che non merita di essere raccontata».

«Dica piuttosto che io l'ho annoiata a morte. Il fatto è che sono qui da due settimane ed è la prima volta che incontro qualcuno che mi sa ascoltare. La ringrazio, signora Agrestis.»

«Mi chiami Martina.»

«Mi chiami Oswald.»

Risero senza un motivo.

«Ora che siamo quasi amici, mi permetta una domanda: perché non si concede una vacanza in Inghilterra? Imparerebbe l'inglese più rapidamente di quanto creda. Le do le mie coordinate», disse, tendendole il suo biglietto da visita. E proseguì: «Io tornerò a Oxford tra pochi giorni. Mi telefoni se deciderà di venire e le organizzerò un soggiorno molto costruttivo».

«Ci penserò», promise.

# 47

Giuliana tornò a Vertova per salutare la mamma prima di andare in vacanza.

«Con chi?» domandò Martina.

«Siamo in tanti», rispose la ragazza, rimanendo sul vago.

Stavano pranzando sotto il pergolato. Maria, armata di secchio e paletta, stava scavando un fossato nella ghiaia, validamente aiutata, in quel disastro, dal suo amichetto Mattia, il figlio di Leandro ed Emanuela, che i genitori affidavano ai nonni ogni fine settimana. La moglie di Leandro aspettava un altro figlio e i suoceri avevano raccontato a Martina che non stava avendo una gravidanza facile. Maria era legatissima a Mattia. Un giorno, scherzando, Leandro aveva ripetuto a Martina: «A giudicare da come si cercano, chissà che da grandi non riescano a sposarsi».

Gigliola aveva messo in tavola il vitello tonnato e

l'insalata tenera dell'orto. Martina e Giuliana non avevavo appetito e non si erano ancora servite. Sorseggiavano un vino fresco del Collio e intanto misuravano le parole.

«C'è anche quel Sergio Qualcosa?» indagò la madre, con aria lieve.

«Non te l'avevo detto? Con Sergio ho chiuso.»

«Non sapevo neppure che avessi avuto una storia con lui», mentì sua madre.

Martina guardava quello splendore di figlia che si era lasciata intrappolare dal fascino del grande regista anche se sembrava mantenere intatta la sua autonomia, almeno per il momento.

«Era così possessivo», si lamentò Giuliana.

«Capisco e simpatizzo per lui, perché aveva l'aria del bravo ragazzo», disse Martina.

«Sì, però un po' limitato. Gli manca il respiro per diventare qualcuno.»

«È quello che sostiene Kuno Gruber?»

«Come fai a saperlo?»

«Vogliamo chiamarlo intuito materno?» ironizzò Martina avendo ormai capito che quel volpone di regista aveva già fatto un boccone di sua figlia e se la stava assaporando lentamente.

«Secondo me stai facendo la ficcanaso.»

«Se fosse, ne avrei tutti i diritti dal momento che ti voglio bene. Comunque non ho mai interferito nelle tue scelte e non lo farò nemmeno ora. Mi troverai al tuo fianco anche se temo che tu stia facendo scelte sbagliate. Per altro, sono convinta che da ogni errore si possano trarre ottimi insegnamenti. Io ne ho fatti tanti e continuerò a farne, perché se la somma di tutte le mie decisioni sbagliate siete tu e la piccola Maria, e questa casa e l'amore che ci unisce e la voglia di vivere, allora dico che dobbiamo brindare agli errori», dichiarò alzando il bicchiere.

«Possiamo brindare anche noi?» chiese Maria, ponendo fine al minuzioso lavoro di scavo del vialetto. Si avvicinò a loro tenendo per mano il piccolo amico verso il quale dimostrava un atteggiamento molto protettivo. Mattia, che aveva già capito come funzionavano le cose, da bravo maschietto si lasciava beatamente proteggere da lei.

«Andate da Gigliola e fatevi dare l'aranciata. Niente vino per i bebè», ordinò Martina.

I due obbedirono e lei si rivolse di nuovo alla figlia.

«Vogliamo mangiare?» domandò, mentre le serviva qualche fetta di vitello tonnato.

«Vado in Inghilterra. Visiteremo Londra e i suoi teatri a partire dall'Old Vic. Tutti luoghi shakespeariani, insomma, in vista dell'*Amleto* che metteremo in scena in autunno. E adesso che lo sai, non fare del sarcasmo deducendo che ci sarà anche Gruber. Sì, ci sarà», disse Giuliana.

Incominciarono a mangiare, calandosi ognuna nei propri pensieri. Giuliana pensava a Kuno Gruber e lo considerava l'uomo più affascinante che le fosse mai capitato di incontrare. Era un affabulatore straordinario e il suo modo di raccontare sprigionava una carica erotica travolgente. Le attrici della sua compagnia dicevano di lui: «Quando ti parla, è come se facesse l'amore con te». Per ora faceva l'amore con lei, con una forza e una dolcezza che la lasciavano senza fiato. Bastava che lui la guardasse perché Giuliana avvertisse un fremito di piacere in tutto il corpo. Si rendeva conto che Gruber la stava soggiogando, ma la stava anche plasmando per farla sbocciare in tutta la sua bravura di interprete drammatica. E lei gli dava la parte più gaia di sé, la sua capacità di godere anche delle piccole cose, la spensieratezza dei suoi diciannove anni e la dedizione a un mestiere privilegiato e difficile qual è quello dell'attore.

Martina aveva elaborato invece un disegno che era iniziato alcune settimane prima, quando quel docente di letteratura le aveva detto che avrebbe potuto imparare l'inglese velocemente se fosse andata in Inghilterra.

I bambini uscirono di casa reggendo pericolosamente i loro bicchieri colmi d'aranciata.

«Possiamo sederci con voi?» domandò Maria che parlava sempre al plurale, quand'era con Mattia, associandolo alle proprie decisioni, perché il piccolo non si sarebbe mai permesso di essere in disaccordo con lei.

«Ma lo sai che questa bambina è identica alla nonna?» osservò Giuliana.

«Tonda e morbida come panna montata e con quel ricciolino di naso che è tipico di Vienna», convenne Martina.

«Lo sai che quando sarò grande io sposerò la mia mamma?» disse Maria al suo amichetto, pulendosi i baffi d'aranciata con la mano.

«Anch'io quando sarò grande sposerò la mia mamma», la imitò Mattia.

«Lo senti? Così piccolo e già succube delle donne», disse Giuliana, divertita.

«Non sono piccolo. Io sono il pirata e Maria è la regina. Io rubo i tesori e li do a Maria.»

«Io non voglio i tesori del pirata. Voglio la mia mamma e basta», disse la bambina. Ignorò la sua aranciata e volle che Martina la prendesse tra le braccia.

Mattia dovette sentirsi offeso da quel brusco cambiamento d'umore, perché scoppiò in lacrime e si avviò di corsa verso il cancello.

«Che cosa gli ha preso?» domandò Giuliana.

«Sono piccoli drammi infantili. Giuliana, accompagnalo dai suoi nonni, per favore», disse Martina.

Maria le circondò il collo con le sue piccole braccia, poi prese a succhiarsi un pollice.

Martina rientrò in casa, portando in braccio Maria, salì al piano superiore ed entrò nella cameretta della bambina.

«Adesso devi dormire», le disse.

«Non qui. Voglio il tuo lettone», piagnucolò la bambina.

«Va bene. Ma poi farai la nanna, vero?»

«Promesso», disse la piccola.

Poco dopo Giuliana fece capolino nella camera di sua madre.

«Allora, mamma, io me ne vado», disse sottovoce, per non svegliare la sorellina.

«Sai che stavo pensando di venire in Inghilterra con voi?» disse Martina, uscendo con lei dalla stanza.

Sua figlia si rabbuiò.

«Mamma!» disse con aria indignata.

«Tranquilla, parlavo solamente del viaggio. Sai, quel professor Graywood mi ha convinto a imparare l'inglese. Si è anche offerto di organizzarmi il soggiorno in Inghilterra», spiegò Martina. E proseguì: «Naturalmente mi sono mossa a modo mio. Ho trovato un cottage delizioso, anche se molto caro, un po' fuori Oxford. Ho anche trovato una piccola scuola nella zona. Insomma, passerò volentieri l'agosto in Inghilterra».

«E Maria?»

«Starà con la nonna.»

«Non mi hai mai lasciata sola, quando ero così piccola.»

«La smetti di inventarmi degli ostacoli?»

Giuliana sospirò rassegnata.

«Mi prometti di tenere la bocca chiusa quando vedrai Gruber?»

«Lo giuro solennemente.»

«Va bene. Allora verrò a prenderti.»

La mattina dopo Martina spiegò a sua madre, tenendo per mano Maria: «Devo assolutamente accompagnare Giuliana a Londra». E soggiunse: «Puoi badare alla piccola?»

«Quanti giorni stai via?» domandò Vienna che, se era felice di occuparsi della nipotina, non era altrettanto entusiasta del viaggio della figlia.

«Dipende. Sai, mamma, non mi fido a lasciare Giuliana da sola in Inghilterra. Tu mi capisci, vero?» mentì, senza un briciolo di vergogna.

Vienna capiva, anche se, chissà come, ebbe il vago sospetto che Martina la stesse raggirando.

Si rivolse a Maria e spalancò le braccia con un largo sorriso.

«Vieni qui, bella della nonna», le disse, «pensa come staremo bene noi due insieme, senza quella scriteriata della tua mamma.»

# 48

MARTINA non si aspettava di trovare all'aeroporto di Londra il professor Oswald Graywood. Invece lui era venuto a prenderla. Così salutò la figlia, i suoi colleghi e quel furbacchione di Gruber.

«Comportati bene», le sussurrò Giuliana, al momento di lasciarla.

«Mi hai rubato la battuta», rispose Martina.

«Non scherzo, mammina. Graywood è uno studioso affascinante, tu sei una bella ragazza ricca e sola, dunque, è come avvicinare un fiammifero alla paglia», disse la figlia.

«Certo che sei proprio brava a invertire i ruoli. Bada piuttosto a te stessa e non farti soggiogare più del lecito da quel vecchio istrione», si raccomandò, avendo capito che, nel regista e maestro, probabilmente Giuliana cercava anche una figura paterna.

«Ci rivediamo qui tra quattro settimane?» domandò Giuliana.

«Non lo so. Può darsi che io rifaccia i bagagli tra pochi giorni. Comincio già a sentirmi spaesata in questo posto dove parlano tutti in inglese. Comunque hai il numero di telefono del mio cottage. Fatti viva, perché io non saprei come rintracciarti», le disse.

Martina salì sulla Mini Morris del biondo professore, dandogli le coordinate per raggiungere la casa presa in affitto.

C'era la padrona di casa ad accoglierla e lei assistette un po' depressa alla fitta conversazione tra la signora, che aveva l'aspetto di una robusta casalinga, e il segaligno docente, mentre entravano in una grande sala dal soffitto basso, arredata con mobili scuri, centrini di pizzo un po' ovunque, e un vago odore di stantio. Si domandò se sarebbe sopravvissuta per un mese in quel luogo, dal momento che non era in grado neppure di chiedere un bicchiere d'acqua.

La padrona di casa li guidò di stanza in stanza, esaltando il comfort e la signorilità del suo cottage che, nel corso degli anni, era stato abitato da ospiti illustri, compreso Mr. George Bernard Shaw, mentre aspettava che venisse pronta la residenza di Ayot St. Lawrence. Oswald traduceva per Martina tutte le informazioni fornite dalla loquace proprietaria.

«Oswald, per favore, le dica che questa confortevole residenza sa di stantio e necessita di una pulizia profonda», disse Martina.

«Non le dirò proprio nulla. Chiederò invece alla mia governante di mandarle una persona fidata, ma ricordi che siamo inglesi e abbiamo unità di misura diverse anche per il grado di pulizia», l'avvertì il professore, che non condivideva il disappunto di Martina.

«Mi viene da piangere», sussurrò lei.

Si domandava che senso avesse trovarsi in quel posto sperduto, lontana dai suoi punti di riferimento, dalla piccola Maria, da sua madre e anche da Giuliana che, sicuramente, non stava pensando a lei. I suoi bagagli erano lì, davanti alla porta. Non aveva che da chiamare un taxi e farsi riportare all'aeroporto.

Il professore dovette intuire il suo smarrimento, perché le circondò le spalle con un braccio e la rincuorò.

«Domani andrà meglio, cara Martina. Le do la mia parola.»

«E da qui a domani?» gli domandò.

«Andremo a visitare questa piccola città e poi ceneremo in un pub dove cucinano gamberi di fiume. Ma prima le mostrerò l'emporio più vicino, dove potrà comperare tutto quello che le serve», disse.

Martina lo guardò e lo vide sotto una luce nuova. Oswald era più giovane di quanto le fosse sembrato e aveva perduto la sua aria professorale. Decise di fidarsi di lui, anche se, nell'intimo, reclamava a gran voce: Voglio tornare a Vertova!

«Perché sta facendo tutto questo?» gli domandò.

«Per dare un senso ai suoi giorni nel mio paese», rispose.

Si avviarono lungo la Queen's Lane, verso il centro di St. Albans.

«È altruismo o che cosa?» domandò Martina.

«È sano egoismo. Non mi è mai capitato di fare da guida a una signora bella come lei», ammise.

La mattina seguente, Martina fu svegliata dallo scampanellio alla porta. Scese ad aprire e si trovò davanti una giovane donna indiana, che vestiva un sari luccicante e ostentava un tondino rosso sulla fronte.

Era Salinda, la domestica mandata a soccorrerla. Le sorrise con un candore catturante. Martina la giudicò deliziosa. Si intesero più a gesti che a parole, ma fu da subito un accordo perfetto. Lavorarono insieme, gomito a gomito, per tutta la giornata.

La sera, Martina era molto stanca, ma soddisfatta. E quando il professore si presentò per condurla fuori a cena, lei lo abbracciò con gratitudine.

«Sei stato un tesoro», gli disse. Era passata al tu, senza rendersene conto.

«Hai ancora voglia di piangere?» le domandò.

«Non ho avuto nemmeno il tempo di pensare», rispose lei.

«Com'è stato il tuo primo giorno di scuola?» indagò Oswald.

«Non ci sono andata e credo che non ci andrò mai. Che cosa potrei imparare in tre ore di lezione, che Salinda non possa insegnarmi stando con me tutto il giorno?»

Fu un agosto davvero insolito. Martina si sentì una studentessa in vacanza. I giorni passarono veloci e, a tratti, dimenticava perfino di avere due figlie. Stava recuperando i suoi quindici anni che non aveva vissuto, presa com'era stata a fare la mamma. E le piaceva pensare che il timido professore, sempre inappuntabile, fosse una specie di boyfriend, che la sera la prelevava da casa e la riaccompagnava congedandosi con un compito baciamano. Martina era felice.

La sera, quando si coricava nel letto con le tende di pizzo bianco che scendevano dal baldacchino, si abbandonava al sonno con serenità.

Poi arrivò Giuliana e la travolse con i suoi racconti. Era innamorata persa di Kuno Gruber e glielo disse.

«Sei davvero smagliante. Mi sembra che questa storia ti faccia bene, almeno per ora», constatò Martina.

«Anche tu, mammina, sei splendida. Devo dedurre che con il professore...» insinuò la figlia, senza finire la frase.

«Deduci male. Lui è un vero gentiluomo e io sono una brava ragazza che non vuole complicarsi la vita», affermò.

«Peccato, ho perso la scommessa», si rammaricò sua figlia.

«Quale scommessa? E con chi avevi scommesso?»

«Con me stessa. Ero convinta che fossi venuta fin qui perché il professor Graywood ti piaceva.» Giuliana stava aiutando la mamma a riporre le sue cose nelle due sacche da viaggio, perché l'indomani Martina avrebbe lasciato il cottage e sarebbero tornate insieme in Italia. Quindi proseguì: «Non avresti lasciato sola una figlia di quattro anni, altrimenti».

«Ti ricordo che Maria non è sola, perché sta con la

nonna e, infine, mi sono concessa uno stacco, perché non esistono solo le mie figlie. Esisto anch'io, Giuliana, e sono una madre, non uno stuoino», si ribellò Martina, consapevole di essersi sempre dedicata interamente a Giuliana e a Maria.

Sua figlia l'abbracciò.

«Sei la migliore delle madri possibili e io ti voglio tanto bene. Però, dimmi la verità, il professore ti piace.»

«Forse», sorrise Martina. E soggiunse: «Ma, se permetti, questi sono affari miei».

Quella sera, Oswald invitò a cena madre e figlia. Quando rincasarono, Giuliana andò subito nella sua camera. Martina, invece, si fermò in giardino con Oswald.

«Non so davvero come ringraziarti. In queste settimane, non ho imparato l'inglese, ma sono stata molto bene. E lo devo a te che mi hai dato sicurezza. Ogni volta che ho avuto un problema, me lo hai risolto. Grazie di cuore», sussurrò, porgendogli un dono di congedo. Era un'edizione rara delle commedie e tragedie di Shakespeare, acquistata in una libreria antiquaria di Londra.

«Non parliamo di gratitudine, perché devo a te un mese bellissimo. Mi hai fatto dimenticare mia moglie e hai fatto rinascere la voglia di vivere», disse.

Quasi senza accorgersi si ritrovarono l'una nelle braccia dell'altro e si baciarono appassionatamente.

Giuliana, che li spiava dalla finestra della sua camera, sorrise e sussurrò: «Avevo ragione io. Il professore piace tantissimo alla mia mamma».

# 49

GIULIANA tornò in Italia senza la mamma, che si fermò nel cottage di Queen's Lane, perché stava vivendo una nuova storia d'amore.

Non si chiedeva se, né quanto sarebbe durata, accontentandosi del presente che l'appagava.

Lassù, al nord, l'estate era finita e il vento, il sole, i temporali si susseguivano senza sosta.

Ce ne fu uno particolarmente violento nel corso dell'ultima notte di settembre. I tuoni e il rumore della pioggia battente che investiva il tetto la svegliarono. Istintivamente allungò un braccio per cercare Oswald. Il professore dormiva profondamente. Lei non riuscì a riprendere sonno e aspettò la prima luce del mattino per alzarsi. Si coprì con un giaccone di lana e uscì in giardino. Vide le dalie, intrise d'acqua e terriccio, reclinare a terra le corolle. Gli steli più teneri delle ortensie si erano spezzati. La ghiaia del vialetto, sotto la violenza dell'acquazzone, si era scomposta in piccoli cumuli, lasciando chiazze scoperte di terra e fango. Sul prato, a ridosso del bowwindow, si erano ammucchiati esili rami e foglie caduti dal maggio-ciondolo. La violenza del temporale aveva rovinato il bel giardino.

Martina rientrò in casa, alzò il termostato del riscaldamento, si lavò e indossò pantaloni di vigogna grigi e un maglione di lana a collo alto. Calzò i mocassini e infine andò in camera da letto. Oswald continuava a dormire. Allora scese in cucina e si preparò il primo caffè della giornata. Andò a berlo in giardino, rannicchiandosi sulla panchina di vimini, sotto il bowwindow. Il sole si stava levando in un cielo blu cobalto solcato da matasse di nuvole bianche che navigavano come galeoni nel mare. L'aria si stava riscaldando. Martina posò a terra la tazza vuota, prese un rametto di robinia e tracciò ghirigori sul terreno umido. L'euforia delle prime settimane accanto a Oswald si andava stemperando in un lieve senso di disagio. Cancellò gli scarabocchi e, con la punta del rametto, disegnò una casa: i muri, il tetto spiovente, il comignolo da cui usciva un ricciolo di fumo, quattro finestrelle e la porta. Ripeteva lo stesso disegno da sempre: sulla carta, sui vetri appannati, sulla sabbia. Qualche volta tracciava un sentiero che conduceva alla casa e si restringeva davanti alla porta chiusa. Ora, per la prima volta, aveva disegnato un battente aperto. Si meravigliò per quella variazione allo schema abituale e immaginò di entrare all'interno della casa. Vide un vestibolo con molte porte chiuse. Poteva sceglierne una a caso, aprirla ed entrare, ma non sapeva quale scegliere.

«Non ce la faccio», sussurrò. Cancellò il disegno con la punta del mocassino, sentendosi molto a disagio.

«Sei pensosa», disse Oswald, andandole vicino.

«Sono sveglia da un pezzo», rispose lei. Raccolse da terra la tazza e gliela tese. «Mi sono riempita di freddo. Andiamo in casa», soggiunse.

Lui posò un braccio sulle sue spalle.

«Stai tremando», disse.

«Urge un secondo caffè», annunciò lei, entrando in cucina.

«Vai di là. Sistemati sul divano e ti porterò la colazione», promise l'uomo, sfiorandole con un bacio la punta del naso.

Martina ubbidì e si coprì le gambe con un plaid di lana.

Poco dopo, Oswald sospinse nel soggiorno il carrello su cui aveva allestito una prima colazione invitante. Mangiarono in silenzio.

«Sto molto bene con te», disse il professore.

«Ho i piedi gelati», replicò lei.

Oswald si sedette sull'angolo del divano, le scoprì un piede e cominciò a massaggiarlo. Martina chiuse gli occhi e ridisegnò nella mente la casa con la porta socchiusa che spalancò e si trovò in un vestibolo lungo e stretto. Dal fondo irrompeva una luce violenta che tratteggiava i contorni di Vienna. Sua madre aveva le braccia aperte non per accoglierla, ma per impedirle di proseguire. Che cosa c'era in fondo al vestibolo? Perché Vienna non voleva lasciarla passare? Poteva spingerla da parte e proseguire. Aprì gli occhi e disse: «Sto pensando di tornare in Italia».

«Non c'è problema. Sposto alcune lezioni e ti accompagno», rispose l'uomo.

«Preferisco partire da sola.»

Lui assunse l'espressione del cane bastonato e annuì.

«Mi manca Maria. Voglio capire che cosa sta combinando Giuliana. Ho bisogno di parlare con mia madre», spiegò Martina.

Aveva parlato al telefono la sera prima, come tutte le sere, con tutte e tre. Maria stava bene. Vienna aveva smesso di domandarle quando sarebbe tornata e questo significava che la nipotina le riempiva la vita. Quanto a Giuliana, avrebbe esordito in teatro a metà ottobre. Intanto, stava già diventando famosa. La sua fotografia era apparsa su alcuni settimanali che parlavano di lei come della nuova stella nascente del palcoscenico italiano. Dietro tutto questo c'era l'abile regia di Kuno Gruber che voleva creare curiosità e interesse per il suo *Amleto* e aveva deciso di utilizzare Giuliana per promuovere lo spettacolo.

In realtà, da giorni, Martina si chiedeva che significato avesse il suo soggiorno inglese, in assenza di un progetto di vita.

«Sei sospesa sul niente», disse Oswald.

«È proprio così», ammise Martina.

Lui sorrise e prese ad accarezzarle le gambe.

«Se si hanno le idee chiare, è facile prendere una decisione», osservò l'uomo.

«Voglio tornare alla mia vita di sempre, senza pormi troppe domande, ma mi addolora la tua assenza. Ero venuta in Inghilterra non tanto per studiare la tua lingua, che infatti non ho imparato, ma per lanciare i dadi con un bussolotto sperando che uscisse un bel sette o un bel nove.»

«Invece, che cos'è uscito?»

«Non lo so. Non riesco a leggere i numeri. Per questo voglio tornare a casa. A Vertova, forse, la vista si farà più limpida.»

«E nel frattempo, io che cosa dovrei fare?» Aveva smesso di accarezzarla, si era alzato, si era avvicinato alla finestra e guardava fuori, le mani sprofondate nelle tasche dei pantaloni.

«Stai dicendo che sono egoista?» reagì Martina.

«Hai fatto tutto tu. Sei arrivata all'improvviso, ti sei lasciata accudire e anche amare. Adesso parti con la scusa più sciocca che ci possa essere: il bisogno di riflettere. Che cosa ti aspetti che faccia?»

«Mi hai invitato tu.»

«Ma certo! Ti ho incontrata per caso, ti ho invitata a bere un bicchiere di vino e ti ho detto: 'Vieni in Inghilterra'. C'era una sola probabilità su un milione che tu accettassi l'invito. Io avevo il morale sotto le scarpe, tu avevi bisogno di essere accudita. Non mi sono annoiato neanche per un istante, vicino a te. Ti amo e vorrei che tu scendessi dall'altalena, posassi i piedi per terra e capissi che cosa vuoi fare.»

«Anch'io ti amo, Oswald, ma devo tornare dalla mia famiglia.»

«Quale famiglia? La tua Giuliana ha già preso il volo.

Tua madre è una donna indipendente. La piccola Maria crescerebbe benissimo in Inghilterra.»

«A parole, tutto sembra molto semplice.» In quel momento Martina si rese conto che il professore non avrebbe mai capito il suo attaccamento alle radici.

«Sei una donna complicata, ed è questo che ti rende affascinante. Comunque, se hai deciso di tornare in Italia, fallo subito. Io ti aspetterò.»

«E se non tornassi?»

«Tornerai o sarò io a venire da te.»

Martina prese il volo per Milano la mattina seguente. All'aeroporto c'era Giuliana ad aspettarla. Insieme andarono a Vertova. Lì, l'estate non era ancora finita.

# 50

«COME mai sei tornata così presto?» domandò Vienna, con un lieve sarcasmo, quando la figlia entrò in casa.

«Credevo fossi felice di vedermi.»

«Come no? Eri partita per star via pochi giorni e sono passati due mesi. Comunque ti vedo bene e sono contenta», replicò la donna, che in realtà era furibonda e si sforzava di apparire calma.

«Guarda, nonnina, che ci sono anch'io», disse Giuliana, tanto per allentare la tensione. E l'abbracciò.

«Ti ho vista. Peccato che ti vedo più spesso sui giornali che di persona.»

«Sto per diventare un'attrice famosa», scherzò la ragazza, pavoneggiandosi.

«Dov'è la mia bambina?» domandò Martina, mentre si affacciava sul cortile.

Maria stava giocando con un gatto. Pretendeva di mettergli in testa una cuffietta di pizzo e il piccolo animale si ribellava. Vide sua madre, la guardò con serietà, poi disse: «Ciao».

«Come sei cresciuta», disse Martina, accucciandosi vicino a lei.

Il gatto schizzò via.

«Tesoro, non mi dai un bacio?» domandò la mamma.

Maria non si mosse. Era arrabbiata.

«Sei stata bene con la nonna?»

«Sì», rispose, stando sulle sue.

«Che cosa mi racconti?»

«Niente.»

Martina l'abbracciò di slancio e Maria la strinse come se temesse di essere abbandonata un'altra volta.

«Ti ho portato tanti doni», le disse Martina.

«Grazie», rispose.

«Non vuoi vederli?»

«No.»

«Facciamo una passeggiata?» propose Martina.

«Va bene», acconsentì la bambina.

Raggiunsero il fiume e si sedettero su un masso lungo la riva. Il sole stava tramontando e l'aria profumava di erba appena tagliata. Martina raccontò a sua figlia del luogo in cui era stata, dei roseti e dei prati, del piccolo lago su cui si andava in barca, di un fiume simile al Serio, dell'amica indiana che aveva un terzo occhio in mezzo alla fronte e si chiamava Salinda.

«Davvero hai conosciuto una donna con tre occhi?» La curiosità aveva sciolto il rancore di Maria.

«Ho qualche fotografia nella valigia. Quando saremo a casa te la mostrerò.»

A quel punto Maria volle sapere perché la mamma non aveva portato a Vertova la donna con tre occhi, se era vero che i cigni del lago pizzicavano le gambe dei bambini e come si fa per imparare l'inglese, perché voleva impararlo anche lei.

Quando scese la sera, sembrò a Maria che la mamma non l'avesse mai lasciata. Martina promise a sua madre che si sarebbero riviste il giorno dopo e tornò a Villa Ceppi con le figlie.

Gigliola aveva messo in tavola la cena.

«Io me ne vado. La casa è stata tirata a specchio. Ci vediamo domani», disse e corse via.

Allora Maria volle vedere i regali della mamma che erano abitini campagnoli, semplici giochi di pazienza, una mini-cornamusa, saponette colorate con la forma degli animali di Walt Disney e un piccolo Big Ben d'argento che nascondeva un carillon.

Dopo cena la mise a letto, e lei volle tutti i doni intorno a sé. Martina rimase nella stanza fino a quando non si fu addormentata.

Poi scese al piano terreno. Giuliana stava parlando al telefono con Gruber e Martina, muovendo a forbice l'indice e il medio della mano, la sollecitò a chiudere la conversazione.

Poco dopo erano tutte e due sedute nella veranda a ragionare come vecchie amiche.

Giuliana non aveva ancora esordito in teatro e già cominciava a diventare famosa.

Quel pomeriggio, arrivando a Vertova dove tutti la conoscevano, si era sentita al centro della curiosità della gente e non ne era felicissima.

«Gruber dice che più vai in alto e più nemici ti fai. Metti che Ofelia non piaccia alla critica. Mi spareranno addosso fino a trasformarmi in un colabrodo.» Il suo tono da attrice consumata divertì molto la madre.

«Quel Gruber non mi piace», si decise a dire.

«Ti comporti con me come la nonna si comporta con te. Spari giudizi senza conoscere le persone.»

«Conosco te che hai sempre ragionato con la tua testa, mentre adesso ti esprimi con quella del tuo mentore.»

«Non sarai mica gelosa, vero?»

«Certo che lo sono. Quello è un furbone mascherato da intellettuale e il teatro è il suo mondo. Tu sei il fiore più bello del giardino e lui non esiterebbe a calpestarti se questo servisse al suo ego straripante.»

«Va bene. Hai fatto il tuo dovere di mamma preoccupata del mio benessere. Adesso mi piacerebbe parlare un po' di te. Quando ti ho vista tra le braccia di Oswald Graywood ho pensato che stessi vivendo, finalmente, la tua età dell'oro e sono stata molto felice per te. Ma ora sei di nuovo sola. Perché?»

«La mia età dell'oro, come dici tu, è di là da venire, e forse non verrà mai. Se ripenso alle mie storie d'amore... tuo padre, come ti ho spiegato, era un personaggio improponibile. Il padre di Maria, invece, era davvero un uomo eccezionale. Dio mi è testimone di quanto io abbia sofferto per la sua morte. Ero innamorata di lui, ma sarei riuscita ad amarlo per tutta la vita? E non c'è niente di più triste di una coppia che continua a stare insieme per tante ragioni, anche importanti, tranne che per amore», spiegò Martina.

«Ti ho chiesto del professore», insistette sua figlia.

«Credo di essere innamorata di lui, ma la tua sorellina ha bisogno di me. Pensi che potrei prendere Maria e tornare lassù? È escluso, perché le nostre radici sono qui. E non è pensabile che Oswald si trasferisca in Italia, quando tutta la sua vita è altrove.»

«Ma non consideri i sentimenti del professore», rilevò Giuliana.

«L'ho lasciato anche per il suo bene», confessò Martina.

Giuliana ripartì il mattino seguente, Martina riprese i ritmi consueti e vide brillare la gioia negli occhi di Maria.

Qualche giorno dopo andò da sua madre per parlarle, anche se non sapeva in quali termini avrebbe affrontato il discorso.

Anche Vienna aveva bisogno di qualche spiegazione.

«Questa volta ti sei trovata un fidanzato inglese», esordì la donna.

«Appunto», replicò sua figlia.

«È un baronetto o uno scaricatore del Tamigi?» ironizzò.

«Smettila con il tuo sarcasmo. Sto cercando di prendere le distanze da lui, e non è un bel momento per me.»

«Non sarà un bel momento, ma la tua tattica del mordi e fuggi è quanto meno sconvolgente.»

«Senti chi parla! Tu hai fatto cose che mi hanno sconvolto la vita.»

«Quando uno non sa come difendersi, parte all'attacco.»

«Dico sul serio, mamma. Mi hai cresciuta nell'ambiguità. Mi hai fatto trovare la porta sbarrata ogni volta che volevo delle spiegazioni», la accusò. E aggiunse: «Tu mi offrivi una facciata solida, pulita, senza una sbavatura. Ma che cosa c'era dietro questa facciata non me lo hai raccontato. Ho dovuto intuire da sola la verità sulla mia nascita ed è stata la nonna, non tu, a raccontarmela. Credi che non abbia percepito la tua ambiguità quand'ero piccola? I bambini hanno bisogno di verità, non di misteri. Credi davvero che, se fossi stata una ragazzina equilibrata, mi sarei data a quel deficiente di Bruno Biffi?»

Vienna avvampò fino a diventare quasi viola, il suo braccio partì senza che ne avesse la consapevolezza e la mano si abbatté pesantemente sulla guancia di sua figlia.

Gli occhi di Martina si riempirono di lacrime, ma proseguì.

«Capisco il bisogno di salvare la tua immagine di sposa, vedova e madre integerrima. Ma sarebbe stato meglio se avessi avuto la forza di guardare in faccia la realtà, anche se questo avrebbe appannato la tua reputazione impeccabile. Saresti stata molto più serena e lo sarei stata anch'io. Ricordo quando ti supplicavo di parlarmi di mio padre e tu trovavi sempre un diversivo per eludere l'argomento. Ricordo i tuoi pianti che mi facevano soffrire, e per i quali non mi davi mai una spiegazione, le frasi ambigue che scambiavi con Ines Ceppi, che mi mettevano a disagio. Sono stata una bambina spezzata da qualcosa che non riuscivo a capire. Ora sono una donna che cerca di rimettere insieme questi cocci. Io ti voglio un bene infinito perché tu sei una donna meravigliosa. Ma quanto saresti stata più bella se avessi avuto il coraggio di mostrarmi il tuo lato debole. Ti avrei amata ancora di più, se è possibile.»

Vienna aveva reclinato il capo, nascondendo il viso con le mani.

Martina le accarezzò le spalle, depose un bacio tra i suoi capelli, uscì in cortile, recuperò la piccola Maria e tornò a Villa Ceppi.

Dopo un paio di settimane, sua madre le telefonò.

«Ho cucinato la polenta con gli uccelli scapati», disse.

«Con tanto sugo alla salvia e rosmarino?» domandò Martina.

«Come piace a te e alla piccola Maria.»

«Piacerà anche al mio nuovo bambino. Sono incinta, mamma.»

Vienna chiuse la comunicazione e si portò una mano al petto, come per fermare il cuore impazzito.

«Questa figlia ha deciso di farmi morire», sussurrò.

# 51

MARTINA era in canonica a preparare i pacchi dono per Natale. A Vertova arrivavano famiglie dal Sud in cerca di occupazione, ma non c'era abbastanza lavoro per tutti. Crescevano i disoccupati e i giovani disadattati. Le famiglie più abbienti del paese, fedeli a un'antica tradizione di solidarietà, si dedicavano a soccorrere chi aveva più bisogno, soprattutto in occasione delle feste.

Martina teneva i rapporti con le aziende che, di tanto in tanto, elargivano prodotti alimentari e indumenti. Riusciva anche a ottenere piccole somme dalle banche. Spesso attingeva al suo conto corrente, senza che si risapesse. Ma il parroco lo aveva capito e, qualche volta, l'ammoniva.

«Non le sembra di esagerare, signora Agrestis?»

«Cerco di farmi perdonare i miei peccati», replicava lei, scherzando.

In confessione, aveva raccontato a don Luigi che, per la terza volta, stava per avere un figlio senza essere sposata.

Don Luigi assisteva impotente ai grandi capovolgimenti del mondo, alle rivendicazioni delle femministe, alle nuove leggi che consentivano l'aborto e il divorzio, qualche volta si smarriva, si lasciava prendere dallo sconforto, cercava un confronto con il suo vescovo e non riusciva a condannare fino in fondo queste ventate di follia. In Val Seriana arrivavano soltanto gli echi delle grandi proteste, ma bastavano a far serpeggiare il disagio tra i suoi parrocchiani che si appellavano a lui perché, dal pulpito, scagliasse anatemi contro la rilassatezza dei costumi.

Lui preferiva denunciare le disparità sociali, i comportamenti truffaldini della classe dominante, lo sfruttamento del ricco ai danni del povero. Pensava spesso a Martina che viveva la fede con sincerità, anche se riusciva sempre a dare scandalo.

Le aveva detto che stava esagerando anche quando gli aveva confidato la nuova gravidanza.

«Come faccio a darle l'assoluzione se non si pente per i suoi peccati?»

«Le sembra un peccato, don Luigi, avere un figlio da un uomo che ho amato? Se le dicessi che sono pentita, mentirei. Io sono soltanto felice di avere un altro bambino.»

Lui si era arrabbiato: «I bambini devono anche avere un papà. Quando darà un padre alle sue figlie? Dopo la Messa l'aspetto in sacrestia e, intanto, l'assolvo nel nome del Signore», aveva concluso, rassegnato.

Don Luigi non era tanto preoccupato per la salvezza dell'anima di Martina, quanto per il fatto che quella signora giovane, bella e ricca rappresentava, per le ragazze del paese, un punto di riferimento. Cercavano, maldestramente, di vestirsi come lei, di imitare la sua acconciatura, di scimmiottarne i gesti e il linguaggio. E se si fossero messe anche loro a fare figli fuori del matrimonio?

Don Luigi allontanò i chierichetti e, mentre si toglieva i paramenti sacri, le domandò: «Non vuole considerare la possibilità di sposare il padre del bambino?»

«Lui non mi ha chiesta in moglie», rispose lei.

«Nemmeno sapendo che lei è incinta?»

«Non lo sa.»

«Che cosa aspetta a dirglielo?»

Martina gli spiegò che il professore era stato abbandonato dalla moglie, ma non divorziato, che era di religione anglicana, che era complicato per entrambi lasciare il proprio paese per trasferirsi altrove e aggiunse: «Quando ho fatto l'amore con lui, sapevo tutto questo. Non ho cercato il figlio che aspetto. Ma io accolgo con amore i bambini che Dio mi manda. È un peccato così grave?»

Il sacerdote emise un sospiro di rassegnazione.

«Non lo so, mi creda», rispose. E ripeté: «Onestamente, non lo so. La invito, tuttavia, a riflettere. A Vertova, lei è un personaggio di riferimento e, dunque, ha il dovere di essere di esempio alle giovani donne».

Martina sorrise e rispose: «Don Luigi, io penso che accettare una gravidanza invece di ricorrere all'aborto, in qualche modo possa essere un buon esempio per le mie compaesane».

In prossimità del Natale, quando Oswald le disse che avrebbe voluto trascorrere le feste con lei, Martina ne fu felice e lo invitò a Vertova.

E ora il professore era lì, in casa di Vienna, seduto a tavola con tutti i parenti Agrestis che, un po' intimiditi e un po' incuriositi, lo stavano osservando e cercavano di capire come sarebbe andata a finire la storia tra lui e Martina. La più curiosa era Vienna che, a pranzo finito, mentre si avviavano verso la chiesa per la Messa di mezzanotte, infilò il braccio sotto quello della figlia e le domandò in un sussurro: «Allora? Gli hai detto che sei entrata nel quarto mese?»

Oswald stava chiacchierando con Giuliana e teneva per mano la piccola Maria.

«Non ancora», rispose Martina.

«Che cosa aspetti? Mi sembra un brav'uomo, tutt'altro che sgradevole.»

«Mi chiedo che effetto farebbe a Maria se la cacciassi dal mio letto, dove si rifugia spesso, per sostituirla con un uomo che non è nemmeno suo padre. Per altro, anch'io non ti ho mai vista dividere il letto con un uomo», osservò Martina.

Vienna si staccò bruscamente da lei e sibilò: «Ho capito. Tu hai già deciso che anche questa volta resterai senza marito e la colpa, come sempre, è mia».

Martina non voleva litigare con sua madre la notte di Natale, così le posò una mano sulla spalla e le sussurrò: «Non arrabbiarti, ti prego. Ti prometto che ci penserò».

Nel giorno di Natale e in quelli che seguirono, ci fu un andirivieni di ospiti a Villa Ceppi.

Gigliola aveva assoldato due donne del paese, perché l'aiutassero in cucina e nella pulizia delle stanze.

Martina, che aveva superato la fase delle nausee, si muoveva disinvolta tra quella selva di amici e si crogiolava al calore dei suoi affetti.

Una sera, dopo che una parte degli ospiti era andata via e gli altri si erano ritirati nelle loro stanze, Oswald entrò nella camera di Martina. Indossava un pigiama a righe e una vestaglia di lana scozzese.

Sedette sul divano, ai piedi del letto, e la donna si rifugiò tra le sue braccia. Lui prese ad accarezzarla.

«Sbaglio o sei ingrassata?» le domandò.

Lei trattenne il respiro. Poi disse: «Non sbagli». E si affrettò a deviare il filo della conversazione. «Mi piacerebbe una sedia a dondolo, imbottita, ricoperta con una stoffa a fiori. È così dolce farsi cullare.»

«Io lo farei più spesso, se tu non riempissi la casa di gente», si lamentò lui.

«Pensi che dovrei cambiare il mio modo di vivere?» scherzò Martina.

«Ci sono situazioni per cui varrebbe la pena di farlo.»

«Allora dimmi. Che cosa ti aspetti che faccia?»

«Ero sicuro che saresti tornata da me e non l'hai fatto. Adesso sono qui a chiederti se vuoi seguirmi a Oxford», propose.

Martina si prefigurò una vita nell'appartamento accanto all'università, i tè pomeridiani con le mogli dei docenti, i pranzi sociali e le chiacchiere da salotto, i giorni che si susseguivano sempre uguali e quella pessima abitudine di tutti gli inglesi di parlare nella loro lingua.

«Ma io non parlo l'inglese», sussurrò.

L'uomo sorrise.

«È tutto qui il problema?»

Martina pensò al bambino che le cresceva dentro e concluse: Se non glielo dico adesso, non glielo dirò più. Le affiorò alle labbra una considerazione.

«Tu sei ancora sposato.»

«Già, e mia moglie, pentita, ha preso a bussare alla mia porta.»

«Due donne, nella vita di un uomo, sono troppe», osservò, seria.

«Ma io amo te.»

Martina si liberò dalle sue braccia, si alzò e lo fronteggiò: «Tu, caro, ami avere vicino una compagna. Se io mi facessi da parte, ritorneresti con tua moglie. Rispondimi, sul tuo onore, non è così?»

Oswald si rese conto che Martina aveva ragione. La loro storia finì in quell'istante.

Quando uscì dalla camera, Martina sussurrò, tristemente: «Siamo soli, io e te, bambino mio».

# *Oggi*

# 52

Sull'ultima pagina dell'album di fotografie Vienna aveva incollato un bel ritratto color seppia di Stefano Ceppi Bruno. Lo accarezzò con la punta delle dita e disse: «Ti affido nostra figlia. Lei è con te. Aspettatemi perché non tarderò a raggiungervi».

Richiuse l'album, andò in camera da letto e lo ripose nel cassetto del comò.

Tornò in cucina e si mise a preparare la cena. Martina occupava tutti i suoi pensieri.

«Non ti meritavo», sussurrò, mentre mescolava le verdure che cuocevano nel tegame.

Sua figlia aveva ereditato da Stefano Ceppi la bellezza, ma anche la dirittura morale e la nobiltà dell'animo. Come diceva Ermellina, era un cigno in una nidiata di anatroccoli. Le chiacchiere e le malignità di cui, per anni, era stata oggetto non l'avevano sfiorata e Vienna pensò che, in quella valle aspra, non sarebbe mai più nata una donna altrettanto bella e degna di rispetto.

Sedette in poltrona, davanti alla finestra, e guardò il cielo limpido illuminato da una stellata trionfale. Pensò che gli astri avevano indossato il mantello più lucente per rischiarare il cammino di Martina verso il cielo. Era il primo Natale che avrebbe passato senza la figlia.

Anche se, in quella sera di Vigilia, nella solitudine della casa in cui aveva trascorso tutta la vita, le sembrò che Martina fosse più che mai accanto a lei.

Rigovernò la cucina e tornò a sedersi in poltrona.

«Buon Natale, Martina mia», sussurrò e iniziò la recita del rosario.

Era arrivata al quarto Mistero Glorioso, quando suonò il telefono. Questa volta, memore dei rimproveri delle nipoti, rispose. Era Osvalda.

«Stavi dormendo, nonna?» domandò la nipote, con una voce dolce che non le conosceva.

«Stavo recitando il rosario. Come stai?»

«Straziata dal dolore per la mamma che non c'è più e felice perché sono innamorata.»

«Di Galeazzo?»

«Chi te l'ha detto?» chiese la ragazza.

«Tu, che trattavi così male il tuo fedele corteggiatore. E sai, chi disprezza, compra», rispose Vienna.

«Rischiavo di perdermi il bello della vita, se non mi fossi accorta che l'amavo», spiegò Osvalda e aggiunse: «Nonna, ti serve qualcosa?»

«Non ho bisogno di niente. Grazie, cara», rispose Vienna. Il tono dolce e premuroso di sua nipote le ricordò il professor Graywood. Ripensò al giorno in cui

Oswald le aveva detto che la sua storia con Martina era finita e lui era in procinto di tornare in Inghilterra.

Era evidente che Martina non gli aveva parlato della sua gravidanza.

Erano soli, seduti al tavolo della cucina. Non sapendo come fossero andate le cose fra loro, Vienna si era limitata a dire: «Mia figlia è una donna indecifrabile».

«Forse. Ma soprattutto è una persona onesta con se stessa e con gli altri», aveva risposto Oswald, con tono pacato e una infinita tristezza.

Negli anni seguenti, Martina era ritornata spesso in Inghilterra, portando Osvalda, perché padre e figlia potessero stare insieme e imparare a conoscersi.

Crescendo, Osvalda aveva instaurato un buon rapporto anche con Eunice, la moglie di Graywood, tornata definitivamente all'ovile. I due formavano una coppia quieta ed erano sempre disponibili ad accoglierla. Trascorreva con loro le vacanze estive e aveva stabilito con il padre un legame profondo.

Ora chiese alla nonna: «Credo che mio padre dovrebbe sapere che la mamma ci ha lasciato».

«Valuta tu se è il caso di dirglielo adesso o in seguito, quando andrai a trovarlo», suggerì Vienna, ben sapendo che Oswald ne avrebbe sofferto.

«Domani mattina passo a prenderti con Galeazzo e andremo insieme alla Messa di Natale.»

«Avrai addosso gli occhi di tutto il paese», l'avvertì la nonna.

«Pensi davvero che le figlie di Martina diano importanza ai pettegolezzi della gente?» ribatté, pronta.

«Fino a oggi la pensavi diversamente.»

Si salutarono e Vienna tornò a sedersi in poltrona. Riprese la recita del rosario a partire dal quarto Mistero Glorioso.

# 53

Maria e i suoi figli salirono sul furgone per raggiungere la casa di Maura, in via Mancinelli.

Era la sera della Vigilia e, dopo giorni di frenesia, la città stava ritornando al suo ritmo abituale.

I ragazzini erano eccitati all'idea di un pranzo fuori casa e parlavano dei doni che avrebbero ricevuto da Maura e dal marito. Maria, invece, rimpiangeva i Natali della sua infanzia, quando la sacralità della nascita di Gesù prevaleva sulle mondanità.

«È mai possibile che non sia riuscita a farvi capire che il Natale non è quel vecchio signore panciuto, vestito di rosso, pieno di pacchi da regalare?» si spazientì.

Elisabetta, con tono saccente, replicò: «Sappiamo a memoria che a Vertova arrivava Santa Lucia a portare pigne secche il tredici di dicembre. Mi viene l'angoscia se penso a quella povera santa accecata dai pagani che si faceva portare in giro, di notte, nel gelo, dal suo asinello».

«Io la ricordo con piacere, anche perché portava doni a me e a Osvalda», disse Maria.

«Chiamali doni! La bisnonna Vienna dice che lasciava un pugno di noci o un'arancia», interloquì Pietro.

«Proprio così! Quell'arancia o quelle noci avevano un che di miracoloso, in quanto venivano direttamente dal cielo. Devo anche dire che, con noi, Santa Lucia era più generosa: ci lasciava un bel libro o un paio di scarpe nuove. Noi la ricompensavamo mettendo sulla porta di casa una ciotola con l'acqua e una con il fieno per il somarello», precisò la madre.

«E a Lucia non davate niente?» s'incuriosì Pietro.

«Le sante non mangiano e non bevono, altrimenti che sante sarebbero?» disse Maria, ripescando nella memoria l'alone di mistero gioioso e stupefacente che Martina sapeva ricreare ogni anno, perché le sue figlie assimilassero l'amore per le tradizioni.

«Mamma, racconta che cosa succedeva a Natale», la spronò Elisabetta che già sapeva, ma le piaceva ascoltare il racconto di sua madre.

«A Natale veniva Gesù Bambino, che era un ragazzino biondo, riccioluto, con una veste bianca e i piedini scalzi. Anche lui, come Santa Lucia, andava di casa in casa in groppa all'asinello. Se eravamo state buone ci lasciava un sacchetto di cioccolatini, oppure le caramelle e i torroncini avvolti nella carta colorata», raccontò Maria, mentre le tornavano in mente i Natali seguiti al suo matrimonio con Peppino Cuomo e la casa di via Vitruvio si trasformava in una specie di «casa Cupiello», con i parenti di Napoli che invadevano in massa l'appartamento.

Parcheggiò il furgone in prossimità della chiesa, entrò con i figli nell'androne del palazzo di via Mancinelli e, con loro, salì le scale.

Li accolse Fedele, il marito di Maura, che li fece entrare e poi si rivolse a Maria: «La tua amica è in cucina a impiattare il pesce. C'è anche il farmacista che monta la maionese».

«Davvero?» si meravigliò Maria, che non riusciva a immaginarsi il dottor Draghi impegnato a cucinare.

«Il pesce non mi piace», si lamentò Pietro mentre si toglieva il cappotto e il berretto di lana.

«Questa è bella! Sei per metà meridionale e non ami il pesce?» scherzò Fedele.

La casa, calda e luminosa, era addobbata a festa. Maria depose i doni per gli amici sotto l'albero, in salotto, mentre i suoi figli si sedevano davanti al televisore, contendendosi il telecomando.

«Perché non vai in cucina?» la sollecitò Fedele.

«Sarei di troppo e, per dirla tutta, sono stanchissima», dichiarò. Andò con Fedele in sala da pranzo e si sedette al tavolo che Maura aveva decorato con bacche rosse e fiori gialli.

In realtà, non sapeva come affrontare il dottor Draghi e si affidava al caso. Il suo ospite le offrì un bicchiere di spumante. Dalla cucina arrivavano il tramestio e le risate dei due cuochi.

Maura li raggiunse, abbracciò l'amica e le sussurrò

con fare ammiccante: «Il farmacista sta montando la maionese per il pesce. Ha anche preparato la pasta con le sarde. Dice che è una ricetta siciliana».

«Perché lo hai invitato? Io mi sento a disagio», protestò.

«Non fare la scema. Quello è un fior di galantuomo e stravede per te. Tu comportati da quella signora che sei», ordinò l'amica, prima di eclissarsi di nuovo in cucina.

«Non sono nemmeno riuscita ad andare dal parrucchiere», si lamentò con Fedele.

«Non importa, sei un fiore», la rassicurò lui. Poi abbassò la voce e soggiunse: «Maura mi ha raccontato tutto del dottor Draghi. È un ricco signore, la sua famiglia vive a Messina e sono tutti farmacisti da diverse generazioni. Lui è arrivato a Milano, subito dopo la laurea, con una sorella che ha aperto una farmacia in corso Venezia. Lui, invece, ha la sua farmacia, che tu conosci già».

«Ti fideresti di un uomo che a quarant'anni non si è ancora sposato?» chiese Maria

«Peppino ti sembrava più affidabile?» ironizzò Fedele, alludendo al marito scomparso.

Maura tornò con un piatto di portata colmo di cotolette profumate e patate arrosto. Chiamò i ragazzi. «Forza, spegnete la televisione e venite a tavola. Per voi, niente cena di magro», annunciò la donna.

Alle sue spalle si profilò il dottor Draghi che mise sul tavolo una magnum di Berlucchi ghiacciato e un bottiglione di Coca-Cola.

Maria, che per anni lo aveva visto in camice bianco, lo guardò come se lo vedesse per la prima volta. Indossava una giacca blu, pantaloni grigio scuro, camicia azzurro pallido e cravatta di lana blu. Era molto elegante.

«Buon Natale, signora Maria», la salutò il farmacista, stringendole la mano. Era rasato di fresco ed emanava un profumo appena percettibile di menta e limone.

«Buon Natale a lei», rispose Maria.

«Questi sono i suoi angioletti?» scherzò lui, mentre i ragazzi si sedevano rumorosamente a tavola.

«Aspetti di vederli mangiare e non li definirà più tali», lo avvertì.

«Le porgo le condoglianze per la perdita della sua mamma», disse ancora il farmacista, guardandola come se Maria fosse la donna più desiderabile del mondo.

«La ringrazio e le sono grata per essersi fatto carico di una parte del mio lavoro», rispose lei.

«Sono contento di esserle stato utile», disse l'uomo, sorridendole con tenerezza.

A quel punto i ragazzi cominciarono a disputarsi la Coca-Cola.

«Ha visto gli angioletti, dottore?» scherzò lei, cercando di ricondurli alla calma.

La cena si consumò allegramente tra chiacchiere e brindisi.

Poi ci fu la distribuzione dei doni e il farmacista offrì a Maria un grosso volume sui fiori con bellissime illustrazioni.

«Che cosa posso dire? Sono confusa, dottore, anche perché non ho un regalo per lei», si scusò.

«Questa sera mi sono sentito come in famiglia. E

questo è il regalo più bello», confessò e aggiunse: «Ringrazio tutti voi per avermi voluto qui e propongo di abbandonare le formalità e di darci del tu».

Maria si domandò se il farmacista sarebbe stato un buon padre per i suoi figli e una vocina le suggerì che, forse, quello era l'uomo giusto.

# 54

ERA arrivato il momento di andare alla Messa di mezzanotte. I ragazzi sciamarono chiassosamente lungo le scale, seguiti dagli adulti.

Di fronte alla chiesa, il solito bar stava per chiudere.

«Voi entrate. Io vi raggiungo subito», disse Raul Draghi.

Durante la funzione, Maria confabulò con Gesù, come faceva sua madre, pregandolo di guidarla nelle sue scelte.

Quando suo marito era morto, aveva giurato a se stessa che non avrebbe più voluto altri uomini nella sua vita, ma adesso si stava ricredendo. Il farmacista le piaceva, non soltanto perché era un bell'uomo, ma perché lo sentiva simile a sé. Pensava ai suoi figli che avevano bisogno di una figura maschile di riferimento. Non voleva che soffrissero, come lei, per la mancanza di un padre. Mentalmente recitò: «Caro Gesù, devo pensare che mi stai offrendo un'altra opportunità? Raul sarebbe piaciuto alla mamma. Dimmi che piace anche te». Di tanto in tanto sogguardava il farmacista che li aveva raggiunti e sedeva accanto ai suoi figli.

Mentre il parroco parlava ai fedeli del significato più profondo del Natale, lei pensò: Non sono più la patata che ero a vent'anni e se l'istinto mi guida verso il farmacista, ci sono buone probabilità che non mi sbagli.

Quando uscirono dalla chiesa, Raul teneva per mano Pietro che aveva un'espressione felice.

«Prima di tornare a casa, c'è una tazza di cioccolata calda che ci aspetta al bar», annunciò il farmacista, che aveva convinto il proprietario a rimandare la chiusura. Entrarono nel locale.

Maura sedette a un tavolino accanto a Maria.

«Sei ancora convinta che il farmacista non ti corteggi?» le sussurrò.

«Ma io ho due figli a carico», bisbigliò.

«Gli piace la famiglia», garantì l'amica.

Mentre il barista versava nelle tazze la cioccolata, Raul raccontava ai ragazzi la storia del cacao.

«Gli aztechi lo chiamavano *cacahuatl*. È il seme di un albero delle sterculiacee, molto ricco di sostanze grasse e da questo grasso si ricava anche il burro di cacao, quello che si mette sulle labbra perché non si screpolino.» I ragazzi lo ascoltavano, incuriositi da quel signore che parlava con loro come se fossero vecchi amici.

Era tardi quando uscirono dal bar e si salutarono. Maura e Fedele si avviarono a piedi verso casa, mentre Raul accompagnò Maria e i suoi figli al furgone.

«Coraggio ragazzi, salite», li sollecitò Maria.

«Posso scortarti con la mia auto?» le propose Raul.

«No, grazie», rispose lei, sul punto di sedersi al posto di guida.

«Hai capito che ti sto corteggiando?» le sussurrò lui.

«Temevo soltanto di avere frainteso», rispose Maria, con un sorriso.

«Posso telefonarti tra mezz'ora per augurarti la buona notte?»

«Va bene», rispose lei e mise in moto il furgone.

Mentre l'auto si allontanava, Elisabetta, che sedeva al fianco della mamma, chiese: «È il tuo fidanzato?»

«Ma che cosa dici?»

«Dico quello che vedo.»

«Ti dispiacerebbe se lo fosse?» si preoccupò la donna.

«Credo di no, perché mi è simpatico», rispose la figlia.

Pietro, seduto sul sedile posteriore, ciondolava mezzo addormentato.

Quando arrivarono a casa, Elisabetta entrò nella stanza da bagno, dove la mamma si stava struccando.

«Il farmacista è molto diverso da papà», esordì, con la chiara intenzione di riprendere un argomento che le stava a cuore. E precisò: «E questo fatto mi rassicura».

«Tesoro, è tardi. Perché non vai a dormire?» la sollecitò la mamma. Aspettava la telefonata di Raul e aveva il cellulare nella tasca della vestaglia.

«Va bene, vado. Comunque volevo dirti che lui mi piace.» Le diede un bacio e uscì.

Il telefono suonò, puntuale.

Maria rispose immediatamente pensando che Raul era davvero molto diverso da Peppino Cuomo, l'uomo che aveva sposato a vent'anni contro il parere di tutti.

# *Ieri*

# 55

Peppino Cuomo entrò nella vita di Maria venendo dal mare.

Era in vacanza a San Michele con la mamma e le sorelle, nella villa che era stata di Adelaide Montini e ora apparteneva a Giovanni Paganessi. In luglio, il vedovo di Nicoletta, era a Milano a lavorare e le donne Agrestis avevano la casa tutta per loro. Le raggiungeva nei fine settimana, quando si concedeva due giorni di riposo.

Martina sperava che quella vacanza servisse a rendere più sereno il rapporto non sempre idilliaco fra le sue tre figlie. Ora, erano tutte insieme sulla spiaggia e Osvalda, all'improvviso, incominciò a deplorare il libertinaggio di Giuliana che, a trentacinque anni, continuava a infilare un amore sbagliato dopo l'altro e aveva una figlia di cinque anni, Camilla, senza essersi sposata.

«Ma che cosa te ne importa? Sono affari miei», reagì Giuliana, seccata.

La piccola Camilla, infilata dentro un salvagente a

forma di paperetta, sguazzava nell'acqua con la sua tata, ignara di essere l'oggetto di quella disputa. Il sole si spegneva nel mare in un tramonto fiammeggiante.

«Sono affari di tutte noi, perché la bambina porta il nostro cognome», replicò la quindicenne Osvalda.

Martina, abbandonata su una sdraio, fingeva di leggere un romanzo, e Maria, ormai ventenne, faceva le parole incrociate e ignorava il battibecco fra le due sorelle.

«Il fatto è che tu sei più curiosa del mal di pancia e piena di pruriti come tutte le beghine. Non ti piace che io faccia la mia vita, così come la mamma ha fatto la sua. Tu non hai e non avrai mai una vita tua, perché sei troppo occupata a ficcare il naso in quella degli altri», la rimproverò Giuliana, facendola avvampare di collera.

Martina, sentendosi chiamata in causa, fu costretta a intervenire.

«Giuliana, alla tua età dovresti avere un po' di buon senso e non raccogliere le provocazioni di una ragazzina.»

«Ecco, ha parlato la madre di Eleonora Duse», sbottò Osvalda.

«Basta così», ordinò Martina. Chiuse il libro e si alzò.

«Tata, porti a casa la bambina», ordinò e si avviò verso la scalinata che saliva alla villa.

Maria guardò sua madre che si allontanava e ne ammirò la figura perfetta. Martina aveva cinquant'anni ed era molto più bella di lei che si tormentava, perché si riteneva mediocre in tutto. Osservò anche la sorella maggiore che assomigliava in tutto alla mamma, e la minore che aveva un corpo armonioso e snello. Non era soltanto l'aspetto esteriore a crearle complessi di inferiorità. Giuliana e Osvalda ostentavano una sicurezza di sé che lei era ben lontana dal possedere.

Frequentava il primo anno della facoltà di lettere, all'Università Statale di Milano, a cui si era iscritta unicamente per assecondare la volontà di Martina. Viveva brevi storie sentimentali che si concludevano ogni volta con la fuga del ragazzo di fronte ai suoi dinieghi ad andare oltre qualche bacio. Vestiva in modo trasandato perché non trovava uno stile che la facesse sentire a suo agio.

«Dovendo scegliere, preferirei essere come Giuliana, piuttosto che come te, che sei una ragazzina sputasentenze», intervenne Maria, anche se le sorelle non l'avevano chiamata in causa.

«Rendimi subito la mia borsetta da sera e sappi che non ti presterò mai più niente di mio», ribatté Osvalda furente, e subito dopo si avviò verso casa.

Camilla, che non voleva uscire dal mare, chiamò la mamma a gran voce. Giuliana si buttò in acqua, la raggiunse e tornò a riva con la bambina che aveva smesso di protestare. L'affidò alla tata, poi si accucciò accanto a Maria.

«Mi chiedo come tu e la mamma possiate sopportare quella specie di istrice», esordì.

«Non so da chi abbia ereditato la capacità di scagliarsi contro tutti, perché la mamma non è così, e non lo è nemmeno suo padre», ragionò Maria. E soggiunse: «Del resto, guarda come sono io, che ho avuto un padre e una madre bellissimi».

«Non fare la scema. Sei una bella ragazza e hai un carattere dolce.»

«La mamma dice che non posso piacere a nessuno se prima non piaccio a me stessa. Ma io mi vedo come sono e mi detesto», si commiserò.

Giuliana l'abbracciò. Poi le chiese: «Davvero non sei mai andata a letto con un ragazzo?»

«Lo giuro. Ci ho provato più di una volta, ma arrivata al dunque scappo. Ho una paura pazzesca.»

«Di che cosa?»

«Di essere usata.»

«Da chi?»

«Dagli uomini. Guardami, Giuliana, ti sembra che un ragazzo possa perdere la testa per una come me?»

«Smettila di dire stupidaggini. Tu sei un fiore e non lo sai, è questo il tuo unico problema. Sei bella come i tuoi genitori e da tuo padre, che io ho conosciuto bene, hai ereditato la capacità di piacere, la spontaneità, l'allegria, la signorilità.» E aggiunse: «Qualche volta, sforzati di difendere Osvalda, così la smette di fare la martire».

«Impossibile! Ha quindici anni e si comporta come una vecchia di quaranta.»

«È solo un'adolescente piena di problemi.»

«È matta da legare.»

«Però è nostra sorella e noi le vogliamo bene.»

Fu in quel momento che dall'acqua emerse un giovane biondo come un vichingo. Sembrava stremato dalla fatica e si buttò sulla spiaggia, esausto.

Le due sorelle lo raggiunsero e stettero lì a guardarlo con curiosità.

«Dove sono?» domandò lui, con un filo di voce.

«Su una spiaggia privata», rispose Giuliana.

L'uomo si alzò in piedi e sorrise. Era un bel ragazzo e aveva una faccia simpatica.

«Domando scusa. Ho fatto una nuotata e stavo ritornando a Santa Margherita, da dove ero partito, ma non sono riuscito a proseguire. Tutta colpa delle sigarette.» Parlava con uno spiccato accento del sud.

«E come pensa di ritornare a Santa?» domandò Giuliana.

«Non lo so» esclamò lui, continuando a sorridere.

«Che cosa facciamo?» domandò Giuliana alla sorella che si era incantata a guardarlo.

«Potremmo prestargli la nostra barca», propose Maria, con voce esitante.

«Scusatemi, non mi sono neanche presentato. Mi chiamo Peppino Cuomo. Sono il cognato del farmacista di Santa Margherita. Se potessi avere la vostra barca, domani verrei a riportarvela», propose lui.

# 56

Il giorno dopo, Peppino Cuomo suonò al cancello della villa, tenendo in mano un mazzo di rose rosse. Era mezzogiorno e le donne Agrestis stavano per andare a tavola.

La cameriera che gli aveva aperto lo aspettò all'ingresso e lo fece entrare in casa.

Maria, dal fondo del vestibolo, gli andò incontro, dicendogli: «Ciao Peppino, hai riportato la barca?»

«Quella l'ho riportata stamattina. L'ho tirata in secca. Non l'avete vista?» domandò. E aggiunse consegnandole i fiori: «E queste rose sono un piccolo omaggio per ringraziarvi dell'aiuto che mi avete dato».

Maria lo ringraziò a sua volta e disse: «Ti inviterei volentieri a salutare mia madre e le mie sorelle, ma stiamo per andare a tavola».

«Posso invitarti a mangiare una pizza con me?» le chiese lui, sorridendole.

«Aspettami due minuti», rispose subito Maria. Lo lasciò nel vestibolo e corse in sala da pranzo per avvertire sua madre.

«Vai a mangiare la pizza con quell'elemento?» si stupì Martina.

«C'è qualcosa di male?»

«Non lo so.»

Maria era già volata fuori, pronta a lasciarsi travolgere dal bel vichingo.

Salì sulla sua utilitaria malandata e approdarono in un take-away dove faceva un gran caldo e le pale dei ventilatori non rinfrescavano, ma diffondevano ovunque l'odore di fritto che si mescolava a quello delle creme solari dei turisti in calzoncini da bagno che si accalcavano al bancone per ordinare il pranzo.

Quando venne il loro turno, Peppino si fece dare due pizze e, al momento di pagare il conto, disse allegramente a Maria: «E sempre sia lodato il fesso che ha pagato».

«Mi hai invitato tu», balbettò la ragazza, confusa.

«Scherzavo», rispose lui, sfoderando un sorriso da conquistatore.

L'aveva riaccompagnata alla villa, raccontandole tutto, o quasi, di sé. La famiglia numerosa, il padre morto di un tumore al polmone, una sorella un po' ritardata e una bellissima che aveva sposato il farmacista ligure, un fratello albergatore e il suo trasferimento da Napoli a Milano, facilitato da alcuni amici che lo avevano aiutato a trovare un lavoro e una casa.

«Che lavoro fai?» s'incuriosì Maria.

«Opero nel campo dei fiori», rispose lui pomposamente.

«Spiegati meglio.»

«Ho una rivendita di fiori. Non è facile avere un chiosco di proprietà in una città come Milano. In estate chiudo perché con il caldo non si vende niente. L'autunno, l'inverno e la primavera sono le stagioni migliori. Guadagno piuttosto bene. Mi pago l'affitto di casa, mi mantengo e mando anche soldi alla mia famiglia. Luglio e agosto li passo qui, ospite di mio cognato. Come vedi, sono un bravo ragazzo.»

Maria non sapeva se fosse bravo, ma era certamente bello e le piaceva molto, anche se aveva modi non esattamente eleganti. Quanto al chiosco dei fiori, come diceva Martina, un lavoro vale l'altro, purché sia onesto.

«E tu, che cosa fai?» le chiese Peppino.

«Studio a Milano e abito in un appartamento di mia madre. I fine settimana, però, li trascorro a Vertova, in Val Seriana, dove vive la mia famiglia.»

«In una villa come quella di San Michele?» ironizzò lui.

«Più o meno», rispose Maria. E aggiunse: «Guarda che noi non siamo ricche. La villa di San Michele non è nostra».

«Ma, intanto, ci vivi. E i domestici ti portano la colazione a letto», osservò lui, con tono strafottente.

«Dai, Peppino, smettila», reagì Maria.

«Ridillo.»

«Che cosa?»

«Il mio nome.»

«Peppino.»

«Ma lo sai che sulle tue labbra sembra un nome bellissimo?» E aggiunse: «Ci rivediamo?»

«Non lo so», rispose lei, esitante, aprendo la portiera dell'auto.

«Perché?» domandò lui, trattenendola per il braccio. Poi l'abbracciò e la baciò a lungo, con passione, lasciandola senza fiato.

Maria varcò il cancello del giardino quasi barcollando.

Sua madre l'aspettava in cima alla scalinata d'ingresso.

«Non voglio credere che tu sia arrivata a vent'anni per concederti a quel gallo da pollaio», la sferzò.

«Adesso rubi il mestiere a Osvalda?» ribatté Maria, offesa.

«No, ma dovrei», replicò Martina.

«Mammina, ti prego, non interferire nella mia vita», affermò la ragazza, avviandosi verso casa.

Era rapita dal fascino di Peppino che aveva l'atteggiamento dell'uomo sicuro di sé. I ragazzi che l'avevano corteggiata sembrava che le facessero un favore. Peppino, invece, era un uomo capace di prendere ciò che gli piaceva e lei sentiva di piacergli molto. Sua madre, però, mentre lei era in pizzeria, aveva telefonato a un'amica che era la direttrice di una boutique adiacente la farmacia e aveva saputo tutto sul conto di Peppino Cuomo, spesso ubriaco, e sempre a caccia di donne.

Ora Martina seguì sua figlia e le riferì le informazioni avute dalla direttrice della boutique.

«Hai così poca stima di te stessa da lasciarti abbindolare da un tipo del genere?» le domandò.

«Non ho mai avuto un corteggiatore così bello e dunque non ascolterò queste calunnie.»

«Comunque, sei avvertita: quello non metterà mai piede in casa nostra», dichiarò Martina con fermezza.

Maria incominciò a piangere.

«Prima ti lamenti perché non riesco ad avere un ragazzo e quando finalmente ne trovo uno, mi minacci. Tu e Osvalda mi impedite di vivere la mia vita», strillò.

«Lo faremo, se frequenterai quell'individuo», promise sua madre, ma senza troppa convinzione, perché non aveva dimenticato le proprie insicurezze che l'avevano spinta tra le braccia di quello squinternato di Bruno Biffi.

Sentendosi incompresa dalla mamma, Maria andò a cercare la sorella maggiore. Era sicura che Giuliana l'avrebbe capita.

# 57

La trovò in giardino, sotto il pergolato, immersa nella lettura di un copione. Sua figlia, al tavolo, colorava con i pennarelli le figure di un album per bambini. La sua tata era andata a riposare.

«Disturbo?» domandò Maria.

«Dai, siediti», la invitò sua sorella, deponendo il copione sul tavolo. «Dov'è Osvalda?» chiese Maria.

«Dove vuoi che sia? È andata in chiesa ad aiutare il parroco per la funzione di domenica sera.»

«Allora possiamo parlare.»

«Guarda che la mamma è molto arrabbiata», l'avvertì Giuliana.

«Lo so. Mi ha già parlato.»

«Ha ragione.»

«Non ho fatto niente!»

«Meglio prevenire che curare.»

«È la battuta intelligente di una commedia?»

Giuliana ignorò la provocazione.

«Sto rileggendo John Osborne. Me lo aveva fatto scoprire Oswald, quando tenne una lezione sui movimenti giovanili. Ci fece leggere la sua opera più bella, *Ricorda con rabbia*. Ora mi propongono la parte di Alison, la ragazza di buona famiglia che sposa, per protesta, un giovane arrabbiato. Dovresti leggerla anche tu. I giovani arrabbiati sono spariti per lasciare il posto a quelli rampanti, ma si assomigliano molto. Quel Nettuno uscito dal mare è un bidone. Lascialo perdere.»

«Che cosa c'entra il Nettuno con la gioventù arrabbiata?»

«Quelli, almeno, avevano delle idee», rispose Giuliana, laconica.

«Ti sei lasciata indottrinare dalla mamma.»

«La mamma non c'entra. Conosco gli uomini. Quello è un debole, un frustrato e anche un poco di buono.»

«Che cos'è un frustrato?» chiese incuriosita Camilla, continuando a colorare le figure dell'album.

«Occupati dei fatti tuoi e non ascoltare i discorsi dei grandi», l'ammonì sua madre.

«Io sono sicura di piacere molto a Peppino», sussurrò Maria a sua sorella.

«Lo credo!» esclamò Giuliana.

«Ti sei mai imbattuta in un debole, frustrato, poco di buono?» chiese Maria.

«Ne ho una collezione. Ma sono abbastanza esperta per capire quando è il momento di mollarli. Tu, invece, sei una patata e rischi grosso.»

«Zia Maria, perché sei una patata?» si intromise di nuovo Camilla.

«Per piacere a te che ami le patate con il burro, vero?» disse Maria, sorridendo a sua nipote.

Poi sussurrò alla sorella: «Mi ha baciata».

«Spero vivamente che, quando arriverete al dunque, tu prenda la fuga, come sempre», affermò Giuliana.

La vacanza proseguì e Peppino Cuomo non si fece più vedere. Maria ci rimase male, sua madre e Giuliana, invece, trassero un respiro di sollievo.

Maria se lo ritrovò davanti a metà settembre, nel baretto di fronte all'università, mentre beveva un cappuccino e chiacchierava con alcune compagne di corso.

«Facciamo due passi?» le propose. Più che un invito, sembrava un ordine.

Maria salutò le amiche e uscì dal locale con lui.

In strada, Peppino l'agguantò per le spalle e la baciò, mentre lei tentava di divincolarsi. Quella sceneggiata in pubblico non le piacque.

«Non farlo mai più», disse. Si diresse con passo marziale verso la sua auto e aprì la portiera per infilarsi nell'abitacolo. Peppino la raggiunse e l'attirò a sé, facendo aderire il suo corpo a quello di lei.

«Tu sei una provocazione costante», le sussurrò. «Dovresti attaccarti al collo un cartello con scritto: ATTENZIONE, PERICOLO! Tu mi piaci molto. Adesso ti lascio andare via, ma non pensare di sfuggirmi.»

Lei partì sgommando, sentendo sulle labbra il profumo della bocca di Peppino.

In via Serbelloni, la cameriera le servì il pranzo.

Martina, che aveva rifiutato la sua casa a Giuliana, ne consentiva l'uso a Maria, perché sapeva che non ne avrebbe approfittato.

Divorò una montagna di tagliatelle al ragù, pensando a Peppino che le aveva detto: mi piaci molto. Quando mai aveva conquistato un uomo, prima d'ora? Lei, la patata della famiglia, era riuscita ad affascinare un uomo bellissimo e navigato che la trovava provocante. Le sembrò che Peppino fosse finalmente l'uomo capace di amarla così com'era.

Passò una settimana e se lo ritrovò di nuovo davanti al portone dell'università.

«Ciao», gli disse Maria.

«Andiamo a fare un giro», propose lui, con il solito tono deciso.

«Ho solo pochi minuti di intervallo», obiettò lei. E soggiunse: «Non puoi presentarti quando ti pare e credere che io sia a tua disposizione».

«Io lavoro e non ho molto tempo libero.»

«Anche quand'eri al mare non avevi tempo?» lo rimproverò.

«Da vendere. Ti ho telefonato e qualcuno mi ha detto che avevo sbagliato numero, perché lì non c'era nessuna Maria.»

Lei detestò la madre e le sorelle, perché era sicura che la risposta fosse venuta da una di loro.

«Ho pensato a te ogni giorno», proseguì lui. «E tu?»

«Non saprei», rispose in una pessima imitazione di civetteria.

«Quando possiamo stare insieme da soli?»

«Forse stai correndo un po' troppo.»

«Ho ventinove anni e, secondo mia madre, dovrei sbrigarmi a mettere su famiglia. Vorrei capire se siamo fatti l'uno per l'altra.»

«Stai di nuovo correndo. Io, invece, ho il passo lento.»

«Dobbiamo imparare a conoscerci. Giusto? Dunque, ti ripeto la domanda: quando possiamo stare insieme da soli?»

«Un cinema?» domandò Maria.

«Casa tua?» azzardò lui.

«Escluso. Io vivo in famiglia.»

«A Milano sei sola. C'è una domestica che puoi mandare a spasso quando vuoi.»

Maria si stupì che lui fosse così bene informato. E glielo disse.

«I fioristi chiacchierano con i portinai», fu tutto quello che le disse.

«E i portinai chiacchierano con i domestici. Mia madre lo saprebbe subito. Vengo a casa tua», decise.

«Guarda che io abito in un appartamento in via Vitruvio, non in un palazzo nel centro di Milano. Non ti piacerebbe. Anzi, sai che cosa faremo? Lasciamo perdere tutto quanto. Io non sono pane per i tuoi denti. È stato un piacere sognare una principessa. Non sono che un venditore ambulante.»

Prese tra le sue una mano di Maria e la sfiorò con le labbra.

In quel momento Maria lo paragonò alla figura mitica del cavaliere senza macchia e senza paura. Un cuore nobile, pensò.

«Ti piaccio sempre?» gli chiese.

«Lascia perdere, ragazzina. Torna alla tua università e al tuo mondo. Noi due non abbiamo niente in comune e, un giorno, potresti pentirti di avermi incontrato», le sussurrò.

«Dammi il tuo indirizzo. Domani alle sette vengo da te e ti preparo la cena», decise lei e sorrise all'idea di due cuori e una capanna.

# 58

MARIA aveva avvertito una nota stridente nella personalità di Peppino nel momento in cui le aveva detto di aver parlato con la portinaia, ma era così determinata a non perderlo, che cancellò subito quell'impressione di sgradevolezza. Così come ignorò la sua intenzione di sposarsi, perché lei non pensava al matrimonio. Tutto quello che voleva era un uomo che la considerasse irresistibile. Ed elaborò un'idea romantica per conquistare definitivamente Peppino.

Aspettò che la cameriera uscisse per fare la spesa e mise nella sua sacca da tennis i candelabri d'argento, qualche piatto di portata e una tovaglia di lino di Fiandra. Dal frigo di cucina fece incetta di lasagne, polpettone e macedonia di frutta. Infilò in una busta un abitino da cocktail, caricò tutto sulla macchina e partì.

In via Vitruvio individuò il palazzo in cui viveva Peppino. Gli citofonò e lui disse: «Quarto piano senza ascensore», mentre faceva scattare la serratura del portone.

Arrivò in cima con il fiatone. L'uomo dei suoi sogni era sull'uscio e le sorrideva.

«Che cos'hai portato?» domandò, dopo averla accolta con un bacio travolgente.

«Sorpresa», rispose Maria, e aggiunse: «Vai a comperare i giornali. Ti aspetto per le otto, non prima, perché devo preparare».

«D'accordo», rispose lui, divertito.

Peppino uscì e Maria andò nel piccolo soggiorno, che fungeva anche da sala da pranzo. Distese sul tavolo la tovaglia candida, dispose i candelieri d'argento e il cibo sui piatti da portata. La cena non era niente di eccezionale, ma, come diceva la mamma, il minestrone è migliore quando è servito nella zuppiera di porcellana.

Si cambiò d'abito e si affacciò alla finestra per spiare l'arrivo del suo innamorato.

«Ho sbagliato casa», esclamò una voce alle sue spalle.

Peppino era sulla porta della stanza e guardava ammirato la tavola preparata da Maria.

«Volevi restare solo con me? Adesso lo sei», annunciò lei. «Se vuoi accomodarti, possiamo cenare», soggiunse.

Peppino si sedette, di fronte a lei. A quel punto il suo sguardo verde-acqua si addolcì.

«Nessuna ragazza ha mai fatto una cosa simile per me», le sussurrò. Era riuscita nel suo intento: quello di rendersi irresistibile.

«L'ho fatto per noi», precisò Maria.

«Che cosa diranno i tuoi, quando si accorgeranno che manca tutta questa roba?» si preoccupò.

«Stai tranquillo, rimetterò tutto a posto questa sera stessa.»

Avevano cenato e adesso lei era stesa sul letto, accanto a Peppino che la copriva di baci.

«Le brave ragazze tornano a casa presto, la sera», le sussurrò.

«Allora io sono una cattiva ragazza, perché a volte mi capita di rincasare molto tardi», confessò.

«E dove passi la notte?» si allarmò Peppino.

«In discoteca, con le amiche e gli amici», spiegò.

Ogni volta, tornando, se Martina era a Milano, Maria la trovava, addormentata sul suo letto. Ogni volta si arrabbiava.

«Mamma, devi smetterla di controllarmi quando esco la sera», protestava Maria.

«Voglio vedere in quali condizioni sei quando torni a casa. Devo pur placare la mia ansia», sosteneva la mamma.

«Non mi ubriaco, non mi drogo e sono sempre vergine», replicava Maria, furente.

Ora Peppino le chiese: «Con quanti dei tuoi amici sei andata a letto?»

«Con nessuno!»

«Vuoi farmi credere che sei ancora...»

Maria annuì.

«Lo rimarrai a lungo, per quanto mi riguarda. Adesso ti aiuto a impacchettare l'argenteria e ti riporto a casa», decise Peppino.

«Mi stai trattando come una bambina dissennata», protestò Maria.

«Ti tratto con il rispetto che ti è dovuto. Tu sei la donna che vorrei sposare, ma ci separa un abisso. Io vendo fiori e tu appartieni a una famiglia ricca. Io sono un ignorante e tu sei una studentessa universitaria sciccosa. È stato bello conoscerti, Maria, ma la nostra piccola storia finisce qui», ripeté scortandola fino all'ingresso del palazzo di via Serbelloni.

«Allora ci vediamo domani. Esco dall'università all'una e mezzo», disse lei, sorridendo.

«Non so se ci sarò», rispose lui.

Maria entrò in casa in punta di piedi, pur sapendo che non avrebbe svegliato la cameriera che dormiva in una stanza in fondo all'appartamento. Inoltre non era ancora mezzanotte.

Era felice. Peppino l'amava tanto da rispettarla, sebbene la considerasse irresistibile. Era l'uomo della sua vita. Non era importante che fosse un venditore di fiori, un po' ruspante e senza soldi. Per ora l'aveva coccolata. Al momento giusto, insieme, avrebbero fatto scintille.

Nel salotto c'era la luce accesa. Maria si affacciò sulla porta. Martina era sdraiata sul divano, un libro tra le mani e lo sguardo severo.

«Mamma! Che cosa fai a Milano?»

Martina chiuse il libro e si mise a sedere. «Clelia ha trovato il frigorifero vuoto ed erano scomparsi anche i candelabri d'argento. Non le restava altro da fare che telefonarmi immediatamente. Io sono salita in macchina e sono venuta a vedere che cosa stavi combinando.»

Maria si lasciò cadere su una poltrona.

«Era una sera così bella. Hai rovinato tutto», disse. E soggiunse: «Comunque i candelabri sono nella mia sacca, in corridoio. La cena l'abbiamo consumata».

«E che altro avete consumato?» domandò con una voce di ghiaccio. Nella sua mente, aveva già tratteggiato il quadro della situazione. La sua deliziosa «patata» si era fatta circuire da un brutto tipo. Che cosa poteva fare per liberare la sua bambina da quell'individuo orribile?

«Sei inutilmente volgare», si ribellò Maria.

«È vero, ma tu non hai un briciolo di buon senso. Non lo capisci che quel morto di fame cerca di irretirti approfittando del fatto che stravedi per lui?»

«Lui mi ama e mi rispetta, se vuoi saperlo», strillò la ragazza.

«Non voglio sapere niente. Adesso raccogli le tue cose e torni subito a Vertova con me. Da questo momento, via Serbelloni ti è preclusa.»

# 59

BELLI, garbati, eleganti, Giovanni Paganessi e Martina Agrestis rappresentavano l'immagine della coppia perfetta che i frequentatori del ristorante alla moda, nel cuore di Milano, sogguardavano con curiosità.

Gli uomini invidiavano a Giovanni la compagna bella e discreta, mentre le signore si sforzavano di evitare confronti tra il Paganessi e i loro mariti.

«Lui nasce bene, ma sono stati i Montini a risollevare le sorti della sua banca», spiegò una signora al marito. «Non per niente, dopo la morte della moglie, non si è più risposato. I Montini non glielo avrebbero permesso.»

«Lei deve la sua fortuna ai Ceppi Bruno. Io ero ancora una ragazzina con le calze corte e ricordo benissimo quando la contessa Ines allestì una festa di laurea per Martina Agrestis proprio qui, in questo ristorante. E naturalmente c'era lo stato maggiore dei Montini», raccontò al marito un'altra signora.

«Ha avuto una vita sentimentale molto vivace. Pare

che non si sia mai sposata, ma questo non le ha impedito di avere un numero imprecisato di figli. Lo sapevi?» sussurrò all'amica un'altra signora.

«So che è la madre di Giuliana Agrestis che, a sua volta, ha una figlia di padre ignoto», replicò l'amica.

«Mi spieghi perché alcune donne più sono cortigiane e più hanno successo?»

«Non essere volgare, cara. A questi livelli non si parla di cortigiane, ma di donne libere e coraggiose.»

«Certo che lei era di una bellezza che ti veniva voglia di ucciderla.»

«È ancora bellissima.»

«Qualcuno dice che si è fatta tirare.»

«Non è vero. Comunque, se lo fosse, vorrei l'indirizzo del chirurgo. Guarda il Paganessi come le sorride. Hanno una storia?»

Se avessero saputo com'era infelice Martina, quella sera, forse si sarebbero sentite meglio e non l'avrebbero invidiata tanto. Lei stava raccontando al suo amico più caro la storia di Maria e del suo innamorato.

«E in tutto questo, io mi sento assolutamente impotente. Quella deficiente non ragiona più. Adesso dice che lo vuole sposare. Ovvio che queste idee gliele ha messe in testa lui», spiegò Martina.

«Portala a fare un viaggio. Falle fare il giro del mondo», suggerì Giovanni.

«Credi che non ci abbia pensato? È la prima cosa che le ho proposto. Mi ha riso in faccia.»

«Maria è maggiorenne e non puoi impedirle di sposare chi vuole.»

«È sull'orlo di un burrone. Dovrei lasciarla precipitare perché è maggiorenne?»

«Un matrimonio sbagliato non è la fine del mondo. Lasciala fare e dopo vedrai che ritornerà a casa», ragionò lui, che non sembrava così sconvolto dalla vicenda di Maria. Gustava, invece, il filetto di orata in crosta di patate e, di tanto in tanto, spronava la sua ospite. «Smettila di cincischiare il pesce con la forchetta e mangia.»

«È proprio vero che gli uomini non capiscono niente. Maria non ha autostima. Una delusione potrebbe sconvolgerla.»

«Guarda che questo venditore ambulante mira ai tuoi soldi. Se non gli dai niente, sarà lui a chiudere la storia.»

«Dovrei lasciare Maria senza un soldo?»

«Mi stupisce che tu non ci abbia pensato.»

«Mi sembra un castigo molto duro», osservò Martina.

«Potrebbe essere una strategia, più che un castigo.»

Martina finì di mangiare la sua orata, assaporò un sorso di Brut Franciacorta, poi sussurrò: «Certo che se le mie ragazze avessero avuto un padre...»

Non finì la frase, perché Giovanni la fulminò con un'occhiataccia e, senza rendersene conto, alzò leggermente la voce nel dire: «Quindici anni fa ti avevo chiesto di sposarmi e tu non mi hai voluto».

Intorno a loro, il brusio delle chiacchiere si affievolì e gli sguardi dei clienti del ristorante si appuntarono sulla coppia. Giovanni e Martina si resero conto d'essere al centro dell'attenzione e regalarono al pubblico un sorriso smagliante.

«Dai, usciamo», disse lui. Si alzò, andò alle spalle di Martina e l'aiutò ad alzarsi. Fece un cenno al cameriere perché mettesse la cena sul suo conto. Prese Martina sottobraccio e, insieme, uscirono dal locale e si avviarono lungo la via Sant'Andrea.

L'aria della sera era ancora mite in quel fine settembre milanese.

«Però saremmo ancora in tempo a farlo», disse Giovanni, con dolcezza.

«A fare che cosa?»

«Sposarci.»

«Dimmi che stai scherzando.»

«Solo un po'. Non siamo così vecchi. Tu hai cinquant'anni, io ne ho cinquantotto. Sai quanta gente si sposa alla nostra età?»

«Io mi sentirei patetica. Anche perché noi due siamo soltanto grandi amici», dichiarò Martina. E pensò che c'era un solo uomo che avrebbe accettato di sposare: Leandro. Nella sua mente, Martina lo considerava il suo unico amante. Ora tagliò sul nascere l'obiezione di Giovanni e aggiunse: «Comunque, a questo punto Maria e Osvalda non hanno più bisogno di un padre. Avrebbero dovuto averlo quand'erano bambine».

E pensò soprattutto a Maria, la più fragile delle sue tre figlie.

Ricordò quando tornava a casa da scuola di cattivo

umore perché, a differenza delle sue compagne, non aveva un padre da esibire.

Una volta l'aveva sorpresa mentre impartiva una lezione a Osvalda che aveva cinque anni.

«Gesù non ha mai avuto il papà, perché San Giuseppe era soltanto il padre putativo. E se non lo aveva lui, che è Dio, non dobbiamo averlo nemmeno noi. Infatti non lo abbiamo, per fortuna!»

«Però le mie amiche e anche le tue hanno il papà», aveva osservato Osvalda.

«Poverette loro! Non sai che gli uomini sporcano la casa e picchiano le mamme?»

«Io il papà ce l'ho e lui non sporca e non picchia nessuno.» Osvalda era sul punto di piangere.

«Per forza! Lui sta in Inghilterra. Ma se stesse qui, sarebbe come gli altri. Noi siamo molto fortunate a vivere senza papà. Le altre, poverine, non sanno come siamo fortunate.»

«Dici così perché il tuo papà è morto.»

«Gesù sa quello che fa e per noi ha fatto il meglio», aveva dichiarato Maria, con solennità.

Le parole di Maria avevano ferito Martina profondamente e le avevano dato la misura della responsabilità di cui si era fatta carico per non essere riuscita a dare un padre alle sue bambine.

Con Giuliana non aveva avuto questi problemi, perché la sua primogenita era cresciuta con la famiglia Agrestis e gli uomini di casa avevano sopperito alla mancanza di una figura maschile.

A quel punto, tuttavia, il danno era fatto e lei non poteva in alcun modo cambiare la situazione.

«Non angosciarti, Martina», la incoraggiò Giovanni, mentre l'accompagnava a casa.

Erano arrivati in via Hoepli e Martina ritrovò quella specie di osteria in cui era entrata con Oswald Graywood quindici anni prima.

«Ce lo facciamo un calice di spumante?» propose a Giovanni e gli raccontò della sera d'estate in cui si era fermata lì con quello che sarebbe diventato il padre di Osvalda.

Entrarono nel locale e si sedettero a un tavolo. Ordinarono un Ferrari Brut che presero a sorseggiare in silenzio, fino a quando Giovanni le chiese: «Perché non sei mai riuscita a dare un padre alle tue figlie?»

Martina sorrise.

«Perché gli uomini sporcano la casa e picchiano le mogli.»

«È questo che pensi di noi?»

«È quello che sosteneva Maria, quando era piccola. E temo proprio che, senza rendersene conto, si sia innamorata di un personaggio di questo genere.»

«Volevi il mio consiglio e te l'ho dato. Chiudi i cordoni della borsa. È la sola cosa sensata che tu possa fare», ribadì il banchiere.

# 60

OSVALDA era andata all'oratorio per assistere i bambini che i genitori affidavano alla parrocchia nei pomeriggi festivi. Martina, in salotto, guardava un film trasmesso dalla televisione. Maria, seduta accanto a lei, si mangiava le unghie. Era nervosa perché Peppino stava venendo a Vertova per parlare con sua madre.

C'era voluta tutta la sua capacità di persuasione, perché la mamma accettasse di ricevere in casa il suo innamorato. Ora che stava per arrivare, si sentiva sui carboni accesi.

Per giorni aveva discusso con lui l'opportunità di un incontro che, secondo Peppino, era inevitabile, mentre lei lo riteneva inutile e, forse, dannoso. «Sono maggiorenne e non sarà mia madre a dirmi chi posso e chi non posso amare», gli aveva detto. Lui, invece, aveva sostenuto che il consenso di Martina era importante per la buona riuscita della loro unione.

«Voglio capire perché tua madre mi è così ostile. Se

riesco a spiegarle che tu sei il mio bene più prezioso, cambierà atteggiamento nei nostri confronti», aveva insistito lui.

«Maria, smetti di mangiarti le unghie o mi verrà un mal di testa feroce», la rimproverò Martina.

Squillò il campanello.

«È arrivato!» disse Maria.

«Allora vai ad aprigli il cancello», la sollecitò sua madre, e spense il televisore.

Si alzò dal divano e, dalle portefinestre, guardò sua figlia correre lungo il viale per andare incontro al peggiore degli innamorati. Un nodo di pianto le serrò la gola. Si sarebbe fatta tagliare la testa piuttosto che essere complice di un'unione così sgangherata. Era decisa a seguire il consiglio di Giovanni Paganessi, perché si era convinta che quella era la sola via praticabile per mettere fine a un amore che sembrava non conoscere ostacoli.

Vide i due giovani entrare in casa. Poco dopo, Peppino fece il suo ingresso in salotto portando un fascio di rose bianche.

«Maria mi ha detto che le piacciono i fiori bianchi», disse, offrendole le rose.

Martina gli sorrise, lo ringraziò e gli tese la mano per salutarlo.

Lui la baciò, invece di stringerla, suscitando un moto di stizza da parte di Maria che gli sibilò: «Non era necessario».

«Si accomodi, signor Cuomo», disse Martina, indicandogli una poltrona di fronte a sé.

Peppino si era vestito con cura, seguendo i consigli della ragazza.

Davvero un bel ragazzo, pensò Martina, con disappunto, e lo fissò gelidamente per alcuni lunghissimi istanti. Maria era così tesa che non osava respirare.

«La ascolto», disse infine la donna.

«Ecco... io... veramente... pensavo che...» esordì lui, al colmo dell'imbarazzo.

«Che cosa pensava?» domandò Martina con una dolcezza che era strettamente imparentata con l'ironia.

«Allora io vado in cucina a preparare il caffè», annunciò Maria, che voleva lasciarli soli, e uscì di corsa dalla stanza.

«Signora, lei sa che Maria e io ci amiamo», esordì finalmente lui.

«Prosegua, la prego. Lei ha tanto insistito per incontrarmi e, dunque, parli», lo incitò Martina con un tono che fece rabbrividire il giovane.

«A questo punto... vorremmo sposarci.»

«Questo lo sapevo, perché mia figlia me lo ha detto.»

«Ma non senza il suo consenso. Voglio dire che per me il suo consenso è molto importante. Vede, signora, mia madre è d'accordo, vorrei che lo fosse anche lei.»

«Signor Cuomo, lei è un uomo navigato. Mi sembra di avere capito che abbia collezionato un buon numero di fidanzate. A questo punto, se ha deciso che mia figlia possa essere la compagna della sua vita, significa che soddisfa le sue aspettative. È vero che io non sono d'accordo, ma che importanza ha il dissenso di una madre, di fronte a un amore così grande? Sposi pure la mia ragazza, ma non si aspetti da me appoggi di nessun genere», dichiarò Martina con una calma glaciale.

«Il fatto è, signora, che Maria è abituata a un tenore di vita molto diverso da quello che io posso offrirle», puntualizzò.

«E allora?» chiese Martina, gelida.

«Vorrei che a Maria non mancasse mai nulla.»

«Un proponimento encomiabile. Maria gliene sarà grata.»

«Da noi usa che i genitori aiutino i figli nel momento in cui si fanno una famiglia.»

«Dunque, sua madre, che approva la vostra unione, non mancherà di aiutarvi.»

«Capisco», sussurrò Peppino, abbassando gli occhi. In quel momento si rese conto di essersi espresso in modo sbagliato e si affrettò a dire: «Speravo che, incontrandoci, lei mi vedesse per quello che sono: uno che cerca di farsi strada in un mondo difficile».

Maria entrò in salotto reggendo il vassoio con le tazzine del caffè.

Lui stava dicendo a Martina: «A questo punto sta a sua figlia decidere se vuole sposarmi, sapendo che posso offrirle di vivere soltanto con quello che guadagno».

Maria depose il vassoio sul tavolino.

«Hai sentito? Sta a te decidere», le disse Martina.

«Non vuoi proprio aiutarci, mammina?» chiese la ragazza.

Martina non rispose.

«Sei perfida!» affermò la ragazza.

«Ehi, ragazzina, un po' di rispetto per tua madre», la redarguì Peppino. E soggiunse: «Chiedile scusa».

«Ma nemmeno per sogno. Non hai capito che non vuole vederci felici?» ribatté, furente.

«E se invece fosse convinta che il nostro matrimonio è un errore?» sparò il giovane, sogguardando la madre della ragazza per misurare l'effetto della sua domanda.

«Ottima interpretazione», commentò Martina, acida.

Peppino era un osso duro, pronto a tutto pur di catturare la benevolenza della ricca signora. Lei si alzò e, sul punto di uscire dal salotto, disse a sua figlia: «Accompagna il signor Cuomo. Io vado a riposare».

Se avesse potuto seguire il suo istinto, avrebbe preso a schiaffi Maria e a calci il pezzente che puntava ai suoi soldi. Invece, lo sforzo per mantenere la calma le aveva causato il solito attacco di emicrania.

Peppino Cuomo era così determinato a imparentarsi con la giovane Agrestis che non si perse d'animo. Si comportava come un segugio che, individuata la preda, era deciso a non perderla, per nessuna ragione. Sua madre glielo aveva ben detto: «Hai trovato una gallina dalle uova d'oro». Lui puntava a una sorta di vitalizio che gli avrebbe consentito di vivere da signore per il resto dei suoi giorni. Maria, inoltre, gli piaceva perché era mansueta e sapeva di poterla dominare. Ora le sorrise.

«Tua madre ha bisogno di tempo per riflettere e noi glielo daremo. Io so essere molto paziente.»

«Tu non la conosci. Mia madre ti considera un calcolatore», singhiozzò la ragazza.

Lui non raccolse l'insulto. Invece disse: «Faremo un figlio e, a quel punto, sarà lei a supplicare di poterci aiutare».

Maria tacque. Non gli aveva ancora detto di essere incinta.

# 61

OSVALDA tornò dall'oratorio mentre Maria, in cucina, stava riscaldando la pasta avanzata a mezzogiorno. «Ti conviene imparare a cucinare, perché quando sposerai Peppino potrai scordarti la domestica», la stuzzicò Osvalda, e proseguì: «Dov'è la mamma?»

«A letto», rispose Maria.

«Sei riuscita a farle venire il mal di testa.»

Maria era preoccupata e depressa e non aveva voglia di litigare con Osvalda, perché la sua gravidanza l'aveva messa in uno stato di totale confusione. Sapeva già che cosa le avrebbe detto Martina, quando le avesse confessato di essere incinta: «Un figlio è una benedizione, il matrimonio riparatore è una disgrazia. Continua a studiare tranquilla. Noi due, insieme, cresceremo il tuo bambino».

Sembrava quasi che la mamma considerasse l'uomo come un elemento di disturbo nel meraviglioso processo della maternità. Sua sorella Giuliana la pensava allo stesso modo, infatti aveva partorito Camilla senza sposarsi.

Lei non condivideva il loro atteggiamento e rifiutava il ruolo della ragazza madre, anche perché amava il padre del suo bambino. Ma poiché era consapevole della vita che Peppino conduceva, si riteneva in diritto di avere un aiuto economico da parte della mamma.

Rimuginava questi e altri pensieri mentre quella scema di Osvalda la provocava.

Così le rispose: «Lasciami in pace».

«Ho l'impressione che l'incontro della mamma con Peppino sia andato storto», insinuò la sorella.

«Sono fuori della grazia di Dio, quindi taci o finirò per picchiarti», strillò Maria.

«Tremo tutta!» scherzò Osvalda che, in realtà, era sinceramente preoccupata per il matrimonio di Maria con il fiorista.

Maria, tesa e nervosa, le allungò un ceffone. Osvalda reagì e si avventò su Maria afferrandola per i capelli.

Martina si affacciò sulla porta della cucina e vide le sue figlie che litigavano astiosamente. Non volle intervenire e si avviò verso il vestibolo. Prese dall'armadio il cappotto di lana color tortora, se lo infilò e uscì nella nebbia.

Poco dopo era a casa di sua madre. Vienna, seduta in poltrona, guardava la televisione e sorseggiava il suo caffellatte.

«Sei pallida come un cencio», commentò, vedendola.

«Sono preoccupata per Maria», sussurrò Martina.

«Hai mangiato? No, naturalmente. Nella credenza ci sono i biscotti e c'è del latte già caldo. Serviti», ordinò.

Martina mise in una tazza il cacao e ci versò sopra il

latte bollente. Vi affondò un pugno di biscotti, andò a sedersi accanto a sua madre e, armata di cucchiaio, diede fondo alla zuppetta dolce.

«Oh, mi sento decisamente meglio», affermò.

«A stomaco pieno si può ragionare», disse Vienna. E soggiunse: «Hai visto Peppino?»

«È un furbetto. Se ne è andato con le pive nel sacco. Comunque è fatica sprecata. Maria non sente ragioni.»

«Allora ha fatto l'amore con lui», dedusse Vienna.

«Fra tanti ragazzi che ci sono in giro, si è data al peggiore», si rammaricò Martina.

«Senti chi parla.»

«Ti riferisci al Biffi?»

«E a chi altri, se no?»

«Io avevo appena quindici anni. Ero davvero una ragazzina sprovveduta.»

«La capacità di giudizio di Maria è quella di una quindicenne.»

«In che modo posso salvarla?»

«Restando ferma sulle tue posizioni. Lo sposerà e, con il tempo, capirà il guaio in cui si è messa.»

«Tu non mi avevi permesso di sposare Bruno.»

«Tu non lo volevi. Sei stata fortunata perché non eri innamorata di lui e avevi delle certezze nella tua vita che Maria non ha avuto. Tu eri la mia unica figlia e ti sentivi amata da me in modo totale ed esclusivo. Maria, invece, ha dovuto spartirti prima con Giuliana e poi anche con Osvalda che, per di più, aveva un padre, mentre il suo era morto. Ed ecco il risultato.»

«È colpa mia, allora», affermò Martina, tristemente. E aggiunse: «Sono uscita di casa mentre Maria e Osvalda si insultavano in cucina».

«Perché si vogliono bene. Osvalda, che è molto più matura di Maria, è arrabbiata con sua sorella. E Maria è arrabbiata con se stessa, perché sa che la sua scelta non è delle migliori, dal momento che nessuno di voi l'approva. Ma, in questo momento, lei non vede altro che quel Peppino, il quale, evidentemente, le comunica qualche brivido di piacere. Così potrebbe essere anche peggiore di come è, e lei lo vorrebbe ugualmente. Sta scoprendo la sua sessualità e non sarai tu, né chiunque altro a fermarla. Devi darle tempo, devi lasciare che si rompa le ossa. Ricordi quanto sei stata in ansia per Giuliana, perché si era legata a quel vecchio regista?»

«Giuliana era più smaliziata, Maria, invece, è vulnerabile come un neonato: caro Gesù, com'è difficile fare la madre», sospirò Martina, soffocando un singhiozzo.

«Se non temessi di sembrare una vecchia saccente, ti direi che una donna non deve mai fare la madre, deve limitarsi a essere una madre. C'è molta differenza, sai? Con Giuliana sei stata una mamma più equilibrata, con Maria, invece, sei stata iperprotettiva e hai sbagliato. I figli possiamo soltanto amarli, mai guidarli verso scelte che loro non condividono. Lascia che Maria vada per la sua strada. Falle soltanto capire che, per lei, tu ci sarai sempre», le consigliò Vienna, con pacatezza.

L'epoca delle incomprensioni con sua madre era finita da tanto tempo. Vienna era diventata per Martina l'amica più cara, la più affidabile, la sola che riuscisse a tranquillizzarla nei momenti di crisi.

Rincasò più serena.

Le sue figlie si erano riappacificate. Sedevano sul divano, l'una accanto all'altra, e parlavano quietamente, dividendosi un pezzo di cioccolato.

Aveva ragione Vienna: facevano baruffa perché si volevano bene.

Osvalda le sorrise, Maria finse di non vederla.

«Mammina, come stai?» domandò Osvalda.

«Bene», rispose, sedendosi di fronte a loro. «Mi dispiace tanto, tesoro, di non poter condividere la tua decisione di legarti a quell'uomo», disse a Maria, con un sospiro.

«Sei cattiva», rispose Maria.

«L'amore che credi di provare per quell'uomo è soltanto un'illusione. Quanto a lui, temo che ami di te soprattutto ciò che rappresenti ai suoi occhi, e cioè tutto quello che lui non è e non sarà mai», affermò Martina.

«Parole sante! Ma questa scema non intende ragione», intervenne Osvalda.

«Fatti gli affari tuoi», le ingiunse sua madre, indicandole la porta del salotto.

Osvalda si eclissò velocemente, lasciandole sole.

Maria guardò sua madre con livore e ripeté: «Sei cattiva».

«Non sono né buona né cattiva, sono solo tua madre. Ti voglio bene e ti dico quello che penso», dichiarò Martina.

«Io non mi rassegnerò mai a vivere senza di lui», affermò la ragazza. «Mai, mai, mai!» soggiunse.

Quella notte, consapevole di aver agito per il meglio, Martina dormì profondamente. E non si turbò nemmeno quando, il mattino seguente, Osvalda irruppe nella sua camera per annunciarle che Maria se ne era andata. Disse invece: «Toccherà con mano quello che l'aspetta. Povera Maria».

«Povera? È una svergognata, altro che povera!» replicò Osvalda.

«Non giudicare tua sorella», l'ammonì con severità.

«La giudicherà tutto il paese e io verrò travolta dalle domande maliziose delle mie amiche. Potessi almeno dire che è fuggita con un principe... Invece no! La scema è scappata con un fiorista. Farà una brutta fine, te lo dico io», affermò Osvalda, gonfia di indignazione.

Martina la colpì con uno schiaffo.

«Non pronunciare mai più queste parole», disse, mentre Osvalda scoppiava in lacrime e usciva di corsa dalla stanza.

Martina si infilò una vestaglia e andò nella stanza da bagno. Sulla mensola della toilette vide un biglietto indirizzato a lei.

Era di Maria, lo dispiegò e lo lesse: «Mammina cara, vado a vivere con il mio Peppino. Ci sposeremo presto, con o senza il tuo consenso, anche perché aspetto un bambino e voglio che mio figlio abbia un padre. Ti voglio tanto bene».

Martina si portò una mano alla fronte e sussurrò: «Caro Gesù, la frittata è fatta. Aiuta quella povera patata tanto quanto l'aiuterò io».

# 62

MARIA aprì l'uscio di casa nel momento in cui Lavinia, la sua vicina, usciva per andare al lavoro e la chiamò sottovoce.

«Dimmi, cara», le sorrise la donna.

«Lui vuole le melanzane alla parmigiana e io non so farle», confessò.

Erano passati tre anni dal matrimonio e Maria si era resa conto da tempo che «i due cuori e una capanna» erano soltanto un sogno. Peppino beveva troppo, spesso la lasciava sola, la sera, per uscire con i suoi amici ed era sempre pronto a criticarla. Lavinia raccoglieva le confidenze dell'amica e le diceva: «Perché non torni da tua madre?»

Maria non voleva ammettere che la sua famiglia aveva avuto ragione a osteggiare il matrimonio. Ma c'era anche dell'altro a tenerla legata a Peppino. Quando faceva l'amore con lui, si sentiva pienamente appagata e felice. Era come se, in suo marito, convivessero due diverse personalità: una prepotente e una dolcissima.

Ora Lavinia disse: «Saprei io come fargli la parmigiana! Con l'arsenico».

«Ti prego, aiutami. Gli piacciono tanto le melanzane», disse Maria.

«Va bene, questa sera te ne preparo una teglia. Intanto smettila di bisbigliare, tanto quello dorme come un ghiro.»

Era vero. Era rincasato ubriaco quasi all'alba e adesso dormiva profondamente. Così toccava a lei aprire il chiosco. Indossò in fretta il cappotto, prese in braccio la piccola Elisabetta e la portò al nido che, per fortuna, era vicino a casa. Poi, ritornò in via Vitruvio, andò nel box e caricò sul furgone i fiori freschi, i vasi d'alluminio e di plastica, le taniche d'acqua, il cavalletto pieghevole e tutto il corredo per confezionare i mazzi e partì per piazza Lima. All'interno del chiosco allineò i vasi, li riempì d'acqua e iniziò a disporre i fiori. L'aria si faceva più dolce di giorno in giorno.

Ricordò come un incubo i mesi invernali, con la piccola Elisabetta che non le concedeva una notte di sonno tranquillo. Aveva un'unica consolazione: la rivendita di fiori.

Non avrebbe mai immaginato di fare la fioraia. Invece quel lavoro non soltanto le piaceva, ma la entusiasmava e la ripagava delle amarezze che il marito le procurava.

Martina aveva deciso di aiutare sua figlia e ogni mese le versava in banca una discreta somma di denaro che Maria consegnava in parte al marito. Peppino non aspettava altro che quei soldi per sperperarli al gioco.

«Con quello che spendi in una settimana, a Napoli, la mia famiglia campa un mese. Non sai fare la spesa, non sai cucinare, non sai stirare le camicie. Perché ti ho sposato?» urlava lui.

Maria taceva, ma avrebbe voluto rispondergli: «Per spendere i soldi di mia madre». Ormai era consapevole di avere sposato un uomo debole, squinternato che, però, le aveva regalato la gioia di fare l'amore e il piacere di lavorare. Senza di lui, Maria non avrebbe mai scoperto né la sua femminilità né la sua capacità imprenditoriale.

La rivendita di fiori era un'attività modesta, ma lei era certa che, se avesse avuto le mani completamente libere, avrebbe potuto trasformarla in un'impresa molto florida. Così era grata a Peppino perché l'aveva costretta a crescere, a diventare una donna matura e consapevole.

Sapeva anche che avrebbe tollerato le prepotenze di suo marito fino a quando non fosse stata pronta per volare da sola. Intanto si sobbarcava volentieri gran parte del lavoro a cui Peppino, ormai, dedicava sempre meno tempo.

Da quando la sua piccolina andava al nido, Maria aveva preso l'abitudine di aprire il chiosco di prima mattina, avendo scoperto che in quelle ore si facevano buoni affari.

Le commesse e le impiegate che andavano a lavorare spesso si lasciavano catturare dai suoi piccoli bouquet preparati con grazia e fantasia. Poi, verso le nove, arrivavano le casalinghe, le mamme che tornavano dall'aver accompagnato i figli a scuola, le padrone dei negozi vicini per acquistare quei mazzolini che mettevano allegria.

Peppino si presentava verso le undici, gli occhi ancora gonfi di sonno e contava i soldi che la moglie aveva guadagnato. A quel punto annuiva soddisfatto.

«Da oggi decido io quanti soldi puoi prelevare dalla cassa», disse Maria, risoluta, un giorno in cui il marito si stava appropriando quasi di tutto il guadagno. Lui capì che la moglie parlava sul serio e non osò muovere obiezioni. Non si oppose neppure quando Maria pretese che il loro fornitore di fiori le rilasciasse una regolare fattura per essere pagato.

«Niente fattura, niente soldi», gli disse una mattina. E l'uomo fu costretto ad adeguarsi perché il chiosco di piazza Lima era diventato ormai un ottimo cliente.

Maria decise anche di allungare l'orario di apertura nelle sere del venerdì e del sabato, perché c'era più affluenza.

Stava incominciando ad acquisire un certo numero di clienti abituali dei quali aveva imparato a conoscere i gusti.

Quella sera, quando rincasò, Lavinia l'aspettava con una teglia di melanzane alla parmigiana.

«Rientri tardi, stasera», osservò la vicina.

«Sono passata dalla farmacia a ritirare le analisi», si scusò la giovane con gli occhi che le brillavano.

«Le analisi?» domandò Lavinia.

«Be', sì, insomma, hai capito», replicò Maria.

«Vuoi dire che sei di nuovo?...»

«Sono!» confermò felice. E soggiunse: «Ma prima di dirlo a Peppino, voglio dirlo alla mamma».

# 63

MARIA guardò la sua bellissima mamma dai tratti aristocratici e le sembrò di vederla per la prima volta. Le venne spontaneo il raffronto con la madre di Peppino, che era arrivata da Napoli per Natale e, abbracciandola, le aveva detto: «Il buongiorno si vede dal mattino. Sei una brava ragazza e stai facendo la fortuna di mio figlio». Si era subito rimboccata le maniche e si era messa ai fornelli scodellando teglie di maccheroni, di melanzane, di ragù e, a tavola, le sorrideva e la incitava: «Mangia! Mangia bella 'e mammà». Si era portata appresso tre nipoti, dicendo: «Gli altri non sono potuti venire e si scusano». Si erano tutti accampati nell'appartamento di via Vitruvio. Di notte, per andare in bagno, Maria doveva scavalcare corpi distesi nei sacchi a pelo.

La suocera l'aveva soffocata di premure. Le aveva regalato le sue boccole di corallo e un profumo francese che teneva in serbo da anni per la nuora migliore. E diceva: «I miei figli sono tutti bravi. Margherita, la mia maggiore, ha sposato un farmacista. Totonno, il mio secondo, ha sposato la figlia di un albergatore e, adesso, il mio Peppino ha sposato te. E poi dicono che la fortuna è cieca! Ci vede benissimo e sa da chi andare».

Ora, nella veranda di Villa Ceppi, seduta sulla poltroncina di vimini, di fronte alla sua bellissima mamma, Maria misurò la distanza che separava gli Agrestis dai Cuomo.

Era quasi ora di pranzo. Arrivando a Vertova, Maria aveva lasciato la piccola Elisabetta dalla bisnonna Vienna. Osvalda era in chiesa e lei era sola con la mamma.

«Mi manchi molto, lo sai?» disse Martina.

«Anche tu», rispose.

«Come te la passi con tuo marito?»

«Sto imparando a superare le difficoltà della vita», rispose.

«Mi dispiace che tu abbia abbandonato l'università.»

Come, un tempo, Ines Ceppi aveva spiato lei quando usciva dal ginnasio a Bergamo, ora lei spiava la figlia mentre vendeva fiori in piazza Lima. La vedeva sorridere e chiacchierare con le clienti, tagliare e pulire i gambi dei fiori, cambiare l'acqua nei vasi, preparare con cura mazzi e mazzolini. Non che ci fosse qualcosa di disonorevole in quel lavoro, pensava. Tuttavia non era così che aveva immaginato il futuro di Maria, la sua ingenua, dolce, deliziosa patata. Fino a quando la sua amatissima ragazza avrebbe sopportato quell'orribile marito? Ogni volta che Maria tornava a Vertova con la piccola Elisabetta, Martina sperava che le dicesse: «Non torno più da Peppino».

Invece, ogni volta, la figlia guardava l'orologio quasi con impazienza e, a un certo punto, diceva: «Devo scappare, perché Peppino mi aspetta».

Doveva ammettere che Maria aveva sempre avuto il buon gusto di tenere lontano il marito da Villa Ceppi, anche se lui smaniava per potersi infilare in quella casa.

«Fino a quando riuscirai a resistere?» le domandò Martina, adesso.

«Mamma, ti prego, smettila con questa storia. Tu, la nonna e le mie sorelle mi avete sempre considerata una incapace di badare a me stessa. Invece, mando avanti una casa, cucino, cresco mia figlia e lavoro. Credevi che mi sarei arresa alle prime difficoltà, ma a questo punto avrai capito che ti sbagliavi. So che Peppino non è il migliore dei mariti, ma va bene così, almeno per ora. Assomiglio alla nonna Vienna anche nel carattere: ho la tenacia della montanara.»

«Almeno per ora, hai la tenacia di una donna innamorata.»

«Sono piena di entusiasmo e ho voglia di fare tante cose.»

«Vai nella tua camera. Sul letto troverai qualche dono che, spero, ti farà piacere», disse sua madre.

Maria trovò indumenti deliziosi per la piccola Elisabetta e due abiti di seta per sé. Affondò le mani nel tessuto prezioso e ne trasse un sottile piacere.

«Fino a quando continuerai a viziarmi?» domandò alla mamma.

«Non smetterò mai di farlo, perché le mie ragazze sono tutta la mia vita», rispose Martina.

Maria sedette sul letto e disse, sorridendo: «Tra poco, questi bellissimi vestiti non mi andranno più bene. Sono di nuovo incinta».

# *Oggi*

# 64

«MAMMA, svegliati. Dora vuole sapere a che ora ceniamo», disse Camilla, che aveva acceso la lampada appoggiata sul comodino.

Giuliana emerse faticosamente da un sonno profondo, aprì gli occhi e li richiuse subito, infastidita dalla luce.

«Che ore sono?» domandò.

«Quasi le sette», rispose sua figlia.

«Ho dormito così tanto?» si stupì, mentre riaffiorava la realtà che il sonno aveva cancellato; la morte improvvisa della mamma, l'incontro con le sorelle e con Leandro, il lungo racconto della nonna, l'arrivo di Camilla da Londra.

Si coprì la faccia con le mani e incominciò a singhiozzare, mentre diceva: «Ti rendi conto, Camilla, che la mia mamma è morta?» Le sembrava che il mondo le stesse franando addosso.

La ragazza si distese accanto a lei e l'abbracciò. Anche lei era addolorata per la perdita di Martina, la nonna simpatica, spiritosa, un po' misteriosa che, ultimamente, andava spesso a Londra a trovarla e la portava da *Harrods* a comperare tutto quello che desiderava, o a Oxford per incontrare il canuto professor Graywood, il padre di Osvalda, e la sua cinguettante signora.

«Me ne rendo conto, mamma. Penso, però, che la nonna non vorrebbe vederti così disperata», cercò di farle coraggio.

Giuliana si asciugò il viso con il risvolto del lenzuolo e si sforzò di sorridere.

«Se la mamma fosse stata malata, avrei avuto il tempo di assuefarmi all'idea che ci avrebbe lasciato. Invece, se ne è andata all'improvviso e mi sento completamente disorientata.»

Camilla le accarezzò il viso, mentre ripensava ai momenti di intimità tra la mamma e la nonna, con le loro fronti che si sfioravano e il loro parlare sommesso da cui lei era esclusa.

Provò una fitta di gelosia ricordando quell'intimità profonda che lei non aveva mai conosciuto con sua madre. Per Camilla, Giuliana era una mamma irraggiungibile, troppo bella, troppo famosa, troppo osannata dal pubblico che l'adorava e al quale Giuliana si dava con tutta se stessa, con una dedizione che avrebbe dovuto riservare soltanto a lei, che era sua figlia.

Quand'era adolescente, Camilla le aveva chiesto chi fosse suo padre. Ricordava ancora l'espressione della mamma, mentre le rispondeva: «Lo conosci benissimo, anche se non sai che è tuo padre».

«È uno dei tuoi amici?»

«Il migliore. Quando mi sono accorta di essere incinta, lui era sposato e sua moglie era molto ammalata. Non volevo che l'abbandonasse e non gli ho detto che aspettavo un figlio da lui. Sua moglie è morta dopo due anni, ma tu e io ormai non avevamo più bisogno di nessun altro per stare bene insieme», le aveva spiegato la mamma.

«È Sante Sozzani, vero?» aveva chiesto Camilla.

Giuliana si era limitata ad annuire. Poi le aveva domandato: «Vuoi che gli parli di te?»

«Per ora mi basta sapere che Sante è mio padre», aveva risposto la ragazza.

In quella sera di Vigilia, mentre aspettava che sua madre si svegliasse, Camilla aveva deciso che era arrivato il momento di chiarire la situazione con suo padre.

«Ho risposto io al tuo cellulare, mentre dormivi. Ha telefonato anche Sante e l'ho invitato a cena, questa sera», annunciò Camilla.

«Sei matta, non vedi come sono conciata?» reagì Giuliana alzandosi dal letto e ponendosi di fronte allo specchio.

Camilla sorrise perché era riuscita a distoglierla dalla sua tristezza.

«Sei sempre bellissima, mammina», la rassicurò sua figlia.

«Dovrò farmi subito un impacco rinfrescante agli occhi. E devo trovare un vestito decente. Aiutami tu, per favore», la pregò, avviandosi verso lo spogliatoio. Arrivata a metà strada, si voltò verso la figlia che la seguiva e le chiese: «Perché l'hai invitato?»

«È la Vigilia di Natale, lui è solo, noi anche. Ho pensato che questa fosse una buona occasione per fare chiarezza fra noi», rispose la ragazza. E soggiunse: «Dopo cena, potreste restare da soli, tu e lui. Questa è una notte magica, mamma. Approfittane».

Giuliana entrò nella stanza da bagno, trovò nello stipo le compresse imbevute di camomilla e salvia e le applicò sugli occhi.

«Non era così che avevo immaginato questa Vigilia», disse a sua figlia, tristemente.

«Neppure io. Oltre la perdita della nonna, ho chiuso con il parrucchiere deficiente», disse Camilla. A questa notizia Giuliana trattenne un sospiro di sollievo e non fece commenti. Si tolse le compresse dagli occhi e pensò che era trascorsa soltanto una manciata di ore da quando si era svegliata tra le braccia di Stefano, con la grinta di sempre e il terrore d'invecchiare che non la lasciava mai.

Erano bastati tre giorni per cambiare completamente se stessa e la sua vita. Stefano, per qualche tempo, era stato ossigeno per i suoi polmoni. Ora, invece, respirava benissimo senza di lui e certe paure che l'avevano tormentata per tanti anni erano scomparse.

«Ti ha chiamato anche Stefano Casagrande. Come tutti, sapeva della nonna. Ha detto che ha mandato a monte gli impegni con chi sai per stare con te», soggiunse Camilla.

«Tu che cosa gli hai risposto?» chiese Giuliana, preoccupata.

«Ho invitato a cena anche lui, e saremo in quattro: due uomini e due signore», dichiarò la figlia, serafica, e aggiunse: «Così mentre tu parlerai con mio padre, io avrò la compagnia di Stefano. Credo che questo sarà un Natale speciale che ricorderemo per il resto della nostra vita».

# 65

DORA, informata all'ultimo momento, aveva fatto miracoli per trasformare un semplice pasto per Giuliana e Camilla in una decorosa cena della Vigilia.

Aveva un fratello cameriere in un ristorante di Trastevere. Lo aveva letteralmente strappato al gestore, facendo in modo che arrivasse a casa di Giuliana con alcuni piatti già pronti e che l'aiutasse a preparare la tavola e a servire gli ospiti.

«Sono proprio curiosa di vedere come finirà questa serata», gli aveva detto Dora, mentre controllavano la lucentezza dei piatti e dei bicchieri da disporre sulla tavola. «È tutta opera di Camilla. Non mi stupirei che quel diavolo di ragazza voglia spingere sua madre a recuperare il vecchio Sozzani e a eliminare il giovane Casagrande.»

«Cioè Stefano, l'amante in carica», puntualizzò il fratello.

«Mentre l'altro, come sai, è il padre di Camilla.»

«Lo so adesso, perché me l'hai detto tu.»

«Guarda che c'è una macchiolina sul bordo dell'insalatiera. Secondo me, a mezzanotte, la parentela non sarà più un segreto», disse la governante che aspettava quel momento da tanti anni.

«Inutile chiederti che cosa te ne viene da tutto ciò. Hai rinunciato alla tua vita per stare vicino a Giuliana Agrestis e a sua figlia», esclamò il fratello. E ordinò: «Sbucciami al vivo un paio di pompelmi per guarnire il salmone. Non i gialli, quelli rosé».

Dora eseguì, considerando che, accanto a Giuliana, aveva vissuto momenti ed esperienze straordinarie, aveva girato il mondo, era entrata nei teatri più prestigiosi, si era trovata a tu per tu con personaggi famosi, aveva asciugato lacrime e condiviso gioie.

«Io non ho rinunciato alla mia vita, ma questo tu non puoi capirlo. Bastano questi spicchi o ne vuoi altri?»

«Va bene così. Metti la maionese nella salsiera. Domani resti qui o vieni a casa a far Natale?»

«Il campanello! Vado ad aprire», annunciò Dora, sfilandosi il grembiule da cucina. In corridoio incrociò Camilla che le disse: «Apro io».

«Tua madre dov'è?» s'informò la donna.

«In salotto, languidamente adagiata su una poltrona, nella perfetta imitazione della Duse», scherzò la ragazza, sul punto di aprire la porta.

Dora si defilò e Camilla si trovò di fronte Stefano Casagrande. Era molto più bello di quanto si immaginasse. Del resto, sua madre aveva sempre collezionato amanti bellissimi, a eccezione di Sante Sozzani che, per altro, era sicuramente il più affascinante fra gli uomini che Giuliana aveva frequentato.

«Sono Camilla», gli disse, tendendogli la mano. E soggiunse: «Ti stavamo aspettando».

Lui le sorrise, guardandola con curiosità. Conosceva Camilla dai ritratti disseminati nell'appartamento e pensò che non le rendevano giustizia. La ragazza occhialuta delle fotografie, nella realtà aveva un viso simpatico, occhi grandi e scuri come la notte, un naso importante e ben modellato e un sorriso accattivante.

«Non porti gli occhiali?» le domandò, varcando la soglia.

«Li portavo. Ora uso le lenti a contatto. Un mio ex fidanzato mi ha aiutata a cambiare immagine. Sai, lui è un hair stylist», raccontò, mentre lo invitava a farsi consegnare il cappotto. Stefano sapeva bene dove riporlo, ma preferì affidarglielo, come se non conoscesse la casa. Camilla lo accompagnò in salotto.

Giuliana, seduta su una poltrona, teneva un libro tra le mani. Indossava una gonna di taffettà nero, ampia e lunga fino alla caviglia, e una camicetta di organza bianca, attillata, con il colletto rialzato che metteva in risalto il collo sottile e perfetto. Era bellissima, sembrava pronta per essere ritratta da un pittore.

Camilla notò l'ammirazione di Stefano e l'indifferenza di sua madre nell'accoglierlo. Ricordò quando, un anno prima, Giuliana le aveva confessato, quasi parlasse con un'amica più che con la figlia: «Lo so che Stefano è tanto più giovane di me, e che sarebbe più normale se avessi un compagno della mia età. Ma lui mi è piovuto addosso come un dono inatteso. Perché rifiutarlo?»

Ora sembrò a Camilla che qualcosa fosse cambiato. Si defilò dicendo: «Vado a vedere a che punto sono in cucina».

Dora stava disponendo nei piatti l'antipasto di mazzancolle scottate nel vino bianco su un letto di carciofi croccanti tagliati a lamelle. La ragazza allungò una mano per rubare un assaggio e ricevette un colpo di cucchiaio sulle dita.

«Non si mangia prima di andare a tavola», la rimproverò la governante. Poi indagò: «Hai visto il ragazzino?»

«Il ragazzino, come lo chiami tu, è un trentenne bello e simpatico», sottolineò Camilla.

«Ci mancherebbe che fosse brutto e antipatico», ribatté Dora.

Suonò di nuovo il campanello di casa. Sante Sozzani non era solo. Alle sue spalle c'era l'autista che reggeva due casse di vino. Il fratello di Dora accorse in suo aiuto, mentre Camilla si lasciava abbracciare dal vecchio amico.

«Ho visto che hai portato qualcosa da bere», scherzò.

«Per forza. In questa casa si mangia poco e si beve peggio», brontolò l'uomo.

Sante Sozzani era un burbero dal cuore d'oro. Parlava poco e diventava loquace soltanto quando parlava di vino, compiacendosi di considerarsi un vero esperto. Disprezzava lo champagne francese e sosteneva che alcuni spumanti italiani erano di gran lunga migliori.

Camilla ignorò la sua critica sui costumi alimentari

della mamma e, invece, gli sussurrò: «Sono contenta che tu sia qui».

«Anch'io. Lei come sta?»

«Un po' piange, un po' recita. La conosci. Comunque, è davvero sconvolta per la morte della nonna. Vieni, andiamo da lei», gli disse, guardandolo con tenerezza. Poi gli sussurrò: «C'è anche il giovane Adone. L'ho invitato io. Ti dispiace?»

«Che bisogno c'era?» brontolò, contrariato.

«Due signore, due uomini.»

«Sarebbe stato meglio invitare il mio Flock. È un commensale più interessante», replicò Sante, alludendo al biondo levriere che lo scortava quasi sempre.

Le piccole confidenze si arrestarono nel momento in cui entrarono nel salotto e Giuliana si rifugiò tra le braccia di Sante che la tenne stretta a sé, con affetto.

Poco dopo erano tutti e quattro seduti a tavola nella sala da pranzo con le ampie vetrate da cui si vedeva il cielo stellato.

Dora aveva allestito una tavola sontuosa sui toni del bianco e dell'oro. Mentre serviva gli antipasti, il fratello stappò una bottiglia di vino. Sante lo assaggiò e ordinò: «È meglio aprire un Dossi delle Querce rosso». Poi si rivolse a Stefano e spiegò: «È fatto con uvaggio di cabernet, merlot, barbera e nebbiolo. È fermentato in botti di castagno e invecchiato in quelle di rovere di Slovenia. E si sente dal profumo», disse, annusando il vino che il cameriere gli aveva versato nel bicchiere. «Si sposa bene con il pesce e dunque sarà ottimo per queste mazzancolle. Lei ama il vino, suppongo. Vede, piace anche a Giuliana, solo che lei non ne capisce niente.»

«Non sei carino», protestò l'attrice, portando il bicchiere alle labbra. Bevve un sorso e tentò di scherzare: «Noto un sapore elegante e pulito, con una buona fruttuosità».

«La senti tua madre? Mi sta facendo il verso», disse Sante a Camilla.

«Ha avuto un buon maestro e lei è un'allieva diligente», replicò la ragazza.

«Noi adulti siamo spesso noiosi», disse Giuliana rivolta a Stefano che si sentiva estraneo a quella schermaglia famigliare.

«Tu non lo sei mai stata. Sei la ragazza più giovane e brillante che io conosca», la adulò.

«Ma questa sera non sono in vena di minuetti», replicò Giuliana.

«Cara Giugiù, stai soffrendo e si vede», la commiserò Stefano, rivelando una totale mancanza di tatto, avendola apostrofata con quel nomignolo così intimo. Lei si irritò e lo fulminò con uno sguardo.

Poi disse: «Mi sono illusa per tanto tempo di essere ancora una ragazza. Adesso che mia madre non c'è più, all'improvviso, sento di avere tutti i miei anni, e non mi dispiace affatto».

«Benvenuta nel noioso mondo degli adulti», esclamò Sante, alzando il suo bicchiere.

Il cameriere servì un risotto all'onda con frutti di mare. Era delizioso.

Il nervosismo di Stefano era così percepibile da creare un'atmosfera sgradevole. Giuliana cercò un argomento per allentare la tensione e lo trovò.

«A Vertova, dopo il funerale, la nonna Vienna ci ha raccontato una storia di famiglia davvero singolare», esordì. Quindi si rivolse a Camilla: «Lo sapevi che la nonna Martina si era sposata cinque anni fa? Suo marito è il professor Bertola, che tu conosci bene. Non era un segreto che i due si amassero fin da ragazzini. Così mi ritrovo con un patrigno sessantaseienne. È più giovane di te, Sante», osservò, rivolgendosi al vecchio amico.

«Di poco», precisò l'interessato.

«Ecco perché quando la nonna veniva a trovarmi a Londra era sempre con Leandro», osservò Camilla.

«C'è molto altro che abbiamo saputo su mia madre e anche sulla bisnonna Vienna», aggiunse Giuliana.

«Racconta», la spronò Stefano, aggrappandosi a quell'argomento per placare il suo nervosismo. Si era accorto che Giuliana stava facendo raffronti tra lui e Sante ed era evidente che non erano a suo favore.

«Non adesso», dichiarò Giuliana, sottolineando l'estraneità di Stefano alla famiglia.

Terminata la cena, mentre lasciavano la stanza, Camilla annunciò: «Vorrei andare alla Messa di mezzanotte. La mamma non verrà, perché è molto stanca. Chi di voi due viene con me?» Era stata abilissima nel tendere la mano a sua madre che, infatti, la colse al volo e disse: «Credo che Stefano sarà felice di accompagnarti».

Il giovane non poté rifiutarsi di assecondare la richiesta di Giuliana.

Pensò al giorno dopo, al pranzo con la fidanzata e i parenti, alla sua Giuliana che stava volando altrove, senza di lui. Quella donna impareggiabile lo aveva sorpreso una volta di più, allontanandolo con dolcezza. Confessò, rivolto a Camilla: «Sarò felice di accompagnarti».

Dopo il caffè, Giuliana e Sante rimasero da soli.

L'uomo le prese una mano, le sorrise e bisbigliò: «Buon Natale, amica mia».

«Lo sarà. Non avrei mai immaginato che questo Natale sarebbe coinciso con una serie di rivelazioni. Prima mia nonna, ora io.»

«Vorresti parlarmi di Camilla?»

«E anche di me.»

# *Ieri*

# 66

Giuliana si rifugiò piangendo tra le braccia della sua mamma.

«Non avrei mai immaginato che un dispiacere potesse procurarmi anche tanta sofferenza fisica. Sento male dappertutto, mammina. Le gambe, le braccia, la schiena... pulsano, martellano, non riesco più a dormire», singhiozzò.

Erano nel minuscolo appartamento che Giuliana aveva acquistato alcuni anni prima. Martina lo chiamava «la casa della bambola». Era all'ultimo piano di via dell'Annunciata, a Milano. Lo aveva arredato con alcuni mobili ripescati nella soffitta della villa di Vertova. Lo aveva abitato pochissimo, perché stava quasi sempre in via dei Giardini, a casa di Kuno Gruber.

La sua storia con il famoso regista, tra alti e bassi, era andata avanti per quasi nove anni. Adesso era finita.

«Perché non ti distendi un po' sul letto? Ti do un'aspirina e ne prendo una anch'io, perché ho la testa che mi scoppia», disse sua madre che continuava a considerare l'acido acetilsalicilico un rimedio sovrano per tutti i mali, come sosteneva il vecchio dottor Pietro Bertola.

Nel giro di mezz'ora, l'aspirina produsse il suo effetto.

«Non vale la pena di soffrire tanto per un uomo», affermò Martina.

«Se avessimo avuto un figlio, adesso mi sentirei meno sola. Ma Kuno non ne ha mai voluti», confessò Giuliana.

«Almeno in questo, ha avuto buon senso.»

«Mi hai insegnato tu che un padre non è così importante. Se avessi un bambino, mi farebbe compagnia», ragionò Giuliana.

«Ai bambini non piacciono le madri che soffrono di frustrazioni sentimentali. Soprattutto, non si fanno figli per il proprio egoismo», la rimproverò Martina.

«Kuno è un infame!» esplose Giuliana. «Sai che non ha nemmeno avuto il coraggio di dirmi che ha un'altra donna? Ho dovuto scoprirlo da sola, e quando l'ho affrontato ha negato, mi ha dato della visionaria e poi si è esibito nella sua performance migliore: 'Se la pensi così, forse è meglio che i nostri destini si dividano', ha detto, offeso. Ti rendi conto?»

Era una sera tiepida di maggio. Dalla terrazza si sentiva il profumo dei gelsomini in fiore. Martina era arrivata di corsa da Vertova, dopo che Giuliana le aveva telefonato in lacrime, perché aveva appena scoperto che Gruber si era messo con Anna Stanford, una giovane cantante lirica americana.

Giuliana si era resa conto da diverso tempo che il suo rapporto con il regista si stava trascinando stancamente, anche a causa dell'andropausa del suo compagno, che non si rassegnava a invecchiare. Lei assisteva divertita alle sue manovre per osteggiare l'incalzare degli anni.

L'armadietto del suo bagno straripava di creme idratanti e rassodanti per il viso e per il corpo, di lozioni rinforzanti per i capelli che si andavano diradando, di farmaci antiossidanti contro l'invecchiamento cutaneo. Si era negato a tutti, lei compresa, per giorni, dopo essersi sottoposto a un intervento di blefaroplastica per eliminare le borse sotto gli occhi. Stipendiava un personal trainer che lo sottoponeva a esercizi massacranti per conservare una muscolatura tonica. Combatteva con i tranquillanti la fame compulsiva che lo avrebbe indotto a mangiare anche durante la notte.

Era diventato aggressivo nei suoi confronti e, a tratti, la insultava, soprattutto in teatro, alla presenza di colleghi, comprimari, macchinisti e scenografi. Giuliana gli rispondeva per le rime. Le loro dispute erano un teatro nel teatro e sarebbero potute diventare atti unici drammatici ed esilaranti. Ma Giuliana, recentemente, a metà delle prove di un dramma che doveva andare in scena in autunno, dopo una delle solite scenate, aveva abbandonato il palcoscenico, tra urla e insulti reciproci.

Era tornata a casa sua, sapendo che lui l'avrebbe chiamata per chiederle scusa e lei gli avrebbe detto: «Sono io che mi scuso». Avrebbero fatto pace fino alla prossima lite.

Lui l'aveva richiamata soltanto la mattina dopo per dirle: «Sono al bar. Ti aspetto, così facciamo colazione insieme».

Quando lei l'aveva raggiunto, lui l'aveva abbracciata e, ridendo, le aveva detto: «Dove la trovo un'altra serpe che mi si rivolta contro come fai tu?»

Giuliana ormai aveva ventotto anni, non era più la ragazzina un po' sprovveduta che vedeva in lui il suo pigmalione. Kuno, tuttavia, continuava a piacerle. Conosceva i suoi difetti e le sue molte debolezze, ma era il suo uomo e lei lo amava.

«Stai cercando un'altra che sia più serpe di me?» gli aveva chiesto, mentre inzuppava la brioche nel cappuccino.

Al bar, clienti e camerieri li conoscevano e fingevano di ignorarli per non sembrare invadenti. Avevano un loro tavolo d'angolo, in fondo al locale, dietro una colonna. Se era già occupato, il maître di sala riusciva sempre a liberarlo per loro.

«Vado a Mosca con una delegazione di attori e di giornalisti. Starò fuori per due settimane. Ce la farai a sopravvivere senza di me?» le aveva domandato Kuno, accarezzandole una mano.

Viaggi di questo genere erano abbastanza frequenti e Kuno l'aveva sempre voluta con sé. Si chiese come mai questa volta non l'avesse invitata.

«Troverò qualcun altro con cui litigare», aveva replicato lei, tenendo per sé il disappunto.

Lui era partito e lei era ritornata in teatro per proseguire le prove. Aveva colto su di sé sguardi insolitamente solidali da parte dei colleghi che facevano a gara per coccolarla.

In quei giorni stavano provando un atto unico di Jean-Paul Sartre, *La sgualdrina timorata*. Lei interpretava Lizzie, la sgualdrina in questione, e Warner Magnasco era Fred, il personaggio maschile più importante del dramma. Giuliana e Warner si piacevano, andavano d'accordo, non si contendevano la scena. Così, finite le prove, quando tutti si affrettavano ad andare via, lui l'aveva invitata a cena.

Mentre mangiavano, Warner aveva posato una mano su quella di lei dicendole: «Ti stiamo ammirando tutti, perché hai davvero una marcia in più. Un'altra, al tuo posto, avrebbe fatto fuoco e fiamme. Sei grande, Giuliana».

Lei lo aveva guardato con aria interrogativa.

Allora Warner aveva incominciato a impappinarsi nelle parole e alla fine, sollecitato da Giuliana, le aveva rivelato che Gruber era andato a Mosca con Anna Stanford.

Giuliana era impallidita, poi avvampata, poi di nuovo impallidita, poi aveva bevuto d'un fiato mezzo boccale di birra. Infine, aveva chiamato un taxi che l'aveva riportata a casa e aveva chiesto aiuto a sua madre.

Mentre aspettava che Martina la raggiungesse, Kuno le aveva telefonato da Mosca e lei lo aveva subito aggredito: «Esci per sempre dalla mia vita e goditi la tua americana».

«Giuliana, Giuliana, mia divina, di quale americana stai parlando?» aveva replicato lui.

«Sei un vecchio trombone! Non hai nemmeno il coraggio delle tue azioni. Tutti sapevano che hai una storia con la cantante. Tranne me. Ti auguro ogni infelicità.»

Lui aveva assunto un tono offeso.

«Se la pensi così, forse è meglio che i nostri destini si dividano.»

«Anche perché, a questo punto, non mi servi più», aveva puntualizzato Giuliana chiudendo la comunicazione.

Ora Martina cercava di raccogliere i cocci di una storia che era durata oltre ogni previsione: «Rifletti su quanto gli devi, perché Kuno ti ha insegnato il mestiere al livello più alto».

«Ma io davo per scontato che saremmo rimasti uniti per tutta la vita, perché era questo che lui mi aveva sempre fatto credere. Sopportavo le manie, le paure, le sfuriate, le sue molte debolezze, così come lui tollerava le mie bizze e la mia linguaccia lunga. Insomma, il nostro rapporto era molto stimolante.»

«In effetti i vostri litigi erano veri e propri fuochi d'artificio», commentò Martina.

«Come fai a saperlo?»

«Sono venuta spesso in teatro, per assistere alle prove, senza avvisarti.»

«Una mamma guardiana», ironizzò Giuliana.

«Una mamma interessata alla vita di sua figlia.»

«Però hai sempre taciuto.»

«Non sono pettegola.»

«Io l'ho amato tantissimo.»

«Anche lui.»

«Adesso lo odio.»

«Lui, adesso, ha paura di te. Come tutti gli uomini, sta tremando di paura per essere stato scoperto.»

«Non mi innamorerò mai più.»

«Invece ti innamorerai ancora, bambina mia. Ne sono sicura», disse Martina, abbracciando la figlia.

Si addormentarono nello stesso letto, strette l'una all'altra.

# 67

La svegliò l'aroma del caffè che proveniva dalla cucina.

Guardò l'orologio: erano le sette. Martina si alzò infreddolita. Indossava ancora il tailleur del giorno prima. Si spogliò, entrò nel bagno e si infilò sotto la doccia. Afferrò un accappatoio di Giuliana e andò in cucina. Riempì una tazza con il caffè appena fatto e uscì sul terrazzo. Giuliana, seduta su una poltrona di vimini, sorbiva il suo caffè e piangeva.

Il cielo era sereno e si sentiva il rumore delle auto che percorrevano la via Fatebenefratelli. Martina baciò sua figlia sui capelli, sedette di fronte a lei e le sorrise.

«Sono disperata», sussurrò Giuliana, asciugando le lacrime con la manica del pigiama. «E ho di nuovo male alle ossa», soggiunse.

«Mangia qualcosa e prendi un'altra aspirina», suggerì sua madre.

«Sono malata e tu non te ne rendi conto», protestò.

«Hai due possibilità: rimanere quassù e continuare a

piangerti addosso, oppure uscire con me, appena aprono i negozi e fare acquisti pazzi.»

«Nove anni distrutti in uno schioccar di dita. Te ne rendi conto?» si lamentò Giuliana, con tono da melodramma.

Martina pensò che il tempo trascorso accanto a Kuno Gruber non sarebbe andato perduto, anzi, era un patrimonio prezioso per il futuro di sua figlia, ma lei lo avrebbe capito soltanto in seguito.

«Io ho un bisogno urgente di parrucchiere, e anche tu. Mi presti uno dei tuoi vestiti? Il mio tailleur è stazzonato», disse Martina.

«Non posso andare in giro con questi occhi a palla», rispose Giuliana.

«Mettiti gli occhiali scuri e non li vedrà nessuno.»

«Li vedrà il parrucchiere.»

«E ti darà una multa.»

Giuliana finalmente sorrise.

Dal parrucchiere, che aveva anche un settore per le cure estetiche, si concessero il massimo: un massaggio drenante, la pulizia del viso, manicure e pedicure, oltre la messa in piega, naturalmente.

Quando uscirono, Giuliana sembrava rinata.

Madre e figlia percorsero le stradine del centro per guardare le vetrine.

Mentre passeggiavano in via Borgospesso, videro due uomini che gli venivano incontro, le mani affondate nelle tasche dei pantaloni, impegnati in una fitta conversazione.

Martina riconobbe Danilo Fossati, un famoso antiquario milanese al quale aveva venduto alcuni paesaggi dell'Ottocento lombardo per sottrarli al degrado cui Ines li aveva destinati, confinandoli in un ripostiglio nell'appartamento di via Serbelloni.

Anche lui la riconobbe, le sorrise e, quando lei gli tese la mano, la sfiorò con un bacio.

L'uomo che era con lui fissava Giuliana con palese ammirazione.

Danilo Fossati lo presentò alle due signore: «Il professor Sante Sozzani».

«Sa che non mi sono perso nemmeno uno dei suoi spettacoli? Ogni volta le mando fiori in camerino», dichiarò il professore a Giuliana, dopo averla salutata.

«Senza un biglietto, perché non ricordo di avere mai letto il suo nome», sottolineò lei.

«Per me non era importante che lei sapesse chi sono. Volevo soltanto manifestarle la mia ammirazione per il suo talento.»

Giuliana osservò quell'uomo non più giovane, non bello, ma molto affascinante. Gli regalò uno dei suoi sorrisi irresistibili e accettò con gioia l'invito a prendere un aperitivo al bar, tutti insieme.

# 68

Gruber varcò la soglia del suo appartamento in via dei Giardini e credette di trovarsi in un campo di battaglia: quadri buttati sul pavimento e porcellane frantumate lo accolsero in un silenzio da brivido. Via via che si inoltrava nelle stanze, aveva la sensazione di assistere a un film dell'orrore. Si appoggiò allo stipite di una porta e sussurrò: «Giuliana».

Si era cresciuto in seno un serpente velenoso che aveva distrutto a tradimento i ricordi, i trofei, le testimonianze del suo successo raccolti nell'arco di una vita.

Schivando libri e altri oggetti rovinati al suolo, entrò nella stanza guardaroba. Dora, al centro della stanza, lo guardava sgomenta.

Era appena arrivato da Mosca, sentendosi l'uomo più felice del mondo, perché aveva avuto notti bollenti con la cantante americana dalla voce d'angelo. Non intendeva perdere Giuliana, che continuava a piacergli, ma aveva bisogno di tenerla a distanza per qualche tempo, mentre godeva la compagnia di Anna. Poi l'avrebbe recuperata.

Quella mattina, rientrando a Milano, aveva accompagnato il soprano in un albergo, a due passi da casa sua, ed era rincasato fischiettando il *Va' pensiero*, ed elaborando progetti per lanciare una nuova stella nel firmamento del melodramma.

Quando Kuno scopriva il talento in una donna giovane e bella, si esaltava come una falena che vortica intorno a una lampada accesa.

Ora si rese conto con sgomento che Giuliana lo aveva messo al tappeto e non lo consolò il pensiero del focoso soprano con cui avrebbe trascorso notti di delizie.

Si asciugò una lacrima e apostrofò Dora con voce rabbiosa.

«Dov'era lei quando è successo questo macello?»

«Non c'ero. Le ricordo che mi aveva suggerito di prendermi dieci giorni di vacanza», rispose lei, prontamente.

«Non ricordo affatto di averle dato questo permesso», urlò.

La donna si sentì punta sul vivo: il regista la stava accusando di essere una bugiarda.

«Maestro, io la sopporto da quindici anni, ma questa volta lei ha passato il segno. Ho anch'io la mia dignità. La saluto e spero di non incontrarla mai più», annunciò decisa.

«Ecco, brava, se ne vada prima che io commetta una sciocchezza», replicò Kuno, furente.

Dora non si lasciò intimorire e, adesso che non era più al suo servizio, si sentì libera di dirgli quello che pensava.

«Fossi stata io nei panni della signorina Giuliana, avrei dato fuoco a tutta la casa, perché non ci si comporta così con una brava ragazza come quella. Mi stia bene, maestro», tuonò avviandosi verso l'uscita.

Dora, la sera prima, aveva visto in televisione quello che avevano visto tutti, compresa Giuliana. Il telegiornale aveva trasmesso un'intervista a Kuno Gruber che guidava la delegazione italiana in Russia. Il regista aveva dissertato sull'importanza degli scambi culturali e aveva presentato ai telespettatori l'americana Anna Stanford, definendola l'astro nascente nel mondo della lirica e sua musa ispiratrice.

«Per il Teatro alla Scala curerò la regia della *Traviata* e Miss Stanford sarà una Violetta insuperabile», aveva dichiarato.

A quel punto Giuliana si era detta che doveva fare qualcosa, qualunque cosa, per placare l'ira e l'umiliazione.

Kuno, nella sua infinita presunzione di uomo geniale e irresistibile, non si era nemmeno preoccupato di salvare la forma. Aveva scelto la vetrina più plateale, quella della televisione, per dichiarare al mondo che, accanto al sovrano, ora stava la cantante americana.

Era andata nell'appartamento di via dei Giardini e aveva distrutto tutti i ricordi più cari che il regista conservava gelosamente. Poi, aveva consegnato le chiavi al portiere ed era tornata a casa sua, sapendo che, di fronte a quello sfascio, il regista avrebbe sofferto tanto quanto stava soffrendo lei.

Aveva telefonato a Vertova e aveva raccontato tutto a sua madre.

«Non sei stata elegante», aveva osservato Martina.

«Le donne lo hanno sempre viziato, osannato, adulato, me compresa. Noi donne siamo proprio sciocche e, per amore, sopportiamo l'insopportabile. È un gioco perverso al quale ci sottoponiamo da millenni. Lui ha calpestato i miei sentimenti, sicuro di uscirne indenne. Avrà una brutta sorpresa», aveva affermato.

«Tutto ciò ti fa sentire meglio?» aveva domandato sua madre.

«Non immagini quanto. Adesso sono pronta per una nuova vita», aveva dichiarato.

Quella notte dormì benissimo e il mattino dopo si preparò per uscire a pranzo con il professor Sozzani.

Mentre cercava l'abito giusto per quel primo appuntamento, suonò il telefono.

Era Kuno, che le domandò con voce spettrale: «Perché lo hai fatto?»

«Perché mi hai umiliata», rispose tranquillamente.

«Io ti denuncio.»

«Accomodati. Ci sono alcuni giornalisti sotto casa mia che hanno una gran voglia di chiacchierare con me, dopo la tua brillante intervista al telegiornale.»

«Sei un serpente velenoso. Senza di me, avresti continuato a recitare solo nei teatrini parrocchiali. Io ho fatto di te l'erede della grande Duse e, se voglio, posso distruggerti.»

La minaccia non ottenne l'effetto sperato, perché Giuliana si limitò a replicare: «Per i giornali ho in serbo una storia tutta lacrime e cuore infranto. Vedo già i titoli: 'La divina Giuliana Agrestis sedotta e abbandonata dal satiro del teatro italiano'. Come ti sembra?»

Kuno tacque, ridotto all'impotenza. Allora lei cinguettò: «Stammi bene!» e chiuse la comunicazione.

Era stato il portiere a informarla dei giornalisti appostati all'ingresso del palazzo. Uscendo, Giuliana si finse sorpresa.

La giornalista di una testata pettegola la fronteggiò, quasi sbarrandole il passo. L'attrice le regalò un sorriso raggiante.

«Signora Agrestis, sono vere le voci di una rottura con il maestro Gruber?»

«Rottura, che brutta parola! Si rompe un bicchiere, non un legame.»

«Tuttavia Gruber ha presentato in televisione la sua nuova stella», intervenne il giovane cronista di un quotidiano.

«Scoprire artisti di talento è il suo mestiere», rispose lei, continuando a sorridere con aria benevola.

«Ma è un fatto che, per la prima volta, lui è andato in Russia con Miss Stanford e lei non c'era. Si sussurra ormai da settimane che il sodalizio Gruber-Agrestis sia finito», si fece avanti un'altra giornalista.

«Da dove le vengono queste idee funeree? Quella con

Gruber è stata ed è una bellissima storia d'amore e le storie d'amore non finiscono mai, perché le conservi per tutta la vita, come un bene molto prezioso.»

«Signora Agrestis, io devo portare in redazione una notizia. Per favore, mi confermi, oppure smentisca i pettegolezzi», la supplicò la giornalista di gossip.

Giuliana la guardò con tenerezza. Era una ragazza che cercava un modo per affermarsi.

«Allora le dirò la verità: il maestro e io ci siamo lasciati, almeno per il momento, poiché siamo in una fase di stanchezza, ma siamo sempre grandi amici. E adesso, se vuole scusarmi, devo proprio andare via.»

In quel momento era arrivato il taxi che Giuliana aveva chiamato.

Salutò i cronisti e sparì dentro l'auto, dando al tassista l'indirizzo del ristorante in cui Sante la stava aspettando.

Lui era in piedi al bancone del bar. L'accolse dicendo: «Ho temuto che non venisse». Era un modo garbato per farle notare che era in ritardo.

Giuliana gli sorrise: la fede che Sante Sozzani portava all'anulare la rassicurava.

# 69

SANTE Maria Sozzani dei marchesi Piccinini collezionava opere d'arte, aveva una passione per il teatro di prosa ed era un uomo tranquillo e sicuro di sé.

La famiglia, di origine toscana, produceva vino da centocinquant'anni. Sante possedeva un cospicuo pacchetto di azioni di alcune miniere diamantifere in Sudafrica e case un po' ovunque. Viveva a Roma dove aveva un bellissimo negozio di antiquariato. Il suo aereo privato era parcheggiato a Ciampino e la sua barca a vela era ancorata nel porto di Livorno. Usava una berlina con autista per gli spostamenti in automobile e una bicicletta per girare in città.

Giuliana apprese queste e altre cose ancora, poco alla volta, con il trascorrere degli anni, perché Sante non amava parlare di sé.

A quel primo appuntamento, discusse con il sommelier sulla scelta di un vino appropriato e decise, senza consultare Giuliana, per un Refosco da accompagnare al pesce.

Poi le spiegò: «Il vino bianco con il pesce è una consuetudine gastronomica da sfatare. Il rosso è più godibile. Il rosato è una via di mezzo che personalmente non apprezzo».

Capì subito che vino e cibo erano un argomento poco interessante per la giovane attrice e deviò la conversazione su una mostra del Parmigianino agli Uffizi di Firenze.

Poi le disse: «Vorrei che mi parlasse di sé, ma non vorrei apparirle indiscreto».

«Come devo chiamarla? Professore? Marchese?» replicò Giuliana.

«Soltanto Sante, se sei d'accordo.»

«E Giuliana», precisò lei. E proseguì: «Penso che un attore non dovrebbe mai parlare di sé, né darsi in pasto al pubblico, fuori del palcoscenico, perché rivelerebbe tutta la sua inconsistenza. Io sono come un sacco vuoto e mi riempio, di volta in volta, dei personaggi che interpreto. Alla scuola di arte drammatica mi hanno insegnato ciò che sostenevano Brecht, Diderot, Nietzsche a questo proposito. Bertolt Brecht, per esempio, affermava che un attore non deve mai immedesimarsi fino in fondo nei personaggi che interpreta e Nietzsche diceva che un attore sarebbe perduto se provasse davvero i sentimenti che esprime sul palcoscenico. Ma che razza di Emma Bovary o Hedda Gabler sarei, se non soffrissi dei loro dolori, se non mi illudessi delle loro illusioni? Ti parlerei volentieri di me se non temessi di franare sotto il peso della mia inconsistenza», concluse.

«O della tua modestia», insinuò lui.

«Non sono modesta, sono solo consapevole dei miei limiti», confessò Giuliana.

«Ottimo! Hai incominciato a parlarmi di te e con un inizio non banale, come mi aspettavo. Oggi, a questo tavolo, rinnovo un rito interrotto da lungo tempo, quando mia madre mi portava al Teatro La Pergola di Firenze a vedere Buazzelli, la Adani, la Pagnani, Randone, la Zareschi e dopo si cenava con loro. È stata mia madre a farmi amare il teatro. Oggi ho la fortuna di riprendere quell'abitudine pranzando con te», disse con un sorriso compiaciuto e proseguì: «Ho smesso di andare a teatro quando mia madre è morta. Ho ricominciato per caso, un po' di anni fa, andando a vedere un *Amleto* di Gruber, con Giuliana Agrestis nella parte di Ofelia».

«Non mi hai mandato fiori, quella volta», scherzò Giuliana.

«Ti ho scoperto quella sera e, alla fine dello spettacolo, avrei comperato il teatro intero, tanto ero rimasto folgorato dalla tua bellezza.»

«Avrei preferito che avessi ammirato la mia bravura.»

«Anche quella. Infatti da allora non mi sono perso nessuno dei tuoi spettacoli.»

«E hai incominciato a mandarmi fiori. Non sapevo chi fossi, ma a ogni recita aspettavo l'omaggio del mio ammiratore segreto», confessò Giuliana. Poi affrontò un argomento che Sante aveva fin lì evitato. «Tua moglie condivide questo amore per il teatro?»

Il sorriso dell'uomo si spense e lo sguardo si velò di tristezza. «Angelica combatte da anni una lotta disperata contro la malattia. Passa lunghi periodi in clinica. Quando sta meglio ritorna a casa. E poi si ricomincia. Adesso è a casa», spiegò.

Giuliana abbassò lo sguardo sul piatto e tacque. Lui proseguì: «Io le sto vicino più che posso per farle sentire che le voglio bene. Non abbiamo avuto figli e lei ha soltanto me al mondo».

«Mi dispiace», sussurrò e, a quel punto, avrebbe voluto rimangiarsi la domanda.

L'uomo, però, ritrovò subito il tono lieve e, a fine pranzo, insistette per riaccompagnarla a casa.

Mentre l'autista si destreggiava nel traffico, lui disse: «Dovresti avere una casa a Roma».

«Perché?»

«Ho l'impressione che il tuo periodo milanese stia per finire», disse Sante.

Giuliana non fece commenti e si lasciarono con una vigorosa stretta di mano, senza addii né arrivederci.

In casa, la lucina intermittente della segreteria telefonica l'avvertì che c'erano messaggi. Premette il pulsante per ascoltarli.

Erano tutti di Kuno. L'ultimo era un sussurro spezzato dai singhiozzi: «Sono in casa, da solo, tra le macerie della mia vita e mi manca l'aria. Non possiamo lasciarci così. Tu sei una parte importante dei miei sentimenti e io ho bisogno di abbracciarti e di chiederti perdono».

Lei alzò il ricevitore, compose il numero di casa del regista e quando lui rispose gli disse: «Vieni, se vuoi».

Poi uscì sul terrazzo a respirare il profumo dei gelsomini, mentre aspettava che il portiere le citofonasse per dirle che Kuno stava salendo da lei.

Le bastò guardarlo per capire che Kuno era davvero distrutto.

«Entra», lo invitò e poi lo precedette verso il terrazzo.

Kuno si abbandonò su una poltrona, chinò il capo e si prese il viso tra le mani.

«Non me ne importa niente del disastro che hai combinato nel mio appartamento», esordì.

«Questo mi dispiace, perché speravo che ti importasse molto», replicò lei, gelidamente.

«Ti ho mentito e non avrei dovuto. Ma adesso sono sincero mentre ti dico che amo soltanto te», affermò, sicuro.

«E l'americana che corteggi da mesi e che, mi pare di capire, ha mollato il suo amante per seguirti, dove la metti?»

«Non lo so e non voglio saperlo. Voglio solo te», rispose.

Kuno aveva superato i sessant'anni e, nonostante la cura maniacale della sua persona, sembrava più anziano. Giuliana lo guardò come se lo vedesse per la prima volta. Aveva passato la vita a trattare le donne come oggetti dei suoi desideri. Gli andava riconosciuto che, a ognuna di loro, aveva tuttavia dato il meglio di sé. Le aveva messe su un piedistallo, dopo averle plasmate, così che tutti vedessero che dietro l'attrice di talento c'era un fabbro sublime: lui. Ma ormai stava invecchiando. Giuliana si domandò se avrebbe voluto davvero passare il resto dei suoi giorni accanto a lui. E, con sgomento, si rese conto che non lo voleva.

«Torna da quella povera americana scema», gli disse con dolcezza.

Gli accarezzò una mano e proseguì: «Tu non puoi stare solo. Hai bisogno di una donna che si occupi di te. In cambio, dalle tutto quello che puoi. Hai ancora molto da insegnarle. Io ti vorrò sempre bene, Kuno, per tutta la vita».

«Ho paura, Giuliana.»

«Di che cosa?»

«Di tutto. Ho paura dei giorni che passano, di non essere più all'altezza delle aspettative del pubblico, della solitudine. Ho paura di tornare nello sfacelo della mia casa. Lo sai che Dora mi ha piantato in asso? Dove trovo un'altra Dora, a questo punto?»

Giuliana si sentì invasa dalla malinconia che accompagna la fine di una bella storia d'amore.

Lui proseguì: «Ho costretto l'americana ad abbandonare il re texano della carne in scatola che le regalava diamanti grossi come fagioli, prospettandole la gloria della Scala e del Metropolitan. Mi sento responsabile nei suoi confronti, capisci?»

«Non elemosinare la mia comprensione. Ti ho sfasciato la casa e ho placato l'umiliazione che mi hai inflitto. Vai tranquillo, sapendo che ti vorrò sempre bene.»

«Magari, un giorno... Chissà... Potresti ritornare da me», sussurrò lui.

«Scordatelo. Tu vorresti costruire un harem, ma io

non sono adatta a interpretare la parte dell'odalisca», scherzò, mentre lo accompagnava alla porta.

Lui le rivolse uno sguardo carico di sofferenza mentre scompariva dentro l'ascensore.

Giuliana ritornò sul terrazzo e, dall'alto, lo vide camminare quasi saltellando lungo la via. Conoscendolo, sapeva che ora Kuno era felice, perché lei lo aveva perdonato e, con l'incoscienza di un ragazzino, si sentiva finalmente libero di vivere la nuova storia d'amore con l'americana.

Giuliana sorrise, rasserenata.

# 70

GIULIANA si trasferì a Roma in autunno. Sante Sozzani aveva trovato per lei un attico incantevole ai Parioli e lei aveva avuto un contratto con la più importante compagnia di prosa di quegli anni.

Non fu facile integrarsi in un ambiente artistico tanto diverso da quello milanese. A Roma la gente parlava per sottintesi, spesso si considerava superiore al resto del mondo, era pronta a offrire servigi a chi riteneva potente e a distruggere chi poteva dare fastidio. Tranne Sante e gli attori della compagnia, Giuliana non conosceva nessuno. Sante, a volte, l'accompagnava a visitare monumenti e musei.

Di tanto in tanto, Gruber le telefonava per lamentarsi delle difficoltà e dei suoi acciacchi. Lei lo ascoltava pazientemente e lo confortava.

Una sera gli disse: «Avrei bisogno di avere in casa una persona affidabile, tipo Dora, per intenderci».

La governante era tornata da Kuno, dopo che Giuliana l'aveva supplicata di non abbandonarlo, perché il pover'uomo non poteva fare a meno del suo aiuto. Dora veniva dalla campagna romana, lì aveva la famiglia e Giuliana sapeva che sarebbe tornata volentieri dalle sue parti.

«Non vorrai portarmela via, spero», si era allarmato il regista.

«Non lo farei mai, ma sarebbe un bel gesto, da parte tua, offrirmela», aveva detto Giuliana.

Kuno aveva fatto il bel gesto e, poche settimane dopo, Dora si era insediata nell'appartamento ai Parioli e aveva subito preso in mano la conduzione della casa e la gestione della «tuttofare» salvadoregna.

La domenica, Dora era felice di andare a trovare i parenti in campagna e il lunedì, quando tornava, portava a Giuliana la rughetta fresca, le verdure dell'orto, le uova e i formaggi.

Giuliana trascorreva le sue giornate in teatro, a provare, e le serate in casa, a leggere.

Qualche volta Sante passava a prenderla e andavano a cena nelle piccole trattorie che lui conosceva bene. Qualche volta spariva per lunghi periodi, dopo averla avvertita: «Mia moglie ha avuto una crisi. È in clinica e io sto con lei», oppure: «Vado a un'asta a Londra, a Berlino, a Johannesburg».

Senza essere formale, continuava a comportarsi da autentico gentiluomo. Parlava pochissimo e gli piaceva, invece, ascoltare i racconti che Giuliana gli riversava addosso come torrenti. Continuava a mandarle fiori e, più raramente, piccoli oggetti d'antiquariato: stampe, tele, ninnoli.

Una volta Giuliana passò dalla sua galleria in via del Babuino. Vide una scrivania Luigi XVI e disse: «Com'è bella!» Il giorno dopo gliela mandò a casa.

Giuliana fece il suo esordio romano nei panni di Nora Helmer, in *Casa di bambola* di Ibsen. La critica osannò la «perfetta sfericità» dell'interpretazione della Agrestis che «se mai ce ne fosse stato bisogno, si riconfermava come la più eclettica e impareggiabile interprete del nostro teatro».

Per festeggiare il successo romano, Sante la invitò a cena al ristorante la sera dopo il debutto.

«Hai iniziato alla grande», esordì con aria felice, davanti a un filetto d'orata in salsa d'arancia con contorno di riso venere.

«Il botteghino ha raccolto prenotazioni per i prossimi sei mesi e, probabilmente, lo spettacolo rimarrà in cartellone anche l'anno prossimo», raccontò Giuliana, con gli occhi che le brillavano di gioia.

«Sembri una bambina che ha ricevuto un regalo inatteso.»

«È proprio così. Mi sorprendo ogni volta che ho successo. Ormai conosci la mia perenne vena di insoddisfazione.»

«Brava, Giuliana, ben detto!» tuonò una voce che conosceva bene, accompagnata da una nuvola di Vetivèr.

Kuno Gruber era alle sue spalle e si chinò su di lei per deporle un bacio lieve sul collo.

L'attrice, che era felice di rivederlo, gli tese entrambe

le mani che lui baciò platealmente. Poi, lo presentò a Sante.

«Che cosa fai a Roma?» gli domandò.

«Sono venuto a vedere te, amore mio. Sei stata eccezionale», rispose.

«Vuole unirsi a noi?» domandò Sante che apprezzava il grande regista e si disponeva a gustare la conversazione tra i due artisti.

Sembrò che Kuno non aspettasse altro e si sedette tra loro.

Sante invidiava agli attori la battuta pronta, la capacità di mentire, di manipolare la realtà, di inventare aneddoti. Da come l'attrice e il regista si guardavano, sembrava che non ci fossero mai stati dissapori tra loro. Kuno raccontò di aver mancato la prima di *Casa di bambola*, perché costretto a intrattenere a Milano una compagnia giapponese, e di essere stato bloccato da alcuni giornalisti, che lo avevano riconosciuto, mentre si apprestava a raggiungerla in camerino alla fine dello spettacolo di quella sera.

«Quando sono arrivato, tu eri già andata via. Ma ho trovato Dora. Lo sai che mi ha abbracciato e mi ha detto che mi vuole bene?»

«Ti ha anche detto dove mi avresti trovato», osservò Giuliana.

«Ma non che avevi già compagnia, altrimenti non avrei osato disturbare», precisò, mentendo.

«Conosco la tua discrezione», ironizzò lei, lanciando un'occhiata d'intesa a Sante che conosceva la loro storia.

Il regista, invece, non aveva idea di chi fosse Sante e moriva dalla voglia di sapere.

«Lei non disturba affatto. È invece un onore per me, averla mio ospite», disse Sante.

«Il professor Sozzani è affascinato dalla gente di teatro e questa sera è felice per il mio successo», precisò Giuliana.

«Oh, la vita di noi teatranti è una pietosa commedia senza trama. Tolti dalla magia del palcoscenico, siamo ben poca cosa», declamò Kuno, trafiggendo con la forchetta una mazzancolla dal piatto che un cameriere gli aveva servito.

«È più o meno quello che mi aveva raccontato Giuliana al nostro primo incontro», convenne Sante.

«Poi ha scoperto che non è così?» domandò Kuno.

«Ho scoperto che Giuliana è una donna elettrizzante e anche rilassante. Ha la grazia di una Madonna del Raffaello e la forza di una Vergine del Michelangelo. Tra i miei pochi amici, lei è in assoluto la persona con cui sto più volentieri e di questo non le sarò mai abbastanza grato», disse con una sincerità disarmante.

«Mi sta dicendo che siete soltanto amici?»

«Proprio così», affermò Sante, sorridendo.

Kuno sbottò in una risata liberatoria.

«Ma questo cambia tutto!» disse quasi cantando. E soggiunse, rivolto a Giuliana: «Dammi il tempo di fare una telefonata per disdire un impegno e ti riaccompagno a casa».

Giuliana gli posò una mano sul braccio e, con voce

quasi materna, gli disse: «Non sta bene disdire un impegno a mezzanotte».

«E domani?» domandò lui, con l'espressione del bambino speranzoso.

«Gruber, è finita. Te ne ricordi, caro?» replicò con identica dolcezza.

Il regista si defilò quasi subito e Sante la scortò fino ai Parioli. Quando l'autista fermò la macchina davanti al portone di casa, lei disse all'amico: «Mi farebbe piacere se salissi».

Dora era già andata a dormire e Giuliana portò a Sante un bicchiere d'acqua, come lui aveva chiesto.

Erano in salotto e lui si affacciò dalla portafinestra del terrazzo per guardare il cielo stellato.

Giuliana lo raggiunse, gli mise una mano sulla spalla e gli sussurrò: «Vorresti fermarti qui, a dormire?»

Sante posò una mano su quella di lei e mormorò: «Ho temuto che le stelle non esaudissero la mia preghiera».

# 71

OGNI volta che tornava a San Michele, Martina ricordava il suo primo soggiorno in quella grande, solida villa sul mare, dove sua nonna, Ines Ceppi, e la padrona di casa, Adelaide Montini, trascorrevano lunghi periodi insieme.

Adesso era rimasta solo lei a lavorare all'uncinetto in giardino, nella quiete pomeridiana sotto la pergola che, con il ricco fogliame, la difendeva dai raggi del sole.

Giovanni Paganessi, seduto sulla poltrona di midollino bianco, sfogliava i quotidiani e, di tanto in tanto, commentava con lei una notizia.

Maria e Osvalda erano fuori in barca con i figli di Giovanni e Martina aspettava l'arrivo di Giuliana e Sante che avrebbero trascorso a San Michele il fine settimana.

Giovanni conosceva il professor Sozzani e ne apprezzava le qualità umane e professionali.

Di tanto in tanto, Martina consultava il suo orologio da polso, sospirava e riprendeva ad annodare fili.

«Smettila di preoccuparti», l'ammonì l'amico.

«Vorrei vedere se fosse tua figlia», lo rimbeccò.

«Hai avuto tre figlie senza un marito e adesso vorresti che Giuliana ne avesse uno. Perché?»

«Io non facevo l'attrice e mi sono dedicata a loro a tempo pieno, ma lei non lascerà mai il teatro e quella povera creatura... se avesse almeno un padre...»

«Ma Sante è sposato, Martina.»

«Lo so.»

«Ed è anche un galantuomo. Non divorzierebbe mai da una moglie così gravemente ammalata.»

«Lo sostiene anche Giuliana, però...»

«Smettila di sospirare e lamentarti», le ingiunse Giovanni, chiudendo i giornali.

«Ma non vuole nemmeno dirgli che è incinta», protestò lei.

«Chissà mai da chi avrà preso», scherzò lui, alzandosi dalla poltrona. Si accostò al tavolo e versò in un bicchiere il tè freddo.

«Se io ho sbagliato non significa che debba sbagliare anche lei», protestò Martina.

«Da quando parli come una vecchia comare?» domandò spazientito Giovanni.

«Ti ricordi com'eravamo felici da ragazzi?» disse lei, sorridendo.

Posò a terra il lavoro all'uncinetto e aggiunse: «Ti ricordi la notte in cui siamo finiti al commissariato di Santa Margherita? Sandro aveva preso a pugni un ragazzotto per difendermi».

«Per pavoneggiarsi, piuttosto. Si era innamorato di te

e avrebbe fatto qualunque cosa per attirare la tua attenzione. Stavate bene, insieme.»

«Anche la mia Giuliana sta bene con Sante. Ma ho un sospetto», sussurrò Martina.

«Dai, sfogati, brontolona.»

«Temo che, anche se lui divorziasse, lei non lo sposerebbe. Il fatto è che Giuliana non desidera un marito. E dire che, quand'era ragazzina, avrebbe tanto voluto vedermi sposata con tuo cognato.»

«Certo, sentiva il bisogno di un padre. Comunque smettila di tormentarti, Giuliana ha trent'anni e farà quello che vorrà.»

«Giuliana ha paura di affrontare la realtà. Non a caso ha scelto il teatro. Lei preferisce calarsi nei panni dei personaggi che interpreta sul palcoscenico, piuttosto che porsi di fronte ai problemi della vita. Si misura ogni sera con il giudizio del pubblico e poi corre a casa a crogiolarsi nella sua solitudine», spiegò Martina.

«Una solitudine un po' strana, se ha prodotto una gravidanza», scherzò Giovanni.

«Questa battuta non è intelligente né di buon gusto», reagì lei.

Giovanni le andò vicino e l'abbracciò sorridendo.

«Martina, rassegnati. Giuliana è come te: terrorizzata dalla prospettiva di una vita di coppia. E comunque non puoi risolvere per lei i suoi problemi. Adesso, io vado a cambiarmi e scendo a fare una nuotata. Tu resta qui a fare la madre ansiosa», brontolò, avviandosi verso la villa.

Martina lo guardò con tenerezza mentre si allontanava zoppicando, poiché il giorno prima aveva inavvertitamente calpestato un riccio. Lo aveva curato lei, il suo caro vecchio amico, levandogli dal tallone gli aghi a uno a uno con l'aiuto di una pinzetta, mentre lui si tratteneva dal lamentarsi esibendosi in una serie di smorfie buffe.

Alla fine decise di seguirlo. Avrebbero fatto il bagno insieme aspettando il ritorno dei ragazzi. Giuliana li raggiunse sulla spiaggetta mentre si asciugavano all'ultimo sole. Indossava anche lei il costume da bagno. Il suo corpo perfetto non rivelava ancora l'incipiente gravidanza.

«Sante dove lo hai lasciato?» domandò Martina, abbracciandola.

«È rimasto a Roma. Ieri sera sua moglie è stata di nuovo ricoverata d'urgenza in ospedale e niente lo costringerebbe ad allontanarsi da lei quando sta così male», spiegò.

Martina non fece commenti e si vergognò di se stessa mentre pensava che, se la moglie fosse passata a miglior vita, forse Giuliana si sarebbe decisa a dare un assetto più ragionevole alla propria esistenza. E mentalmente formulò un: Dio, perdonami.

Giuliana, quasi avesse intuito i suoi pensieri, disse: «Povera donna, soffre molto e, tuttavia, prego il Signore che la tenga ancora in vita, perché, se morisse, Sante impazzirebbe di dolore e io non saprei come aiutarlo».

Una volta Sante le aveva confidato: «Mia moglie è angelica di nome e di fatto. Ci siamo conosciuti da bambini, alle scuole elementari, e siamo sempre rimasti insieme. A vent'anni eravamo già sposati. Lei è stata per me una moglie, un'amica, quasi una sorella». Giuliana lo aveva abbracciato e lui aveva aggiunto: «Da quando si è ammalata, sono terrorizzato all'idea di perderla. Un tempo pensavo che non sarei più riuscito ad amare nessun'altra donna, nella mia vita. Poi ti ho incontrato e mi sono innamorato di te. Tu sei un regalo inatteso che il cielo mi ha fatto».

Appena si era resa conto d'aspettare un figlio, Giuliana gli aveva chiesto: «Perché tu e tua moglie non avete avuto figli?»

«Angelica avrebbe dovuto sottoporsi a un delicato intervento chirurgico per averne. Abbiamo deciso insieme che saremmo bastati l'una all'altro. Eravamo felici, noi due soli. E poi i figli sono molto impegnativi, sconvolgono la vita, non sono mai stati nei miei programmi.»

Quelle parole avevano raggelato Giuliana che considerò chiuso l'argomento.

Ora Martina le disse: «Sante finirà per sapere che sei incinta».

«Non lo saprà. Ho deciso di non dirglielo e di lasciarlo libero di dedicarsi per intero a sua moglie fino a quando la malattia non avrà il sopravvento. È quello che desidera, almeno per il momento. Quindi mio figlio sarà soltanto mio», dichiarò.

Giovanni, che era sdraiato su un lettino a godersi l'ultimo sole e aveva ascoltato le loro parole, ebbe la sensazione di rivivere una storia che gli era già stata raccontata. Giuliana riproponeva gli stessi comportamenti materni. Madre e figlia erano donne oneste, ma incapaci di dividere la loro vita con un compagno, che fosse amante o marito.

«Peccato», sussurrò Martina. E soggiunse: «Sante mi piace molto».

«Piace anche a me, mammina. È sincero, concreto, ma è anche egoista, come lo sono io, del resto. Ho creduto di riuscire a spartire il suo amore con questa moglie morente, ma mi rendo conto che è un'impresa impossibile.»

Pochi mesi dopo, quando la gravidanza era sul punto di palesarsi, Giuliana si trasferì a Londra.

Il professor Oswald Graywood e la moglie furono il suo punto d'appoggio. Camilla nacque in una clinica di Oxford e visse il suo primo anno di vita con la mamma che aveva affittato lo stesso cottage in cui Martina e il professore avevano concepito Osvalda.

L'indiana Salinda, che aveva accudito la casa ai tempi di Martina, assurse al ruolo di nurse. Quando Giuliana tornò a Roma con la sua bambina, Sante era un vedovo inconsolabile.

Si incontrarono, per caso, all'uscita di un cinema. E si comportarono da vecchi amici, quali erano.

«Come stai?» gli domandò Giuliana.

«Ho avuto tempi migliori. Angelica è sempre nei miei pensieri e non mi abbandona mai. Mi sei mancata anche tu. Sai, ho fatto fatica a digerire il tuo abbandono, ma ho capito che era giusto così. Se non hai un altro impegno, verresti a cena con me?» le propose.

Per tutto il tempo della cena lei ascoltò pazientemente una lunga rievocazione della moglie scomparsa. Sante non aveva mai parlato tanto a lungo. Alla fine disse: «Adesso, basta di questo. Dimmi di te, del perché sei sparita per così tanto tempo, se potrò ritornare ad applaudirti su un palcoscenico».

Giuliana non gli disse della sua bambina. Sante lo seppe dai giornali, quando Giuliana tornò a far parlare di sé con una impareggiabile interpretazione di *Madre Coraggio e i suoi figli*.

*Oggi*

# 72

Dora si affacciò sulla soglia del salotto.

«Disturbo?» domandò.

«Tu non disturbi mai», disse Giuliana, alzandosi e andandole incontro.

«Vado via con mio fratello. Tornerei il 2 di gennaio, se lei è d'accordo, tanto più che, dopo Santo Stefano, arriverà Manola per occuparsi della casa», disse.

«Fai un buon Natale, Dora», replicò Giuliana, consegnandole un pacchettino. Era un orologio da polso che Dora desiderava da tempo.

«Devo aprirlo adesso?» le domandò la donna, dopo averla ringraziata.

«Aprilo quando sarai con la tua famiglia», suggerì l'attrice.

Si abbracciarono ripetendosi: «Buon Natale» e la governante se ne andò.

«Finalmente soli», sorrise Giuliana, tornando a sedersi accanto a Sante.

«Allora, vogliamo finalmente parlare di Camilla?» esordì lui.

«Da quando ha avuto l'età della ragione, ha desiderato avere un padre, ma non ero sicura che il padre fosse pronto per accettarla e per occuparsi di lei», Giuliana fece una pausa e poi aggiunse: «Camilla è tua figlia, Sante».

L'uomo sorrise e non sembrò sorpreso da questa rivelazione.

«Sai quando l'ho capito? Lei era appena una ragazzina e Dora l'aveva accompagnata nel mio negozio. Notò una piccola tela di Longhi e si incantò a guardarla. Mi chiese di parlarle del pittore che l'aveva dipinta. Poi mi disse: 'Da grande, voglio diventare un'esperta d'arte, come te'.» Sante guardò con tenerezza Giuliana e ripensò a quel giorno lontano.

Camilla era tornata a Roma dal collegio svizzero nel quale studiava. Dora l'aveva accompagnata a fare acquisti in via del Babuino e, passando davanti al negozio d'antiquariato di Sante, aveva visto in vetrina un dipinto e aveva esclamato: «Che bello! Vorrei osservarlo da vicino. Entriamo».

Sante stava parlando con un collezionista e i suoi collaboratori avevano guardato con curiosità quella ragazzina che si aggirava per il negozio soffermandosi ad ammirare i mobili intarsiati, gli oggetti antichi, i quadri.

Sante aveva liquidato velocemente l'interlocutore per salutare la figlia della sua amica Giuliana.

«Ti fanno studiare storia dell'arte al collegio?» le aveva chiesto.

«È la materia che preferisco. L'arte è un mio hobby, come questo negozio per te. Ma tu che cosa fai davvero nella vita?» aveva domandato, guardandolo con curiosità.

«Insegno, vendo e compero oggetti d'arte, seguo i miei interessi in Sudafrica, produco vino e olio in Toscana, intrattengo rapporti con pochi amici che amo, compero scarpe, camicie e cravatte a Londra, e chiacchiero con le ragazzine come te», rispose lui, sorridendole.

«Dicono che chi fa tante cose non ne fa bene nemmeno una.»

«Allora io sono l'eccezione, perché cerco di fare tutto al meglio.»

«Evviva la modestia!» trillò lei.

«Voglio farti un regalo. Guardati intorno e scegli quello che vuoi.»

«Scegli tu per me. Sei l'amico della mamma che mi piace di più.»

Dora, che fino a quel momento aveva assistito in silenzio a quel colloquio, intervenne con severità: «Basta così, Camilla. Andiamo e lasciamo libero il professore di occuparsi dei suoi affari».

Camilla e Sante si scambiarono un'occhiata di complicità e si salutarono.

Ora Sante disse a Giuliana: «Ho aspettato per anni che tu mi parlassi di lei».

«Potevo dire a un uomo, che non voleva figli, che era diventato padre?» reagì Giuliana.

«Tanto, ho fatto il padre ugualmente. Come pensi che

Camilla abbia trovato lavoro in quella galleria d'arte londinese? Come la spieghi la bella casa di Kensington con quell'affitto ridicolo? E quella volta che aveva preso una sbandata per il cuoco indiano che voleva portarla con sé a Calcutta per aprire un ristorante?»

«Questa non la sapevo! Com'è finita?»

«Lui, adesso, il ristorante a Calcutta ce l'ha. Lei, invece, è qui.»

«E quella del parrucchiere la sai?»

«Come vedi, è finita.»

«Ma sai proprio tutto?» trasecolò.

«Quasi. Alla fine, Camilla è un libro aperto e ti basta guardarla negli occhi per capire che cosa le sta succedendo.»

Giuliana gli accarezzò una mano.

«Perché ci siamo lasciati?» gli domandò, dolcemente.

«Tu mi hai lasciato. Bastava che mi dessi il tempo di superare il mio lutto», brontolò.

«Lasciamo perdere! Due anni dopo la morte di Angelica eri ancora un vedovo inconsolabile.»

«Angelica si è presa una grossa fetta del mio cuore. Ma, dopo di lei, la persona più importante della mia vita sei tu. Se avessi conosciuto te prima di lei...»

«Perché tocca sempre a noi donne dover aspettare, portare pazienza, dare tempo agli uomini di superare le loro crisi? Magari foste voi, qualche volta, a essere pazienti con noi!»

«Io lo sono stato. Sono ancora qui e ti guardo con l'adorazione di vent'anni fa e ti mando fiori e soffro ogni volta che ti vedo con un nuovo compagno. Ho dovuto digerire l'attore francese, il banchiere zurighese e, adesso, il giovane ingegnere elettronico. Mi pare che basti.»

Tra loro scese il silenzio, sottolineato dallo scoppiettio della legna che si andava consumando nel caminetto.

Giuliana tormentava tra le dita le perle della sua collana. «Perle bellissime», aveva detto Sante, una volta. Erano appartenute alla nonna Ines che gliele aveva regalate per la Cresima. Da Ines il pensiero volò a Vienna e da lei a Martina che adesso era morta, lasciandola sola, barcollante, spaventata, alla ricerca di un appiglio. Le sembrò di riascoltare la voce di sua madre quando, sulla spiaggetta di San Michele, le aveva detto: «Sante mi piace molto».

Quattro parole che racchiudevano la stima per un uomo che avrebbe voluto vedere al fianco di sua figlia.

«Sono sulla soglia dei cinquant'anni, mezzo secolo. Ti rendi conto?» disse Giuliana.

«Io sì. Ma tu?»

«Sono cresciuta in tre giorni e ho paura di sbandare.»

«Ci sono io a tenerti in carreggiata. Vuoi diventare mia moglie, Giuliana?»

«Ti ho detto che mia madre si è sposata a sessant'anni? Al confronto, io sarò una sposa giovanissima!» esclamò lei, felice, rifugiandosi fra le sue braccia.

Sentirono dei passi nel corridoio e dopo qualche istante Camilla entrò nella stanza. Li vide abbracciati e sorrise.

«Stefano, da perfetto cavaliere, mi ha riportata fino a casa. Voleva salire, ma gli ho detto che a quest'ora stavi certamente dormendo. Lo sai che è simpatico?»

«Tutti i miei amici lo sono», disse Giuliana.

«Mi ha chiesto se ho voglia di andare a sciare con lui.»

«Spero che tu gli abbia detto di no», intervenne Sante.

«Perché?» s'incuriosì la ragazza.

«Perché non è adatto a te. E se te lo dico io, che sono tuo padre, mi devi credere», dichiarò l'antiquario.

# 73

RICHETTA bussò due volte alla porta della camera da letto e, non avendo ottenuto risposta, socchiuse l'uscio. Leandro Bertola dormiva profondamente e lei esitò per qualche istante, chiedendosi se fosse giusto svegliarlo. Era la mattina di Natale e, in cucina, suo nipote la stava aspettando per accompagnarla a Clusone dalla sua famiglia. Non voleva partire senza augurare buon Natale al professore e servirgli la prima colazione, che era già lì, pronta sul carrello, in anticamera. L'uomo stava riposando tranquillo, e lei sapeva quanto bisogno avesse di un buon sonno, che, per qualche ora, gli impedisse di pensare alla scomparsa di Martina.

Alla fine decise di lasciarlo dormire. Sospinse silenziosamente il carrello fino ai piedi del letto e sgusciò fuori dalla camera. Gli avrebbe lasciato un messaggio sul tavolo della cucina. Erano quasi le nove del mattino e doveva sbrigarsi a partire.

Leandro si era svegliato quando la governante era entrata nella stanza, ma aveva finto di dormire, perché non aveva voglia né di parlare, né di sentirsi augurare buon Natale, perché non lo sarebbe stato, senza Martina.

Si alzò, andò in bagno e si infilò sotto la doccia. Poi tornò nella camera e aprì le imposte per far entrare la luce del mattino. Sedette sul letto e fece colazione pensando che, con Martina, se n'era andata la parte più bella della sua vita.

Sospinse nel corridoio il carrello della prima colazione e scese al piano terreno dell'antico palazzo. Entrò in salotto e si fermò davanti a una delle portefinestre per guardare la neve che si era accumulata in giardino.

Ricordò che sua moglie Emanuela, quando divorziarono gli aveva detto: «Se mi avessi amato soltanto la metà di quanto ami Martina Agrestis, non saremmo arrivati a questo».

Senza volerlo, lui l'aveva sempre ferita ingiustamente, perché era stata una buona moglie e, tuttavia, a volte, la guardava come se fosse un'estranea. Come poteva spiegarle che non riusciva a togliersi dal cuore la sua Martina, dolce e matta come un cavallo bizzarro, aggressiva e tenera, vagabonda eppure legata alle sue radici?

Ora Leandro uscì dal salotto e andò nel vestibolo. Il presepe che stava allestendo con Martina nella quarta domenica d'Avvento era ancora da ultimare. Sfiorò con le dita le statuine e la grotta di Betlemme che lei aveva modellato usando la carta da pacco.

«Che cosa farò senza di te?» si chiese disperato, coprendosi il viso con le mani.

Suonò il telefono e rispose di malavoglia. Era Emanuela che lo invitava a cena per festeggiare il Natale con i loro figli, come sempre. Lui ringraziò e rifiutò.

Scambiarono poche parole e poi si salutarono. Allora Leandro ricordò un tramonto di giugno a Bergamo, molti anni prima. Le rondini volavano basse e le loro strida si confondevano con i rintocchi delle campane della chiesa romanica che annunciavano il Vespro. Lui passeggiava con Emanuela lungo le vecchie mura e la teneva per mano.

Lei era una ragazza graziosa, discreta, silenziosa. Quando qualcosa la turbava, arrossiva e chinava lo sguardo.

Sui prati, lungo gli spalti delle mura, c'erano bambini che giocavano sotto lo sguardo vigile delle mamme. Loro due si erano seduti su una panchina e si lasciavano accarezzare dal soffio dolce dell'aria.

Leandro l'aveva guardata negli occhi, desiderando con tutto se stesso di poterle dire: «Ti amo», perché le voleva sinceramente bene.

Il suo viso angelico dalla pelle chiara, i grandi occhi bruni che meglio delle parole riflettevano i suoi pensieri, i capelli biondi, raccolti in una crocchia sulla nuca la rendevano simile a una delicata miniatura ottocentesca.

Lo sguardo di Emanuela gli diceva tutta l'ammirazione che nutriva per lui e questo lo faceva sentire importante.

Com'era diversa da Martina che aveva sempre l'aria

di sfidarlo ed era capace come nessun altro di ferire i suoi sentimenti.

Leandro aveva preso tra le braccia Emanuela, l'aveva baciata e poi aveva sussurrato: «Ti amo, Martina».

Lei lo aveva scostato da sé con dolcezza.

«Io mi chiamo Emanuela.»

«Perché, che cosa ho detto?»

«Mi hai chiamata Martina», e aveva aggiunto, incuriosita: «Chi è Martina?»

«Chi era, caso mai.» Aveva risposto lui imbarazzato. E aveva aggiunto: «Era una compagna di scuola quando stavo a Vertova, dai nonni. Siamo cresciuti insieme. Niente di cui tu debba preoccuparti».

Emanuela aveva visto Martina, per la prima volta, all'uscita dalla chiesa di Vertova dopo la Messa di Natale, quando era già sposata con Leandro e aspettava il loro primo figlio.

Martina era con Giuliana e con un uomo bello e molto elegante. Emanuela aveva notato l'incrociarsi degli sguardi tra suo marito e Martina e ne aveva dedotto che tra loro c'era qualcosa di più profondo di una lontana amicizia infantile.

Più tardi aveva interrogato il marito. Leandro aveva ritenuto che sua moglie non meritasse una bugia e aveva spiegato: «È un amore nato sui banchi di scuola e mai sbocciato. Tra lei e me non c'è mai stato neppure un bacio».

Il suono del telefono lo distolse dai ricordi.

«Come stai?» gli domandò Vienna, quando alzò il ricevitore.

«Dovrei essere io a chiedertelo, a preoccuparmi per te!» replicò, sentendosi in colpa per non averla chiamata.

«Martina sarebbe contenta che noi due festeggiassimo il Natale insieme, in questa casa a cui era tanto legata. Vuoi raggiungermi per pranzo?» lo invitò Vienna.

«Ti porto il panettone», rispose Leandro, senza esitare.

# 74

VIENNA aveva indossato un abito di crespo nero che Martina le aveva regalato anni prima. Si era pettinata con cura e profumata.

Poi si era seduta sulla solita poltrona, davanti alla finestra, da cui si vedevano il fiume e la valle. Da quanti anni osservava quel paesaggio sempre uguale e sempre diverso a seconda delle stagioni? Una vita, pensò. Tutta una vita! Il sole scioglieva la neve che, ritirandosi, scopriva chiazze di terra bruna. Ringraziò il Signore per il dono di quel nuovo giorno e subito si rattristò pensando che Martina non avrebbe più fatto le sue incursioni improvvise portando con sé una folata di vitalità e tante storie da raccontare. Sua figlia non c'era più e la casa era immersa in un silenzio che le raggelò il cuore.

Il suono del campanello, ripetuto più volte, la costrinse ad alzarsi. Aprì la porta e si trovò di fronte Maria con i ragazzi e Raul Draghi.

Maria, quella mattina, era stata svegliata da una valanga festosa che si era abbattuta sul suo letto e da un «Buon Natale, mammina», recitato in coro dai suoi figli.

«Buon Natale anche a voi, ma scendete dal letto o lo sfonderete», li aveva ammoniti, grata della loro allegria.

Poi, mentre aprivano i doni, era arrivata la telefonata di Raul.

«Che cosa fate oggi, tu e i ragazzi?» le aveva chiesto.

«Abbiamo deciso con le sorelle di fare una sorpresa alla nonna. Andiamo a Vertova, a casa sua. Forse il Natale sarà meno triste se staremo tutti insieme. Vuoi venire con noi?» gli aveva proposto Maria.

Raul era passato a prenderli e li aveva portati a Vertova con la sua auto. Un viaggio breve, rallegrato dai ragazzi eccitati per quella missione nella valle bergamasca.

Ora Maria presentò Raul alla nonna, dicendo: «Lui è il dottor Draghi, ma puoi chiamarlo Raul e dargli del tu».

Poi le aveva sussurrato: «È veramente un drago, perché riesce a tenere a bada i miei furfanti e mi sta corteggiando con grazia».

A Vienna piacque il volto schietto di quel quarantenne. Lo accolse dicendo: «Sei davvero coraggioso se pensi di imbarcarti in un'avventura con mia nipote e i suoi figli. Benvenuto in casa mia».

In quel momento il campanello dell'ingresso suonò di nuovo, e ancora e ancora fino a quando arrivarono tutti: Giuliana con Camilla e Sante Sozzani, Osvalda con Galeazzo e, infine, Leandro sorpreso quanto Vienna da quella inattesa invasione.

Ma tutta la famiglia rimase letteralmente senza fiato

quando Osvalda, dopo aver presentato Galeazzo a chi non lo conosceva, annunciò, felice: «Ci siamo fidanzati e ci sposeremo non appena saranno pronti i documenti».

La notizia fu accolta da grida di gioia soprattutto da parte di Vienna, di Maria e di Giuliana, preoccupate per l'avvenire di Osvalda dopo la morte di Martina.

Vienna abbracciò teneramente la futura sposa e le disse: «Mi raccomando, fate presto. Ho troppi anni e non posso aspettare a lungo».

Poi salutò con particolare affetto Sante Sozzani. Non lo vedeva da molto tempo, ma sapeva che era il padre di Camilla.

«Hai messo la testa a partito?» chiese a Giuliana.

«Pare di sì. Sante e io abbiamo deciso di sposarci. Il merito è tutto della mamma che mi ha indicato la strada giusta», replicò lei, ricordando anche la telefonata di Stefano, poche ore prima.

Il giovane l'aveva chiamata alle sette del mattino, dicendole: «Cattiva Giugiù. Ieri sera mi hai trascurato per quel tuo vecchio amico. Oggi mi tocca il pranzo con la mia fidanzata e i suoi parenti e sarò di pessimo umore per colpa tua».

«Approfitta di questa occasione e fissa la data delle nozze», gli aveva risposto Giuliana.

«Mi stai scaricando?» aveva chiesto lui, offeso.

«Uno dei due doveva farlo», rispose lei e concluse: «La nostra è stata una bella storia. Regaliamole un finale dignitoso».

Durante il volo da Roma a Bergamo, sull'aereo privato

di Sante aveva sonnecchiato mentre lui e Camilla parlavano tra loro senza sosta. Poi, sull'automobile che li portava da Orio verso Vertova, Camilla le aveva annunciato: «Non tornerò a Londra. Ho deciso di fermarmi a Roma e lavorerò con mio padre. Così la famiglia resterà unita».

Le tre sorelle disposero sui piatti di portata i cibi che avevano preparato nelle rispettive case, mentre i figli di Maria pendevano dalle labbra della cugina Camilla che raccontava le meraviglie di Londra e i quattro uomini chiacchieravano con Vienna.

Quando finalmente si sedettero tutti a tavola, a Vienna sembrò di tornare indietro nel tempo, quando nella grande cucina di casa Agrestis la famiglia si riuniva per il pranzo di Natale. Questa volta, però, non c'erano gli Agrestis, ma la stirpe dei Ceppi. Abbracciò con uno sguardo quella sua grande famiglia e pensò che Martina aveva operato il miracolo di dare un assetto ordinato a quel gran guazzabuglio che era stata la sua vita e quella delle sue figlie.

Dopo pranzo, prima di preparare il caffè, Vienna andò nella sua camera da letto e ritornò portando una busta.

«Sedetevi e ascoltate. Vi avevo detto che vostra madre mi aveva affidato le sue volontà. È arrivato il momento di leggervele», annunciò.

Aprì la busta, dispiegò un foglio, inforcò gli occhiali e lesse. Martina destinava a Osvalda la villa di Vertova, a Maria la casa di via Serbelloni, a Giuliana i mobili antichi, i quadri e i gioielli. Quanto ai capitali investiti, erano suddivisi equamente tra Vienna e le tre figlie.

Fu una giornata serena, ricca di emozioni e di ricordi lieti e, a tratti, struggenti.

Ripartirono tutti insieme, alla fine del pomeriggio. Vienna era esausta ma sfilò dalla libreria il secondo volume delle opere di Shakespeare. Andò a sedersi sulla solita poltrona, lo aprì, lo sfogliò e trovò i versi che tanto amava: «Io conosco / un declivio dove fiorisce il timo / dove crescono viole a capo chino / e margherite, e dove l'agrifoglio / s'intreccia...»

Chiuse gli occhi e le sembrò di vedere Martina quando aveva diciott'anni, con un abitino di cotone a fiori, mentre saliva con passo leggero quel dolce declivio tra cespugli di timo e ciocche di viole. Sulla sommità del monte c'era suo padre, Stefano Ceppi, in divisa da militare, che l'aspettava sorridente e commosso.

Vienna si sentì pienamente felice. Si addormentò e il libro le scivolò dalle mani.

Finito di stampare nel settembre 2007
presso la Mondadori Printing S.p.A.
Stabilimento N.S.M. di Cles (TN)
Printed in Italy